Kapstadt: Nachdem ihr Mann ausgerechnet am Valentinstag beichtet, dass er mit einer Kollegin fremdgegangen ist, flüchtet die 30-jährige Kari zurück in ihr Elternhaus, das sie seit zehn Jahren nicht mehr betreten hat. Sie tauscht ihren Bikini gegen eine Burka, und aus Kari wird wieder Karima, im Kreis ihrer großen, herzlichen muslimischen Familie, der nichts lange verborgen bleibt. Während ihr Mann versucht, sie zurückzuerobern, findet Kari plötzlich Gefallen an den Konventionen, die sie längst hinter sich gelassen glaubte. Und an ihrem Exfreund, der noch immer im Haus nebenan wohnt …

Qarnita Loxton, geboren 1974, studierte Jura und arbeitet als Anwältin in Kapstadt. Ihr Herz schlägt für das Schreiben. »Mit Burka und Bikini« ist ihr erster Roman.

QARNITA LOXTON

MIT BURKA UND BIKINI

Roman

Aus dem Englischen
von Mechthild Barth

btb

Die englische Originalausgabe erschien 2017
unter dem Titel »Being Kari« bei Kwela Books,
an imprint of NB Publishers, a division of Media24 Boeke 8Pty9 Ltd,
40 Heerengracht, Kapstadt, Südafrika.

Dieses Buch ist auch als E-Book erhältlich.

MIX
Papier aus verantwortungsvollen Quellen
FSC® C014496

Verlagsgruppe Random House FSC® N001967

1. Auflage
Deutsche Erstveröffentlichung März 2020,
btb Verlag in der Verlagsgruppe Random House GmbH,
Neumarkter Str. 28, 81673 München

Umschlaggestaltung: semper smile, München
Umschlagmotiv: © Getty Images/ilyast
Satz: Uhl + Massopust, Aalen
Druck und Einband: GGP Media GmbH, Pößneck
SL · Herstellung: sç
Printed in Germany
ISBN 978-3-442-71717-0

www.btb-verlag.de
www.facebook.com/btbverlag

Für Edgar

V-Day: Ground Double Zero

Eins

Freitag, 14. Februar. *V-Day.* V für Valentinstag und für Victory, also Sieg – das war es, worauf ich gehofft hatte. Doch um siebzehn Uhr hatte ich lange genug gewartet. Es fühlte sich weniger nach Victory als nach Verdammtscheiße an. Ich schickte Dirk eine Nachricht.

17:02 Kari: Alles Gute zum Valentinstag. Lass mich wissen, wenn du gelandet bist. xxx

Nichts. Kein Doppelhäkchen bei WhatsApp. Keine Antwort. Nichts Neues.

Also tat ich das Einzige, was ich in dem Fall noch tun konnte.

Ich öffnete den Champagner. Sinnlos, sauer zu sein, wenn er heimkam. Besser beschwipst, fand ich. Das würde es einfacher machen, mich auf das Wichtigste überhaupt zu konzentrieren: nett zu Dirk sein.

Eine Nachricht!

17:10 Lily: *Is jou koek reg? Hahahaha!*

Nicht Dirk. Sondern nur Lily mit ihrem großen Arztgehirn voller dummer Witze. Sie kennt Dirks uralte Begeisterung für einen *nat sjokoladekoek.* »Ist das ein Afrikaans-Ding?«, fragt sie ihn immer. Jedes Mal Gelächter von beiden Seiten. Lily ist das L in unserer WhatsApp-Gruppe LSDoK: Lily, Shelley, Di, Owen und ich. Sie finden es verrückt, dass ich mich mit dem Valentinstag aufhalte, und einen Kuchen für Dirk zu backen, finden sie noch verrückter.

Es war mir völlig egal, was sie dachten. Doch als es achtzehn Uhr wurde und ich immer noch nichts von ihm gehört hatte, begann ich allmählich zuzugeben, dass sie vielleicht recht haben konnten. Ich war fast so weit, sie alle hierher einzuladen, um den Kuchen mit mir zu verspeisen. Das Einzige, was mich davon abhielt, war Dirk. Was, wenn er in der Luft hing und nicht landen konnte und einfach später eintraf? Er wäre garantiert nicht begeistert, eine WhatsApp-Gruppe aneinandergequetscht auf der Couch vorzufinden. Aber wenn sein Flugzeug derart verspätet war, dass er erst morgen nach Hause kam – wie letzte Woche schon mal –, hätte ich jeden Grund, echt sauer zu sein, weil ich dann nicht nur ihn nicht, sondern auch meine Freunde nicht gesehen hätte.

Halb sieben. Mit einem ziemlichen Vorsprung beim Leeren des Champagners bereitete ich mich innerlich gerade darauf vor, den ganzen verdammten Kuchen allein aufzufuttern, als ich hörte, dass das Garagentor langsam aufging. Ich sah durch die offene Tür zwischen Küche und Garage, wie zwei Scheinwerfer alles erhellten und dann Dirks Golf auf seinen Platz rollte.

War ich glücklich! Okay, etwas verärgert schon, weil er so spät dran war und sich nicht mal die Mühe gemacht hatte, einen seiner üblichen Einzeiler zu schicken. Aber das beschwipste Glücklichsein überwog in diesem Moment das beschwipste Sauersein. Hastig steckte ich das Handy in die Tasche und zündete die Vanillekerzen auf dem Couchtisch an, auch wenn es eigentlich noch nicht dunkel genug für die Kerzensache war. Am besten blieb ich auf dem Sofa sitzen (Nebenwirkungen des Schwipses sind bekanntermaßen leichtes Schielen und Taumeln).

Warte, Kari, warte. Zuckerbrot und Peitsche – so lautete doch immer der Rat. Dr. Lilys Anweisungen kamen mir in den Sinn, ein weiterer Grund, warum ich dieses Mal nicht zur

Tür hastete. Dieses Hallo-wie-geht's-ich-freue-mich-sooo-dich-zu-sehen-Ding konnte ich selten abstellen, obwohl ich natürlich schon lange wusste, dass Dirk einer dieser Typen ist, die nur langsam warm werden. Der heutige Abend bedeutete jedoch selbst für ihn einen neuen Rekord. Er brauchte ein gefühltes Jahr, bis er seine Sachen beisammenhatte, aus dem Auto ausstieg und durch die Küchentür ins Haus hereinkam. Wie immer beugte er sich unter dem Türstock leicht nach vorne, was alle großgewachsenen Leute dort tun mussten. Marsh, die Katze, saß neben mir. Gemeinsam beobachteten wir, wie der blonde Schopf auftauchte, doch seltsamerweise wartete Marsh diesmal nicht, bis sie vom Sofa geschubst wurde, sondern suchte gleich freiwillig das Weite. Vielleicht war es auch nicht so seltsam, denn Tiere spüren früher als alle anderen, wenn sich etwas zusammenbraut.

»Hi, Kari«, sagte Dirk leise. Noch blickte er mich nicht an. Noch hatte er sich nicht aufgerichtet. Noch immer stellte er Taschen ab, hängte Schlüssel auf und ignorierte den Kuchen, der sozusagen direkt vor seiner Nase stand. Ihr kennt diesen Unsinn über dramatische Blitze und das Knistern in der Luft, wenn sich der Mann und die Frau in die Augen sehen und man einfach weiß, dass sie sich für immer lieben werden, egal, wie wütend sie gerade sind? Meist gibt es diese Szene am Anfang eines Films. Nun ja, diesmal schien es eine Ewigkeit zu dauern, bis diese blauen Augen weit genug nach oben wanderten, um in meine zu schauen. Und ja – als sich unsere Blicke trafen, ging das Gewitter los.

Über den ganzen Küchenboden.

Dirks Erbrechen ließ mich schlagartig nüchtern werden und vom Sofa aufspringen.

»Oh nein, ist dir übel, Dirk? Hast du was Schlechtes gegessen?«

Ich eilte auf ihn zu, um die nächste Fontäne rechtzeitig in die Spüle lenken zu können. Gewöhnlich kotzt er still. Er schwitzt und verkrampft sich und bricht. Ohne Ton. Still leidend. Auf dem Weg zu ihm spürte ich unter meinen nackten Füßen weiche Stückchen, was mich nach unten blicken ließ, obwohl ich wusste, dass das keine gute Idee war. Die grauen Bodenfliesen sahen aus wie der Strand in Eden bei Ebbe. Nicht genauer identifizierbare Teilchen lagen dort herum, die zu irgendwelchen seltsamen Meerestieren gehören konnten oder auch nicht. Doch statt nach Salzwasser roch es nach Erbrochenem und Alkohol. So etwas war mir mit Dirk noch nie passiert. Gewöhnlich schließt er rücksichtsvoll die Tür, ehe er sich übergibt. Bisher hatte ich kein einziges Mal miterlebt, wie er sich erbrach, von dieser Alkoholvariante ganz zu schweigen. Ich stand also neben ihm, während er sich über die Spüle beugte, und hatte meine Hand auf seinen Rücken gelegt. Meinen anderen Arm hielt er fest, als würde er befürchten, sonst unterzugehen. Er würgte und erbrach sich immer wieder, bevor er auf einmal begann, laut zu schluchzen. Es war merkwürdig. Vom Hals abwärts sah Dirk aus wie immer: schwarzer Anzug, Paul-Smith-Krawatte, Montblanc-Manschettenknöpfe. Aber sein Gesicht war rot, verkrampft, und überall hingen kleine Stückchen Erbrochenes und Rotz. Tränen tropften auf seine Hand. *Mein Gott,* dachte ich, *das ist eine heftige* Dronkverdriet, *selbst nach Dirks Maßstäben.*

Mein Bauchgefühl sagte mir, dass es um mehr als nur darum ging.

»Dirkie, alles in Ordnung. Mach dir keine Sorgen. Es kann jedem mal passieren, dass er zu viel trinkt. Vielleicht hast du ja auch was Schlechtes gegessen. Wirklich, alles in Ordnung.« Ich bemühte mich, so ruhig und gelassen wie möglich zu klingen, während ich gleichzeitig die schmutzigen Schüsseln in der Spüle betrachtete, von denen ich mir jetzt wünschte, sie zuvor doch schon abgewaschen zu haben. Jetzt waren sie voll mit Kotze und den Resten des Kuchenteigs.

Ich sagte sicher mindestens hundertmal *Ist schon in Ordnung.*

Dirk schluchzte und würgte noch eine Weile, bis er schließlich auf den Boden sackte und dort in dem grauen Schleim saß. Er ließ mich die ganze Zeit über nicht los, so dass mir nichts anderes übrig blieb, als ebenfalls in dem nassen Gestank zu hocken. Ich beobachtete ihn wie einen Fremden und hatte das Gefühl, nicht die geringste Ahnung zu haben, welches Wesen in den Körper meines Mannes geschlüpft war. Er weinte und weinte und weinte.

Jetzt war das Gewitter nur noch leise im Hintergrund zu vernehmen.

Ich wusste nicht, was ich tun sollte. Gewöhnlich zeige ich meine Liebe mit Kuchen und Umarmungen und Worten, aber jetzt hatte ich keinen Schimmer, wie ich ihm helfen oder wie ich mich um ihn kümmern sollte. Dirk ist auch nicht der Typ, der solche Hilfe normalerweise annimmt.

Also saß ich einfach da, bis er aufhörte zu weinen.

»*Sjoe*, Dirkie, das muss aber eine wilde Feier gewesen sein. Willst du einen Schluck Wasser?«, meinte ich, als es endlich still war.

Er bedeckte die Augen mit seiner feuchten, nach Erbrochenem stinkenden Hand und lehnte den Hinterkopf gegen einen der leuchtend gelben Küchenschränke, die wir im Jahr zuvor eingebaut hatten.

»Ich hab mit Eva geschlafen.«

Einfach so. Fünf harmlose Wörter, und ich hatte meinen persönlichen V-Day Ground Zero. V für Verdammtverdammtscheiße. Seine Lippen bewegten sich. Ich hörte ein paar mehr Worte, aber nicht alle.

»Wir sind was trinken gegangen … zu viel … nur einmal … nie wieder … Ich bin so blöd … Es tut mir so leid … Es tut mir so wahnsinnig leid … Ich lieb dich doch.«

Er sagte auch noch ein paar andere Dinge, glaube ich, aber ganz sicher bin ich mir nicht. Ich konnte nicht mehr klar denken. Ich konnte nicht atmen. Also rannte ich los. Ich ließ Dirk in dem Gestank zurück und drehte mich nicht mehr zu ihm um.

Ich weiß. Keine sonderlich durchdachte erwachsene Reaktion.

Ich hätte dableiben und toben und reden und schreien sollen. All die Dinge herausfinden, die ich jetzt so dringend wissen will und die mich wahnsinnig machen wie eine juckende Stelle, an die ich einfach nicht herankomme. Doch als sich mein Bewusstsein auf die grauen Fliesen neben dem Erbrochenen von Dirk zu verabschieden schien, sah ich nur noch meine Schlüssel auf der Küchentheke. Hinter der Tür in der Garage stand mein kleiner schwarzer Mini, neben Dirks Golf. Ich kann mich nicht erinnern, wie ich das Auto aus der Garage bekommen habe, den Berg hinunterfuhr und um die Ecke zu Dis Haus einbog. Zum Glück wohnt sie auch im Beach View Estate, denn ich vermute, dass mich die Leute vom Sicherheitsdienst wohl in diesem Zustand kaum durchs Tor gelassen hätten. Oder vielleicht doch. Wahrscheinlich hätten sie die Kotze an meiner Jeans genauso wenig bemerkt wie mein gebrochenes Herz. Und die unzähligen Schreie *Das darf nicht wahr sein!* in meinem Kopf hätten sie auch nicht gehört.

Zwei

»Kareeeeee! Hätte nie gedacht, dass ich dich heute Abend noch sehen würde, hi!«, rief Di und sprach dabei meinen Namen so aus, wie ich das mochte – nämlich wie den von Carrie Bradshaw aus *Sex and the City*. Sie lachte, als sie über die Gegensprechanlage hörte, wer da an ihrer Tür klingelte. Die Bartletts haben keine dieser schicken mit einer kleinen Kamera. Als sie mich dann sah, verging ihr das Lachen. Mein Blick erinnerte in dem Moment wohl weniger an Carrie Bradshaw, vielmehr an die andere Carrie – an Stephen Kings Carrie White. »Oh, Kari, was ist los?«, fragte sie und musterte mich mit ihren braunen Augen. »Dirk hat sich doch nicht verspätet, oder?« Sie legte einen Arm um mich. »Komm rein. Alan und die Mädchen sind im Kino. Ich bin allein zu Hause.«

Es hatte mich so schlagartig getroffen, dass ich fast das Gleichgewicht verlor. Mein Gehirn begriff endlich, was Dirk gesagt hatte und wie sich mein Herz dabei fühlte. Ich roch jetzt nur noch seine Kotze voll altem Alkohol, während ich Dis hochgewachsenen Oberkörper an mich drückte. Jetzt kamen auch die Tränen.

»Dirk hatte Sex mit Eva«, sagte ich in Dis Körper hinein. Ihre Arme drückten mich enger an sich. »Ich bin die dämlichste Frau aller Zeiten. *Ich* habe ihm einen verdammten Schokoladenkuchen in Herzform für den Valentinstag gemacht. Und *er* hatte Sex mit Eva.« Die Worte sprudelten aus mir heraus.

Ich wischte mir den Rotz am Ärmel ab. »So war das nicht geplant, verdammt noch mal.« Irgendwie war ich nicht in der Lage, etwas von mir zu geben, ohne mindestens einmal das Wort *verdammt* zu verwenden. »Ich wusste, dass sie auf ihn steht, aber ich habe nie gedacht, dass er zu so was fähig wäre. Wie verdammt bescheuert kann man eigentlich sein? Ich bin doch ein Witz. Und mein Valentins-Scheiß lässt mich noch mehr wie eine Witzfigur dastehen.«

Valentins-Scheiß.

Am Tag zuvor war das noch kein Scheiß gewesen. Am Tag zuvor hatte ich über LSDoK verkündet, dass ich den Valentinstag liebe. Am Tag zuvor war ich in dieser *Auf-die-Plätze-fertig-los-bald-ist-Valentinstag*-Laune. Ich hatte meinem Plan sogar einen dämlichen Namen gegeben: *Wie ich Dirk alias der Scrooge des Valentinstags wieder umgarne.* Am heutigen Tag hasste ich das Ganze. Ich hätte meinen Plan besser anders nennen sollen, zum Beispiel *Karis Anleitung für Idioten: Wie man das Schicksal herausfordert.*

Di wusste von meinem Plan, sagte aber nichts. Sie nahm mich an der Hand und führte mich den Flur entlang in die Küche, wo sie zwei Barhocker, die mit weißem Leder bespannt waren, unter der Theke herauszog. Wir setzten uns nebeneinander – ich in meinen stinkenden Klamotten, die Ellbogen auf die supersaubere Arbeitsplatte gestützt. Unsere Handys lagen vor uns auf dem weißen Kunstharz, beide stumm geschaltet, aber surrend. Meines leuchtete immer wieder auf, um mir die verpassten Anrufe zu melden. Dirk? Oder Nachrichten von den scherzenden LSDoKs in einem Paralleluniversum? Di nahm ihres und schrieb eine schnelle Nachricht. Das Surren hörte schlagartig auf.

»Ich hab alles auf dieser dämlichen Liste gemacht, um Dirk zu beweisen, dass er falschliegt. Er meinte ja immer, dass ich nichts gebacken kriege. Also hab ich mir den Tag freigenommen, um es wirklich zu schaffen. Verdammte Scheiße.« Ich zählte an meinen Fingern auf: »Ich hab das Haus geputzt, weil Mildred am Freitag nicht kommt, bin zu Pick'n'Pay in Eden gelaufen, hab die Zutaten für den Kuchen gekauft, hab nach einem geeigneten Ort für ein romantisches Abendessen gesucht, hab Champagner besorgt und Katzenfutter. Ich bin sogar in einen neuen Salon zum Waxing gegangen, was nicht mal auf der Liste stand.« Sieben Finger ragten jetzt in die Luft, wie bei einem Kind an dessen Geburtstag, das unbedingt dafür gelobt werden wollte, es fertiggebracht zu haben, schon sieben zu sein.

Di nickte und sah mich mitfühlend an. Alle waren es leid, von meinem Plan und meiner Liste zu hören, das wusste ich. Aber irgendwie musste ich Di alles wieder aufzählen, als ob das Dirks Verhalten lächerlicher oder noch empörender machen würde. Vielleicht ja auch weniger möglich.

Wie konnte er?

»Ich hab mich sogar für diesen verdammten Bootcamp-Kurs in Eden angemeldet, weil er meinte, ich soll mehr Sport machen und dass es nicht zählt, wenn ich einfach nur ein halbes Jahr lang mit neuen Yogaklamotten durch die Gegend fahre, anstatt endlich zu trainieren.«

»*Ag*, Kari. Ich weiß, dass du dich wirklich sehr angestrengt hast, und es tut mir wahnsinnig leid, dass das jetzt passiert ist.«

Ich konnte Mitleid in Dis Augen erkennen. Sie zauberte von irgendwoher zwei große Gläser Rotwein. Sie liebte Rotwein, ich hasste ihn, aber leider gab es offenbar nichts anderes. Sie trank und wartete, während ich trank und redete. Und weinte. Und stöhnte. Und jammerte. »Ich hab den verdammten Schokokuchen ganz allein gemacht, so wie ich das angekündigt hab. Zwei perfekte Lagen mit Schokoladenganache dazwischen.« Es war mir unmöglich zu schweigen. »Ich hab mir sogar ausgemalt, wie ich ihm den Kuchen überreichen würde, vielleicht nur mit diesem Tanga bekleidet. Das wusste ich noch nicht. Das letzte Mal, als ich den Tanga trug, ging das Ganze nach hinten los, und er hat gefragt, ob mir nicht zu kalt ist. Ich wollte alles fertig haben und dann nur noch auf ihn warten, wie es sich für eine gute, sexy Ehefrau gehört.« Ich holte tief Luft. Sollte ich es sagen oder nicht? »Letzte Woche kam er erst am Samstag nach Hause.« Das hatte bisher keiner von meinen Freunden gewusst, nicht einmal Lily.

Jetzt allerdings begann ich zu überlegen: Dirk und Eva, wie lange ging das eigentlich schon? War er auch am vergangenen Freitag mit ihr zusammen gewesen? Vielleicht sogar, während ich diesen bescheuerten V-Day-Plan verfasste? Nahmen sie sich am Freitag frei und verbrachten diesen miteinander?

Ich trank einen großen Schluck Wein. Wie geschickt und clever ich mich gefühlt hatte, als ich den Schokoladenkuchen machte. Und wie dämlich und bescheuert ich in Wirklichkeit doch war!

»Dieses Heimkommen erst am Samstag war echt mies, Kari, aber hey – ich selbst habe noch nie die Sexy-Ehefrau-Rolle ausprobiert, und eine gute, fürsorgliche Ehefrau bin ich eigentlich auch nicht. Ich kann dir also leider nichts dazu sagen. Nur eines weiß ich: Deine Schuld ist es nicht.« Jetzt nahm Di einen großen Schluck. Wahrscheinlich dachte sie an ihre Probleme mit ihrem eigenen Mann. »Es ist seine Schuld, würde ich sagen.«

»Ich hab mich so angestrengt«, schluchzte ich. »Ich wusste, dass die Dinge nicht so toll liefen, seitdem er von Montag bis Freitag in Joburg arbeitet. Ich wusste, dass es schwer sein würde, aber ich hätte nie gedacht, dass es so schwer wäre.

So was hätte ich nie für möglich gehalten.« Ich bemerkte, wie jämmerlich ich klang. Hastig trank ich mehr Wein. *Dirk hatte Sex mit Eva.* »Ich hätte mich wahrscheinlich mehr darum bemühen sollen, öfter mit ihm zu skypen oder ihm jeden Tag eine Nachricht zu schicken. Aber er ist in der Hinsicht so knapp angebunden, dass es echt keinen Spaß macht. Und wenn er hier ist, gibt es immer etwas zu erledigen, oder er geht radeln oder Freunde treffen, die er angeblich schon ganz lange nicht mehr gesehen hat. Und ich hab natürlich auch Termine.« Ich klang lahm, das merkte ich selbst. »Und in letzter Zeit haben wir außerdem so oft über dieses blöde Kinderkriegen gestritten. Ich hab sogar angefangen, ihm aus dem Weg zu gehen.«

In Wahrheit war ich nicht nett zu Dirk gewesen. Ich hatte mich nicht um ihn bemüht. Und jetzt war es zu spät mit dem Plan, ihn wieder mehr zu umgarnen und mich mehr anzustrengen. Ich hatte zu lange gewartet. Stattdessen durfte ich erst mal das Dirk-beim-Kotzen-zusehen-und-seinem-Geständnis-zuhören-Erlebnis verdauen.

»Sei nicht unfair dir selbst gegenüber. Egal, was los war: Dirk ist ein Arsch, wenn er so etwas macht. Wir haben alle unsere Macken und Probleme. Deine ganzen V-Day-Pläne machen dich nicht zu einem dämlichen Menschen, sondern ihn nur zu einem größeren Arsch.« Di nimmt gewöhnlich nie ein Wort wie *Arsch* in den Mund, nicht einmal, wenn ihre Mädchen außer Hörweite sind. Ich wusste also, dass sie wirklich wütend auf Dirk war.

»Valentinstag ist doch nichts für echte Erwachsene. Warum hab ich also geglaubt, so was würde helfen? Und jetzt? Ich bin einunddreißig und habe ein fast abgeschlossenes Jurastudium. Na ja, fast abgeschlossen ist ziemlich übertrieben. Aber ich führe das Leben einer erwachsenen Frau mit einem

Mann und einem Beruf und einer Katze und einer Hypothek und einem beinahe abbezahlten Auto. Dieses bescheuerte Valentinstagding hätte ich schon lange sein lassen sollen.« Dieses Jahr hatte ich allerdings gehofft, dass es wieder etwas anstoßen könnte: Spaß, romantische Gefühle, gemeinsames Lachen. V für Victory-Valentin.

Di nickte und schnitt dabei eine leichte Grimasse. Ich weiß, dass sie den Valentinstag verabscheut. Genauso wie Dirk. Ich hingegen liebe ihn. *Liebte* ihn. Dirk meint, dass Paare nur deshalb am Valentinstag glücklich aussähen, weil sie durch den Champagner betrunken seien, während die unglücklichen einfach zu Hause blieben, bis dieser verdammte Tag vorüber sei. Er besorgt nicht einmal eine Karte für mich. Aber ich für ihn. Außerdem weiß ich, dass er nicht alles hasst, was mit Valentin zu tun hat. Vor kurzem fand ich nämlich in seiner Sockenschublade alle Karten, die ich ihm jemals an diesem Tag gegeben habe. Was sagte das wohl über ihn aus?

Ich glaubte wirklich, dass mein Plan funktionieren könnte.

»Es ist nicht deine Schuld. Ihr hattet also Probleme. Na und?«, meinte Di. »*Du* hast nicht mit jemand anderem geschlafen. *Du* hast dich bemüht. Es war es auf jeden Fall wert, auch wenn der Valentinstag nur dazu führt, dass man danach Supersex hat, wie Owen behauptet.«

»Nun ja, Dirk hat es dieses Jahr jedenfalls so bekommen, wie er das wollte. Keinen Mist zum Valentinstag. Nie mehr.« Ich hielt es immer für etwas Wundervolles, dass man jemandem nur aus dem Grund, weil es der vierzehnte Februar ist, eine Karte geben und Geschenke machen kann. Man musste dazu weder besonders brav gewesen sein noch sich besonders anstrengen. Man konnte einfach nur man selbst sein. Man konnte einem anderen seine Liebe zeigen und damit einen glücklichen Tag verbringen.

Dirk hatte Sex mit Eva.

»Du musst mit ihm reden, Kari. Herausfinden, was er sich dabei gedacht hat«, meinte Di leise, als ich endlich den Mund hielt.

»Ich kann nicht. Ich weiß nicht, was ich ihm sagen soll. Ich hab immer erklärt, dass ich ihn verlassen würde, wenn das passiert. Und zwar sofort, ohne ein weiteres Gespräch. Ich hab ja auch keine Kinder und so Zeug, auf die ich Rücksicht nehmen muss.« Ich trank den Rest meines Weines. Er schmeckte wie saure Medizin in meinem Mund.

Dis Gesicht wurde unmerklich starrer, als sie erwiderte: »Na klar, Kinder machen das Ganze zu einer total anderen Geschichte. Dann ist es ja überhaupt nicht mehr verletzend, wenn dein Mann eine andere vögelt. Da kann man so was problemlos verzeihen.«

»*Ag*, entschuldige. So hab ich's nicht gemeint. Ich komme mir nur so blöd vor. Nie hätte ich gedacht, dass mir das mal passieren könnte. Und falls doch, war mir immer klar, dass ich dann sofort gehen würde.« Ich versuchte, das Ganze irgendwie besser klingen zu lassen, als es tatsächlich war. Di musste an diese Situation wahrlich nicht erneut erinnert werden.

Sie zuckte mit den Achseln. »Genau so ist es«, sagte sie. »Genau so. Keine Frau geht jemals davon aus, dass es ihr eines Tages passieren könnte. Aber du hast recht, du hast keine Kinder, die auf dich warten. Bleib also so lange, wie du willst – bis du entweder bereit bist, mit ihm zu reden, oder weißt, was du sonst machen willst. Ich richte schnell das Gästezimmer her, wenn du möchtest. Alan schläft immer noch dort, aber er kann auch problemlos auf die Couch im Spielzimmer ausweichen.«

»Danke. Ja, vielleicht bleibe ich über Nacht. Ich brauche

ein wenig Zeit.« Ich war ihr dankbar, dass sie eine Art Plan für mich entwarf, so dass ich im Moment nicht weiter nachdenken musste.

»Du kannst es dir gerne noch überlegen. Aber, Kari ...« Di war so direkt und unverstellt wie immer. »Du siehst grässlich aus und stinkst auch so. Also bitte wasch dich, bevor Alan und die Mädchen nach Hause kommen. Alan ist mir egal, doch den Mädchen geht es allmählich besser. Wir behaupten einfach, in deinem Haus seien Kakerlaken oder so, das wird kein Problem sein. Aber wenn sie dich so fertig sehen, werden sie sich wieder Sorgen machen. Sie haben hier in den letzten Monaten genug Schreckliches erleben müssen.«

So ist Di – pragmatisch und praktisch, egal, was passiert. Zuvor war ich noch fähig gewesen, zu rennen und Auto zu fahren, aber in diesem Moment konnte ich mich nicht einmal mehr bewegen. Also übernahm Di die Führung. Sie holte die Tasche mit den ungetragenen Yogaklamotten aus dem Wagen. Schöne, neue Kleidung würde helfen, meinte sie, während sie sich um das Gästezimmer kümmerte. Sie stellte sogar die Dusche an und schob mich unter den Wasserstrahl. Ich stand eine halbe Ewigkeit dort, ohne mich zu rühren. Schließlich kam Di und holte mich heraus. Tu dies, tu das – als ob sie wüsste, dass ich nicht die geringste Ahnung von den folgenden Schritten hatte.

Dirk und Eva. Allein darum drehten sich meine Gedanken. Ich versuchte zu begreifen, was passiert war. Da interessierte mich das Abdrehen des Wassers nicht im Geringsten. Oder das Verlassen der Dusche.

Ich stand in ein Gästehandtuch gewickelt da und wartete auf die nächste Anweisung meiner Freundin, während Di ein paar von Alans Klamotten einsammelte, die zusammengefaltet auf einem Stuhl neben dem ordentlich gemachten Doppelbett lagen. Erst vor einem Jahr hatte sie getobt und gebrüllt, wenn die Sprache auf Alan kam. Jetzt war ich hier und konnte weder toben noch brüllen. Das Einzige, wozu ich fähig zu sein schien, war Rennen und Weinen. Erbärmlich. Das Ende des schlimmsten Valentinstags aller Zeiten. Es war wahrlich Ground Zero.

Drei

Ich war noch immer in Dis Gästezimmer, tropfnass, mit gebrochenem Herzen, nackt und mit Alkohol in meinen Adern, als mein Handy wieder zu surren begann. Surr surr surr. Ich vermutete, dass es Dirk sein musste. *Lass mich in Ruhe. Verpiss dich. Ruf deine beschissene Eva an, wie wär's*, hätte ich am liebsten geschrien. Di warf einen Blick auf das Display und brachte mir dann den Apparat. »Willst du vielleicht rangehen? Es ist nicht Dirk.«

22:05 *Dhanyal zu Hause* stand da.

Jetzt? Nach zehn Jahren? Weder der Name meines Bruders noch eines anderen Familienmitglieds war seit zehn Jahren auf meinem Display zu lesen gewesen.

»Dhanyal?«, fragte ich und hielt das Handy an mein feuchtes Gesicht. *Konnte das sein?*

»Salām, Karima. Hör zu, hier ist heute Abend etwas passiert.« Dhanyals Stimme klang klar, ruhig und offen. »Ich war noch in der Praxis, da rief Shireen an und meinte, sie glaubt, Ouma habe einen Infarkt gehabt. Ouma ist tot, Karima. Und Mama fiel die Treppe hinunter, als sie Ouma unten am Fußende liegen sah, und tat sich etwas weh. Sie kann nicht gehen, aber ansonsten ist alles in Ordnung. Jedenfalls meinte Mama, ich soll dich anrufen, dass du noch heute nach Hause kommst. Das Dschanāza wird zwar erst morgen früh gebetet, aber die Frauen für die Waschung treffen bald ein, und du musst bei der Waschung mitmachen. Du bist die einzige Enkelin, deshalb sagt Mama, du musst kommen.«

Dhanyal wartete ein oder zwei Sekunden und fragte dann: »Karima?«

Kann das sein? Mein Gehirn hatte sich erneut in den Wiederholmodus geschaltet. Bis zu dem Satz *Ouma ist tot* kam es gar nicht.

»Karima!« Er wurde lauter. »Mama sagt, dass du kommen musst.« Auch als Arzt war Geduld offenbar noch immer nicht zu seinen Stärken geworden. Wie früher redete er zuerst und wartete dann nur, um zu hören, ob ich die Anweisungen verstanden hatte. Mein nicht funktionierendes Gehirn produzierte auf einmal Gebetszeilen.

»Inna lillahi wa inna ilayhi raji'un.«

Ehrlich. Kein Witz. Wie zum Teufel war das möglich? Zehn Jahre ohne Kontakt, und mir fehlten die Worte, klare Gedanken, ja sogar Klamotten, bloß dieses Gebet fiel mir ein, das ich in der Madrasa gelernt hatte. Wo hatte es sich die ganze Zeit über versteckt? Wo war dieses Gebet gewesen, dass es einfach so wiederauftauchte? Doch in diesem Moment konnte ich nur das Gebet sagen.

So war das alles nicht geplant, hätte ich am liebsten geschrien. Selbst jetzt, Stunden später, würde ich es noch gerne schreien. Mit Ouma begann dieses Valentinstagsding bei mir. Wahrscheinlich die einzige muslimische Oma, die ihrer Enkelin jedes Jahr eine Valentinskarte schickt. Oder vielmehr schickte. *Du bist für immer mein Valentine, mein Mädchen. Ich liebe dich!*, schrieb sie bei solchen Gelegenheiten und lachte, wenn sich der Mund meiner Mutter zu einem sehr unromantischen Strich zusammenpresste. *Das ist alles zum Vergnügen, Amina! Und für die Liebe, natürlich für die Liebe. Vergiss das nicht*, sagte sie dann. Wenn Rafiq, mein Freund aus unserer Straße, anfing, ebenfalls mitzumachen, lachten er und Ouma gemeinsam und planten Valentinsüberraschungen, während wir anderen mit den Augen rollten. Aber eigentlich habe ich das immer geliebt, und das wussten die beiden auch. *Es ist nur für die Liebe, Karima, nur für die Liebe!*

So war das alles nicht geplant. Ouma hätte nicht gewollt, dass es so läuft. V-Day war bereits Verdammtscheiße gewesen. Ich hatte sehnsüchtig darauf gewartet, dass der Tag endlich vorbeiging. Jetzt jedoch war dieser V-Day wirklich Ground Double Zero geworden.

Obwohl in meinem Kopf alles dagegen anschrie, wusste ich, dass ich nach Hause fahren würde, um den anderen Frauen bei der rituellen Waschung am Morgen zu helfen. Inna lillahi wa inna ilayhi raji'un. Von Gott kommen wir und zu ihm kehren wir zurück. *Es ist nur für die Liebe, Karima, nur für die Liebe!* Ich konnte sie lachen hören. So wie mir auf einmal wieder dieses Gebet einfiel, so klar wurde mir auch, dass ich nach Hause fahren würde.

»Okay, Dhanyal. Richte Mama aus, ich komme.«

»Gut, werde ich. Ich muss los, es gibt hier jede Menge zu tun«, erwiderte Dhanyal. Doch noch hatte er nicht alles gesagt, was er sagen wollte. »Es sind bereits sehr viele Leute hier, komm also besser allein. Und trage zumindest einen Schal.« Er wartete meine Antwort nicht ab, sondern legte auf. Schon jetzt fühlte sich dieser Tag wie der längste in der Geschichte der Menschheit an. Auf dieser Erde. Vielleicht sogar im ganzen Universum. Konnte nicht anders sein. Und offenbar war das erst der Anfang gewesen.

Das Gebet schien einen Schalter in meinem Gehirn umgelegt zu haben. Dirk hatte Sex mit Eva. Ouma war tot. Ich muss nach Hause fahren und alle – einschließlich Mama – wiedersehen.

Es waren ganze zehn Jahre, seitdem ich vor meiner Familie weggelaufen war.

Wie immer, wenn meine Welt aus den Fugen gerät, konzentriere ich mich erst einmal auf das Wichtigste. Das Wichtigste in diesem Fall war eindeutig auszumachen: Yogaklamotten gingen gar nicht.

Ich wusste, dass alle dieses Problem nicht verstehen würden. »Ernsthaft?«, meinte Di, als ich ihr stammelnd erklärte, dass ich nichts Richtiges zum Anziehen hätte. *Wie kann Kleidung jetzt eine solche Rolle spielen? Dein Mann hat sich als totaler Arsch herausgestellt, und deine Oma ist gerade gestorben. Ach, und deine Mutter will dich seit zehn Jahren zum ersten Mal wiedersehen. Nimm einfach deine verdammten Yogaklamotten und fahr los, Kari!* Ich wusste, was Di dachte, als ich ihr das erklärte. Sie waren völlig in Ordnung – die Klamotten, meine ich. Eine weiche dreiviertellange Stretchhose und ein Tanktop mit eingenähtem BH-Teil. Lila mit neonpinken Rändern. Sie passen mir, und es zeigt sich auch kein Cameltoe oder Ähnliches. Aber dort so aufschlagen? Dann könnte ich genauso gut mit zwei Köpfen und auf einem echten Kamel reitend daherkommen. Ich brauchte andere Kleider.

Und einen verdammten Schal.

Ehe ich zu meiner Familie fuhr, musste ich also nach Hause zurück. Wo Dirk war.

Apropos längster Tag in der Geschichte der verdammten Menschheit.

Ich legte meine Schlüssel und mein Handy neben den Schokoladenkuchen in Herzform. Grundgütiger, hatte ich den wirklich erst heute Vormittag gebacken? Ich hörte, wie oben die Dusche abgedreht wurde, und dann kam Dirk in sauberen Shorts, aber mit nassen Beinen und Oberkörper die Treppe herunter. Seine Haare waren feucht nach hinten gekämmt. Er blieb wenige Millimeter vor mir stehen, regungslos, doch die Worte sprudelten nur so aus ihm heraus.

»Ich bin unheimlich froh, dass du zurückgekommen bist, heilfroh, ich wusste nicht, ob ich zu Di fahren und dich dort abholen soll, jedenfalls bin ich vorbeigefahren und hab dein Auto vor ihrem Haus gesehen, war aber unsicher, ob ich dort klingeln sollte, du hast ja nicht abgehoben, als ich dich immer wieder angerufen hab, also hielt ich es für das Beste, erst mal abzuwarten.« Dann meinte er etwas weniger atemlos: »Ich weiß, dass ich warten muss. Ich weiß, wie beschissen das von mir war. Eigentlich kann ich gar nicht glauben, dass ich so was gemacht hab. Und ich kann total verstehen, wenn du mich verlassen willst.«

Zum zweiten Mal an diesem Tag sah ich meinen Mann weinen. Das war öfter als in der ganzen Zeit, in der wir verheiratet waren. »Aber bitte, verlass mich nicht. Bitte, lass uns reden. Lass uns zuerst reden. Ich mach alles, was du willst.« Und zum ersten Mal seit langem: »Ich liebe dich. Es tut mir so leid. Ich will nur mit dir zusammen sein. Nur mit dir.«

Seine Augen waren rot, sein Gesicht aufgedunsen und verquollen wie von einer Riesenpuppe. Worte und Tränen stürzten ungebremst aus diesem hin und her wackelnden Kopf, während der Rest seines Körpers nur schlaff dahing.

»Kari. Bitte, können wir uns vielleicht setzen? Können wir reden? Ich tu alles, was du von mir verlangst. Können wir in eine Paartherapie gehen? Alles, Kari, alles«, sagte er, wobei er wieder kaum Luft zu bekommen schien.

Als ich mich umsah, bemerkte ich, dass Dirk seit meinem überstürzten Aufbruch aufgeräumt hatte. Da war kein Erbrochenes mehr zu sehen, und es roch stark nach diesem teuren, ökologischen Allzweckreiniger, den er immer kaufte. Die Fliesen waren sauber und trocken. Er hatte sogar die Müslischüsseln weggepackt, die ich eigentlich in die Spülmaschine räumen wollte, und Futter für Marsh hingestellt. Der Tisch war weiterhin für zwei gedeckt. Nur die Kerzen auf dem Couchtisch brannten nicht mehr. Ich fragte mich, ob er wohl auch die Rosenblätter auf unserem Bett oben zusammengekehrt hatte.

»Mein Bruder Dhanyal hat angerufen. Ouma ist heute Abend an einem Herzinfarkt gestorben.« Es platzte auf einmal aus mir heraus. »Du weißt doch, dass Muslime ihre Toten waschen und sie innerhalb von vierundzwanzig Stunden begraben. Meine Familie möchte, dass ich komme und helfe, damit alles für das Begräbnis morgen früh bereit ist.« Es war leichter, nicht auf ihn einzugehen und nicht nach Eva fragen zu müssen. In puncto Ouma wusste ich wenigstens genau, was ich zu tun hatte.

»*Ai,* Kari.« Seine Augen wurden rund vor Schreck und Trauer. Ich wusste, dass er das nicht spielte. »Das tut mir so leid. Furchtbar. Ich weiß, wie sehr du sie geliebt hast.«

Selbst jetzt, als ich so wütend auf ihn war und es offenbar so viel gab, was ich nicht über ihn wusste, begriff ich: Dirk war mir gegenüber immer ehrlich. Das mag seltsam klingen, aber er sagte nie etwas, nur dass ich mich besser fühlte. Er sprach die Wahrheit, auch wenn sie mir wehtat. Er wollte mich nicht wegen Ouma anlügen. Dirk hatte meine Ouma nie kennengelernt, aber ich glaube, es tat ihm wahrhaftig leid, dass ich sie verloren hatte. *Ag.* Was wusste ich schon? Vielleicht redete ich mir auch nur ein, dass er ehrlich mit mir war, weil ich sonst gar nichts mehr glauben konnte, was er sagte. Wie sollte ich ihm dann abnehmen, dass Eva ein Fehler gewesen war?

Dass es nur bei *diesem einen Mal* blieb.

Dirk trat näher, als wollte er mich umarmen, berührte aber letztlich nur meinen Arm. Er hatte Angst vor mir! Diese Erkenntnis traf mich wie ein Schock. Ich hatte noch nie erlebt, dass er sich vor etwas fürchtete, am allerwenigsten vor mir.

Heute war offensichtlich der Tag der ersten Male. Sogar des Betrugs.

»Ich bin nur hier, um mich umzuziehen, dann fahre ich los. Keine Ahnung, wann ich zurückkehre«, erklärte ich. Es fiel mir in diesem Moment leicht, alles andere zu ignorieren, einschließlich der Hand, die immer noch vorsichtig auf meinem Arm lag.

»Ich kann mitkommen. Du musst da nicht allein hin. Es ist schon so eine lange Nacht gewesen.« Ich sah das *Bitte* in seinen Augen.

»Dhanyal meinte, ich soll allein kommen.«

Das sagte ich über meine Schulter hinweg, während ich die Treppe hinauflief.

Vergiss es, Dirk. Meine Ouma wird bestimmt nicht zu deiner Du-kommst-aus-dem-Gefängnis-frei-Karte beim Monopoly.

Ich brauchte eine ganze Weile, bis ich Klamotten in meinem Schrank fand, die irgendwie *halal* waren. Für eine Frau, die ihr erstes Tanktop mit einundzwanzig und ihren ersten Bikini mit zweiundzwanzig getragen hatte, war es unglaublich, dass sie so viele ärmellose Kleider besaß. Letztlich wählte ich ein langes, ärmelloses schwarzes Strickkleid und zog eine Strickjacke darüber. Zumindest bedeckte das meinen Körper, wenn auch nicht meine Figur. Zugegeben, ein gerader Schnitt ist nicht unbedingt figurbetont, aber um die volle Madrasa-Punktzahl zu erreichen, doch etwas zu eng anliegend. Wo ist die Burka, wenn man sie mal braucht? Grundgütiger. Ich hatte seit Ewigkeiten nicht mehr daran gedacht, meine Figur zu verbergen. Meine ganzen Kleidungsstücke waren inzwischen das reine Gegenteil zu halal, sie waren *harām*, also tabu. Zu kurz, zu eng, zu ärmellos, zu tief ausgeschnitten, zu alles.

Trag einen Schal.

Mist. Ich war mir ziemlich sicher, dass Dhanyal damit nicht

diese Wolldinger meinte, die ich mir im Winter um den Hals wickelte. Aber etwas anderes hatte ich nicht. Das musste also reichen. Ich hatte auch nur Schals in leuchtend bunten Farben. Noch weigerte ich mich, diesen Schal über meinen Kopf zu breiten, er würde meine Haare sowieso nicht ganz bedecken. Also stopfte ich ihn erst mal in meine Tasche. Ich sammelte weitere Kleidungsstücke und die Zahnbürste ein und legte dann alles in Dirks leere Tasche, die neben unserem Bett stand. Wahrscheinlich musste ich die Nacht dort verbringen.

Ein Zimmer voller Schuhe und keine Zeit – also nahm ich die erstbesten. Die mussten genügen. Während ich packte, fielen ein paar dieser verdammten Rosenblätter vom Bett, wo sie immer noch verstreut lagen. Ich versuchte, nicht darauf zu achten.

Genauso wenig wie auf Dirk, der leise aufgetaucht war, in der Tür stand und mich beobachtete.

»Komm, lass mich dich fahren. Es ist zu spät, um allein zu fahren, und außerdem ist heute Abend viel passiert. Ich muss ja nicht mit reingehen. Ich kann dich auch jederzeit abholen, wenn du mir Bescheid sagst.« *Bitte, Kari,* schienen seine Augen erneut zu flehen. *Bitte, bitte lass mich mitkommen.*

»Stimmt, es ist viel passiert. Du hattest Sex mit Eva, und Ouma ist gestorben.« Ich wollte gemein zu ihm sein, aber die andere Sache rutschte mir ebenfalls heraus. Auf einmal standen mir die Tränen in den Augen, meine Brust hob und senkte sich, und ich hatte den Mund voller Speichel. »Ouma ist tot. Es gibt keine Möglichkeit mehr, sie wiederzusehen, keine Möglichkeit, die Dinge zu richten. Es ist vorbei. Jetzt kann ich nie mehr versuchen, etwas mit ihr geradezurücken. Sie ist tot.« Ich schluchzte stumm weiter. Dirk legte seine Arme um mich. Trotz allem war ich froh, ihn bei mir zu haben. Während unserer ganzen Zeit hatte ich immer das Gefühl, dass wir zusammenpassten, sobald er mich in die Arme nahm – egal, was war. Selbst wenn das nach außen hin für niemanden so aussah, spürte ich unsere Zugehörigkeit. Diesmal hielt dieses Gefühl aber nur eine Minute an, und zum ersten Mal löste ich mich aus seiner Umarmung.

Diese Arme hatten vor kurzem Eva gehalten.

»Ich muss los. Ich melde mich.«

Ohne ihn noch einmal anzusehen, ließ ich meinen Mann ein zweites Mal an diesem Valentinstag stehen und rannte auf und davon.

Vier

Es waren nur fünfunddreißig Minuten von Eden on the Bay in Blouberg nach Eden Road, Walmer Estate. Ich fuhr diese Strecke wie ein Automat, ein angenehmes Zwischenstadium zwischen Dirk und Ouma. Was für eine kurze Strecke von einem Eden zum anderen. So nahe, und doch hätten es zwei verschiedene Planeten sein können. Mein Eden drehte sich um Dirk und mich, um unser Zuhause in Beach View, meine Freunde, meine Arbeit, das Meer. Geschäfte, Bars, Strand und Bikinis. Hier kannte mich niemand von früher. Ich war einfach die, die ich war.

Weißt du, dieses Mädel vom Beach View Development, sieht indisch aus oder so. Ich bin mir nicht sicher, lange Haare, grünliche Augen, fast wie Pocahontas. Könnte aber mehr Busen vertragen. Irgendwas du Toit, verheiratet mit diesem scharfen blonden Typen, der immer auf seinem Rad auf der Küstenstraße entlangsaust. Mmmh, den würde ich nicht von der Bettkante stoßen!

Ich hatte vor Lachen Bauchschmerzen, als Di mir erzählte, wie Shelley mich beim ersten Mal beschrieb (und ich kaufte auf der Stelle einen Push-up-BH).

Aber in meinem alten Eden war ich nicht nur diejenige, die ich immer war. Es erinnert mich an eine dieser Fernsehserien, wo sich dieselben Leute regelmäßig in einer Kneipe treffen und glauben, sie wüssten, wer die anderen sind. Die Titelmelodie von *Cheers* ging mir durch den Kopf, als ich an Paarden Eiland vorbeifuhr. Natürlich gab es in meinem Eden

Road, Walmer Estate, keine Kneipe. Stattdessen hatten wir eine Moschee und einige Häuser und verdammt viele Leute, die glaubten, sie wüssten alles über mich. Dort ging es ausschließlich um diese Menschen. Und sie kannten zugegebenermaßen meinen Namen. Doch wenn ich diesmal dort wieder eintraf, war garantiert nicht Happy Hour. Happy konnte man dort sicher niemanden antreffen.

Es war nach dreiundzwanzig Uhr, als ich die Brücke über die Schnellstraße nahm und Walmer Estate erreichte. Es waren noch immer dieselben Hügel – so steil, dass man das Gefühl hatte, direkt in den Berg zu fahren, wobei mein Mini Automatik zumindest bedeutete, dass mir nicht mehr mitten am Hang der Motor abstarb. Doch es waren dieselben engen Straßen voller Autos, dieselben Läden an der Ecke, die nachts geschlossen hatten. Ein wenig hatte ich den Eindruck, auf einmal wieder in der Highschool zu sein. Alles sieht mehr oder weniger wie früher aus, und man weiß, wo man lang muss. Aber andere Dinge hatten sich so verändert, dass es nicht mehr dasselbe wie früher sein konnte. Größere Autos parkten an den Bordsteinen. Wohnten dieselben Leute noch in denselben Häusern? Das konnte nicht sein. Ich wusste, dass einige Gäste bei uns zu Hause sein würden. Sie kamen, um die Nacht hindurch zu beten. So war das, wenn jemand abends oder nachts starb. Grundgütiger. Würden diese Leute mich wiedererkennen? Das war alles, woran ich in diesem Moment denken konnte.

Ich schlich die Eden Road entlang, während ich ständig überlegte, wie schrecklich es wäre, falls ich aus Versehen eines der Autos streifte oder einen der Männer erwischte, die plaudernd auf der Straße standen. Doch obwohl ich so dahintuckerte, übersah ich doch unser Haus, die Nummer zwölf. Ich fuhr direkt daran vorbei, ehe mir klar wurde, dass das unser Haus war. Das rosafarbene einstöckige Haus, in dem ich einundzwanzig Jahre lang gelebt hatte, hatte sich in ein glatt wirkendes, weißes Haus mit drei Etagen und einer Glasfront verwandelt. Unten befanden sich jetzt Garagen, wo früher einmal der Garten gewesen war. Eine Flügeltür als Eingangsportal.

Die Tür stand offen, und Männer mit *Kufiya* auf den Köpfen sammelten sich davor. Alle Lichter waren angeschaltet, und von der Straße aus sah ich die goldgerahmten arabischen Kalligrafien an der Wand des Wohnzimmers. Mehr oder weniger alle Häuser der Straße schienen größer geworden zu sein. Doch wenn man genau hinschaute, erkannte man ihre früheren Formen. Eine Ausnahme bildete Rafiqs Haus ganz am Ende der Eden Road, wo ich letztlich parkte. Ja, das Karma, das konnte wirklich fies sein. Sein Haus war noch immer wie früher. Braune Ziegelfront mit einer *Stoep*, der Vorgarten weiterhin voll mit jenen Blumen, die Rafiqs Mutter so mochte. Die gleichen Blumen, die er für mich pflückte, wenn sie nicht hinsah. Ich kannte nie ihren Namen, aber sie hatten mich an jene Blumen auf den Badekappen alter Damen erinnert. Später fand ich heraus, dass es sich um Geranien handelte. Hastig verdrängte ich weitere Gedanken an Rafiq. Falscher Zeitpunkt. Ich war wegen Ouma gekommen, nicht wegen ihm. Dennoch konnte ich nicht anders, als einen zweiten Blick auf die *Stoep* zu werfen, so wie ich das früher immer getan hatte. *Los, hör auf zu zögern*, forderte mich Di in Gedanken auf. Gerade als ich diesem Rat folgte, zog eine Frau, die von Kopf bis Fuß in Schwarz gekleidet war, die Haustür hinter sich zu und näherte sich mir über den Gartenweg. Sie blieb vor mir stehen und sah mich an.

»Karima? Bist du das? Das ist ja unglaublich. Du bist es wirklich!«

Mist. Der Schal steckt noch in meiner Tasche, dachte ich panisch. Ich entspannte mich, als ich im Licht der Straßenlaterne Shireens Gesicht erkannte, rund und blass, das mich unter ihrem schwarzen Kopftuch heraus ansah. Runder als in meiner Erinnerung, aber unter diesem Kopftuch und dieser *Abaya* steckte tatsächlich die Frau meines Bruders. Ich hatte Shireen kennengelernt, als ich fünfzehn und sie einundzwanzig war, und als sie Dhanyal heiratete, bekam ich endlich die Schwester, die ich mir immer gewünscht hatte. Bis heute Abend wäre Shireen nur ein flüchtiger Gedanke gewesen, doch jetzt stand sie wirklich vor mir. Ouma hatte immer erklärt, dass der Tod alles schlagartig ändern konnte. Wie recht sie auch in dieser Hinsicht gehabt hatte. Shireen umarmte mich eine ganze Weile, wobei der weiche Stoff ihres Kleides mit den weiten Ärmeln mich wie eine Decke umhüllte. Irgendwo darunter spürte ich ihren festen, runden Körper. Danach standen wir mit tränennassen Gesichtern eng beisammen auf der Straße, die Rücken dem gelben Licht der Laternen zugewandt. Anfangs war mir mein Leben ohne dieses Licht seltsam erschienen, doch jetzt achtete ich kaum darauf, weil ich versuchte, Shireens Erzählung zu folgen.

»Es ging so schnell, Karima. Ouma saß in ihrem Sessel vor dem Fernseher, als sie plötzlich meinte, dass sie sich hinlegen wolle. ›Mein Kopf fühlt sich so komisch an‹, sagte sie. Ich hätte nie gedacht, dass dies der letzte Satz wäre, den ich von ihr hören würde. Ich habe im Grunde gar nichts gedacht, sondern war einfach nur müde und froh, dass sie ins Bett gehen wollte. Sie war sowieso nicht mehr dieselbe, seitdem das …« Shireen brach ab, als ob sie nicht wüsste, wie sie weitersprechen sollte. »… Seitdem das mit dir passiert ist. Aber auch wenn sie nicht mehr so *lekker* denken konnte, war ihr Körper doch noch sehr kraftvoll, weißt du.«

Shireen hielt inne. Ich wartete. In der Dunkelheit konnte ich nichts anderes tun als warten.

»Ja, für ihre fünfundachtzig war sie wirklich fit. Ich dachte mir also nichts, half ihr hoch, und auf einmal stürzte sie zu Boden. Direkt vor mir, direkt vor dem Fernseher. Sie hat gar nicht geschrien oder etwas Ähnliches.«

Wieder hielt sie inne. Ich blieb weiterhin stumm, während ich dachte, dass ich nicht einmal wusste, welcher Sessel in den letzten Jahren Oumas Lieblingssessel gewesen war und welche Fernsehsendungen ihre bevorzugten waren. Hatte sie die ganzen Jahre über dasselbe Zimmer behalten?

Shireen redete jetzt wie ein Wasserfall los.

»Deine Mama war oben und sprach das *Schahāda* mit den Mädchen in ihrem Zimmer, deshalb schrie und schrie ich. Konnte nicht mehr klar denken. Deine Mama bekam einen Riesenschreck, und sie rannte so schnell die Treppe hinunter, dass sie stolperte. Einfach die blöden Stufen runter, Karima! Ich schrie also immer weiter, während die beiden alten Damen am Fuß der Treppe lagen, und Alia und Sara stürzten ebenfalls aus ihrem Zimmer und fingen auch zu schreien an. Sie oben und ich unten. Es war verrückt, aber du kennst ja deine Mama: Sie ist eine starke Frau. Sie befahl mir und den Mädchen, endlich mit dem Schreien aufzuhören. Ich solle Dhanyal anrufen. Als deine Mama die Mädchen anschrie, kam ich endlich wieder zu mir. Sie schreit die Mädchen nämlich normalerweise nie an. Also telefonierte ich mit Dhanyal.« Sie holte tief Luft. »Ich musste es fünfmal versuchen, ehe er endlich abhob.« Shireen sah mich an, als ob sie erwartete, dass dieser Teil der Geschichte mich am meisten schockieren würde. »Fünfmal! Ehrlich!«, sagte sie, während sie alle Finger ihrer linken Hand zeigte, an der auch ihr Ehering steckte. »Ich rufe ihn normalerweise nie an. Er hätte wirklich abheben können. Als er es endlich tat, war er stinksauer und meinte, ich solle den Krankenwagen holen. Kurz darauf kam er dann. Aber es war zu spät, Karima. Es war bereits zu spät.«

Shireen hatte geredet, ohne mir die Chance zu geben, auch etwas zu sagen. Ich hatte den Eindruck, sie wollte all diese Worte aus ihrem Kopf kriegen.

»Stell dir das mal vor. Gerade noch schauen wir fern, und dann ist Ouma plötzlich tot. Dhanyal meint, es sei wahrscheinlich nicht nur ein Herzinfarkt gewesen, sondern ein Herzstillstand. Weil es so schnell gegangen ist. Dein Herz bekommt dann einen Riesenschock, und man stirbt auf der Stelle.« Noch immer gab sie offenbar gerne medizinische Details weiter – typisch für die frühere Sprechstundenhilfe, die inzwischen schon lange zur Ehefrau des Arztes geworden war. Ich fragte mich, ob ich Shireen wie damals auf den Arm nehmen könnte. Inzwischen war sie selbst Mutter und hatte zwei Töchter, die alt genug waren, um abends das Schahāda zu sprechen.

Ich war also Tante. Zweifache.

Ich wusste nicht, was ich sagen sollte. In meinem Magen rumorten der Champagner und der Rotwein. Außerdem bildete ich mir ein, noch immer Erbrochenes zu riechen, was aber eigentlich gar nicht mehr der Fall sein konnte. Zuerst Dirk. Dann Ouma. Ich vermochte mir nicht vorzustellen, wie das alles geschehen konnte. Von Oumas komischem Gefühl im Kopf hatte ich nicht die geringste Ahnung, und ich wusste auch nicht, wie es im Inneren des Hauses aussah, wo es passiert war. Doch ehe ich mich dazu zwang, etwas zu sagen, fiel Shireen etwas an mir auf.

»Karima, du brauchst einen Schal. Du kannst da nicht *kaalkop* reingehen. Es sind schon viele Leute gekommen. Ich war nur kurz hier, um Gigi die Mädchen zu bringen. Sie sind beide zu aufgewühlt, um zu Hause zu bleiben. Aber ich bin mir sicher, dass Gigi etwas hat, was du tragen kannst. Warte hier.« Shireen wandte sich wieder dem Gartenweg zu Rafiqs Haus zu und verschwand hinter der alten Holztür.

Gigi und Rafiq?

Ich war noch dabei, diese Neuigkeit zu verdauen, als Shireen schon mit einer schwarzen *Abaya* und einem großen Kopftuch herauskam, die genauso wie die aussahen, die sie trug. »Ouma hat Gigi und mir das gleiche Outfit geschenkt, als sie und Dhanyal nach Mekka gepilgert sind. Aber Gigi trägt ihres jetzt nicht mehr, deshalb habe ich sie gebeten, es für heute dir zu leihen.« Sie streckte mir die Kleidungsstücke hin. »Gigi wollte die Sachen eigentlich nicht herausrücken, aber ich habe gemeint, dass Ouma sich sicher gefreut hätte, wenn du sie trägst«, fügte sie hinzu, als ich das Kopftuch nicht sofort entgegennahm.

So endete der V-Day Ground Double Zero – direkt in der Eden Road kurz vor Mitternacht am längsten Tag in meinem Leben. Ich verschleierte Kari.

Eden & Eden

Fünf

Als ich dort während der ersten Minuten des Samstags auf dem Bürgersteig stand, nun eingehüllt in Gigis Kopftuch und Kleid, hatte ich das Gefühl, mich auf den Weg in etwas Schwereres zu machen – schwerer als das Tuch und die *Abaya* an meinem Körper. Ich wusste nicht, was es war, aber es schien mir mehr zu sein als der Beginn eines neuen Tages. Es war der Beginn meines Lebens nach Ground Double Zero.

Mit der Kopfbedeckung hatte ich von Shireen einen unausgesprochenen Segen erhalten. *Halāl*! Haare verborgen, Körper getarnt.

Bo blink, onder stink.

Sie hakte sich bei mir unter, und wir liefen die kurze Entfernung bis zum Haus. »*Salām, Salām*«, grüßten uns die Männer, als wir an ihnen vorbeigingen. Sie steckten die Köpfe zusammen und schienen in ihre Zigaretten zu sprechen, während sie vor zwei superweißen Doppelgaragen standen. Unter meinen Füßen lagen nun Pflastersteine mit Wirbelmuster, wo früher einmal Gras gewesen war. Wo früher einmal Oumas Hibiskusbäume geblüht hatten, gab es nun zwei große Töpfe mit rund geschnittenen Buxbäumen. Wann hatte sich dieses Haus in einen solchen Vororttraum verwandelt?

Shireen und ich huschten leise ins Haus. Niemand schaute uns an. Mit solcher Kleidung in Eden on the Bay würden mich alle anstarren. Hier in der Eden Road waren der Anblick von Kopftüchern und *Kufiyas* sowie die vielen *Salāms* ganz alltäglich. »Ninjakluft!«, hätte Owen über das Kopftuch, das ich nun trug, gespottet, doch nicht verstanden, dass es einem auch Kraft geben konnte. Ich verstand es ja selbst nicht ganz, aber ich fühlte mich darunter sicher, als wäre ich jetzt für das, was kam, ausreichend gewappnet.

Im Inneren des Hauses waren die meisten Möbel weggeräumt worden. Männer stellten gerade Klapptische im Wohnzimmer auf, während Frauen in der für mich neuen offenen Eichenküche dahinter Tee und Sandwiches machten. Trotz all der Menschen herrschte kein Chaos. Jeder schien zu wissen, was getan werden musste und was er jeweils zu erledigen hatte. Räucherstäbchen, die in Kartoffeln gesteckt waren, brannten an verschiedenen Stellen, so dass es stark nach Sandelholz roch.

»Es sind schon so viele da. Wann sind die denn gekommen?«, flüsterte ich Shireen zu, die mich an den ernsten Gesichtern und den Holzbänken an den Wänden vorbeiführte – Plätze für diejenigen, die sich später einfinden würden, um aus den Gebetsbüchern zu lesen.

»Die Leute trafen ein, als die Nachricht raus war. Sie kommen, um zu helfen. Du weißt ja, wie das ist.« Shireen zuckte mit den Achseln. An der Wand waren drei Fotorahmen mit Stoff verhängt. Wahrscheinlich Bilder von Ouma. Ein weiterer Rahmen war ebenfalls verhängt, diesmal vermutlich ein Spiegel. Wenn ein Muslim stirbt, soll man weder den Toten noch die Lebenden betrachten.

Shireen führte mich links an unserem alten Zimmer – das von Mama und mir – vorbei. Vorbei an der Treppe rechts blieb sie vor dem nächsten Zimmer stehen, jenem, in dem Ouma gelebt hatte.

Es war still in Oumas Raum, den sie so geliebt hatte. Das merkte ich erst, als wir eintraten. Wo ihr Bett früher einmal gestanden hatte, befand sich nun ein *Katel.* Statt warm und gemütlich unter einer dicken Decke lag sie nun unter einem weißen Laken auf einer Metallbahre. Und während es früher nach Pond's Creme geduftet hatte, roch es jetzt nach Kampfer – wie es bei Aufbahrungen üblich war – und Sandelholz. Ich hatte einmal vor langer Zeit gesehen, wie ein leeres *Katel* bei einer Totenwache in ein Zimmer gebracht wurde. Damals saßen Ouma und ich auf einer der Bänke, während die Metallbahre mit ihrer tiefen Liegefläche von starken Armen an uns vorbeimanövriert wurde.

Selbst jetzt noch glaubte ich Oumas Stimme zu hören, wie sie sagte: *Darauf legen sie den Toten, Karima. Die Bahre wurde speziell dafür gemacht, dass die Familie des Toten – nur Männer bei einem Mann und nur Frauen bei einer Frau – diesen waschen können. Aber man sieht nicht, was man genau wäscht. Das geschieht alles auf bestimmte Weise unter einem Tuch, so dass es für niemanden seltsam ist. Dann wird der Tote in Tücher gewickelt, und das war es. So kommt er in sein Grab. Kein Sarg wie in den Filmen. Und keine weinenden Frauen am Grab.* Damals entsetzte mich das, was sie erzählte – vor allem die Vorstellung, einen Toten waschen zu müssen.

»Nehmen wir diesen Platz hier, Karima«, sagte Shireen. Wir quetschten uns auf eine Bank zwischen ein paar Frauen, die höchstens einen Meter von Oumas bedeckten Füßen entfernt saßen. Dann begannen sich die Wäscherinnen zu bewegen. Sie falteten Laken auseinander, öffneten Tüten mit getrockneten Rosenblättern und rollten Watte aus. Ich wusste, dass sie alles für die Waschung vorbereiteten. Sie arbeiteten rasch und effektiv, ohne gehetzt zu wirken. Ich stand auf, als diejenige mich rief, die offenbar das Sagen hatte. Sie bat mich, Oumas Kopf festzuhalten, während die anderen weitermachten. Ich hielt Ouma, ohne sie sehen zu können, und ihr Kopf fühlte sich unter dem Laken unglaublich leicht an. Die Frauen hatten nun mit der Waschung begonnen und ließen irgendwo über Oumas Körper Wasser laufen.

Ich war innerlich ganz ruhig und brach keineswegs in Panik aus, so wie ich mir das vorgestellt hatte, als Ouma mir zum ersten Mal davon erzählte. Es schien etwas Wunderbares zu sein, was man noch für sie tun konnte. Es fühlte sich richtig an, dass Ouma ihre letzte Waschung von Menschen erhielt, die sie kannten und liebten, hier in ihrem eigenen Zimmer. In Tücher und Rosenblätter gehüllt, war ihr Körper von den Geräuschen der Freunde und Familie umgeben, die um Frieden für ihre Seele beteten. Es kam mir vollkommen richtig vor.

Sie konnte erst beerdigt werden, wenn es hell wurde. Ich musste also stundenlang hier sitzen und auf den Sonnenaufgang warten. Aber das machte nichts. Ich sah niemanden an außer Shireen, Ouma und die waschenden Frauen. Die Gebete um mich herum rollten über mich hinweg und gaben mir eine innere Ruhe. Ich kam mir wie in Trance vor. Ohne einen Gedanken hörte ich nur hin, wenn Shireen mir sagte, was ich tun sollte. Als die Frauen anfingen aufzustehen, sich von Ouma zu verabschieden und ihr Gesicht zu küssen, wusste ich, dass es nun Zeit war, Oumas Gesicht zum letzten Mal zu sehen. Shireen gab mir ein Zeichen, dass ich an der Reihe war. Ich betrachtete Ouma, wie sie dalag ohne ihr Lächeln. Sie sah wie immer aus und doch ganz anders. Ihre Wange war kühl, als ich meine Lippen darauf legte – nicht zu fest, hatte Shireen gesagt.

Danach setzte ich mich wieder, und Shireen stand auf, um jemandem, der weiter unten auf der Bank saß, zu helfen. Die beiden beugten sich am längsten über Ouma, wobei das Kopftuch der anderen Frau so vorfiel, dass es sowohl ihr eigenes als auch Oumas Gesicht vor uns verbarg.

Als sie wieder zu der Bank zurückkehrten, riss ich mich von Oumas Anblick los – und schaute in ein Paar Augen, das genau wie meines aussah.

Mama.

Sechs

Ich hatte natürlich darauf gewartet, ihr zu begegnen. Aber dennoch war ich innerlich nicht vorbereitet.

»Kümmere dich um deine Mama, Karima«, meinte Shireen und führte Mama direkt zu dem Platz neben mir. Dann setzte sie sich eng neben sie auf der anderen Seite.

»*Salām*, Karima«, sagte Mama, die Augen voller Tränen, als wir uns auf beide Wangen küssten, wie wir das mein Leben lang getan hatten. Wie immer. Als ob es noch ein Immer gäbe. Mehr sprachen wir nicht, denn in diesem Moment kamen die Männer herein. Wir standen auf. Oumas Gesicht wurde mit weicher Watte und einem Tuch bedeckt. Ich spürte, dass sich die Gebete schwer auf mein Herz legten und meine Mutter meine Hand hielt, fest und entschlossen, während die Männer das *Katel* aus dem Zimmer trugen.

Danach tat ich das, was Shireen mir gesagt hatte. Nur nicht, dass ich mich um Mama kümmern solle. Ich wusste nämlich nicht, wie. Als Mama also meine Hand losließ, übergab ich sie Shireen. Diese schien zu wissen, was sie tat. Sie half Mama langsam, Schritt für Schritt, zu dem Tisch, wo andere ältere Frauen saßen. Ich machte währenddessen die anderen Dinge, um die Shireen mich gebeten hatte. Ich reichte Tee, Kekse, Sandwiches und Teller voller Essen an Männer, die ich nicht kannte. Ich umarmte und küsste Frauen, die mir ebenfalls unbekannt waren. Fremde sprachen mir ihr Beileid aus. *Möge Allah deinem Herzen Frieden und Zufriedenheit geben.* Ich hörte, wie eine Frau einer anderen zuflüsterte: *Das ist Karima,*

Dr. Essops Schwester. Ja, wirklich. Ich bin mir sicher, dass sie das ist. Man erkennt es in ihrem Gesicht, das ist Mrs As Tochter. Schau dir die Augen an. Die alte Ouma Edie hat sie sehr geliebt, aber als sie einundzwanzig war, lief sie einfach auf und davon. Zwei Wochen, bevor sie Gigis Fiekie heiraten sollte! Gigi hatte damit natürlich Glück oder vielleicht auch nicht – wer weiß. Jedenfalls soll vor der Hochzeit etwas wirklich Schlimmes passiert sein, denn danach hat man sie hier nie mehr gesehen. Mrs A kam damit zurecht, aber die alte Dame war nie mehr dieselbe. Ja, sie war verrückt nach dem Mädchen. Schrecklich, dass Karima jetzt erst zurückgekommen ist. Sie war eine ganz besondere alte Dame. Wusstest du, dass sie eigentlich Alia hieß? Alle nannten sie in der Eden Road immer Ouma, weshalb sie irgendwann zu Ouma Edie wurde. Die mit dem grünen Tuch hörte lange genug zu flüstern auf, um die Tasse Tee entgegenzunehmen, die ich ihr hinhielt.

Dann versteckte ich mich eine ganze Weile im Badezimmer. Prüfte, ob ich Nachrichten von der anderen Seite der Welt erhalten hatte.

8:00 Dirk: Wie geht es dir? Bitte lass mich wissen, ob ich kommen kann

11:00 Di: Wie geht es dir?

11:05 Shelley: Es tut mir so leid mit deiner Oma, und das mit Dirk ist echt scheiße. Lass mich wissen, ob ich irgendetwas für dich tun kann. xxx

12:00 Lily: Soll ich kommen? Lass es mich wissen.

12:05 Dirk: Alles in Ordnung? Ich vermute, du hast viel zu tun und brauchst mich nicht dort? Ich warte zu Hause auf dich. xxx

Ich antwortete der LSDoK-Gruppe.

12:15 Kari: Hi Leute, tut mir leid, dass ich mich jetzt erst melde. Bin in einer Twilight Zone, fragt Di. Kann gerade nicht reden, aber hoffe, heute Abend zu Di zurückzukehren. Xx

Die Nachricht schickte ich ab und überlegte, wie seltsam es war, so wenig in einer doch nicht ganz kurzen Nachricht mitzuteilen.

12:17 Di: Komm jederzeit, ich hebe Abendessen für dich auf.

Dhanyal wich ich aus. Das war nicht schwer, da sich die Männer und die Frauen bei Beerdigungen meist getrennt voneinander aufhielten. Ich hatte beobachtet, wie er andere Männer begrüßte, und ich wusste, dass er mich gesehen hatte. Aber bisher hatten wir seit dem Telefonat in der Nacht kein weiteres Wort miteinander gewechselt. Ich stand neben Shireen, als er aus dem Nichts plötzlich direkt vor uns erschien.

»Such dir einen Platz und setz dich hin. Sag *ihr*, wenn du etwas brauchst. Die ganze Zeit auf den Beinen ist schlecht für das Baby.« Er belferte seine Frau an und schenkte mir keinen einzigen Blick, wobei klar war, dass er mit *ihr* mich gemeint hatte. Ich hätte mir nicht die Mühe machen müssen, ihm auszuweichen. Seine Worte ließen mich Shireen genauer ansehen, als er wieder davonstürzte. Sie war nicht nur älter und runder seit unserer letzten Begegnung – sie war älter, runder und schwanger. Hochschwanger.

»Beinahe acht Monate. Es wird ein Junge«, erklärte sie entschuldigend, als sie bemerkte, wie ich sie anstarrte. »Dhanyal macht sich nur Sorgen. Er freut sich so, dass es ein Junge wird, und nichts darf schiefgehen. Du weißt ja, ein Mann will immer einen Sohn, und ich kann dir eines verraten: Ich bin so erleichtert, dass es diesmal eine blaue Babydecke wird. Ich hatte Glück.« Sie rieb sich über den Bauch und sah mich mit müden Augen an. »Ich werde dieses Jahr achtunddreißig, es ist also meine letzte Chance. War schon zweimal im Krankenhaus, nicht wie bei den Mädchen, wo es keine Probleme gab. Mit dem hier ist es anders, der macht mir jetzt Sorgen.«

Sie brach ab und suchte mit den Augen in der Menge der Männer auf der anderen Seite des Raums nach Dhanyal. Wenn ich bedachte, was sich alles unter ihrem Kleid verbarg, und ich hatte nichts bemerkt, bis Dhanyal etwas sagte.

Als das Haus später beinahe leer und ich bereit zum Gehen war – ich wollte in die Dunkelheit hinausschleichen und mich nur von Shireen verabschieden –, erwischte mich Dhanyal. Er schnitt mir einfach den Weg ab, als ich mich gerade zur Haustür wandte.

»Nicht so schnell, Karima«, sagte er. »Ich will, dass du etwas begreifst. Du hast Shireen und Mama gesehen.« Er starrte mich aus roten, geschwollenen Augen finster an. »Sie werden das hier nicht alles alleine hinkriegen. Sie brauchen Hilfe. Während des Tages kann ich nicht da sein, und es geht sowieso um Frauenkram. Jetzt bist du an der Reihe. Du musst zurückkommen, hierbleiben und ihnen helfen. Es geht um vielleicht fünf oder sechs Wochen deines Lebens. Dann sind die vierzig Tage vorbei, Mamas Bein wird es wieder besser gehen, und Shireens Mutter kann kommen. Das schuldest du Ouma und Mama. Es ist an der Zeit, dass du endlich erwachsen wirst.«

Mein Bruder wich meinem Blick nicht aus, sondern sah mich nur herausfordernd an. So regelte Dhanyal schon immer seine Angelegenheiten. Er fragte nie. Es gab nie eine Bitte bei ihm. Aber er wusste, wie er mich kriegen konnte. Geschwister sind bekanntermaßen Experten darin, die Schwachstelle des anderen zu kennen.

Dhanyal wusste auch, wann er eine Schlacht gewonnen hatte. Ich nickte zustimmend, ehe er überhaupt zu Ende gesprochen hatte.

Sieben

Von Dhanyals Haus fuhr ich sozusagen direkt in Dis Küche zurück. Ich war das einzig Gleiche in diesen beiden Paralleluniversen, aber ich fühlte mich nicht gleich an. Wieder saß ich an Dis Küchentheke. Doch anders. Die Küche war wie immer makellos – nicht ein Ding am falschen Platz. Alan und die Mädchen waren nicht zu sehen; diesmal schliefen sie schon. Wieder gab es Rotwein in großen Gläsern. Mein Gesicht war feucht. Diesmal allerdings ohne Erbrochenes. Aber ich war immer noch ein Wrack. Statt Di saß nun die ganze LSDoK-Gruppe auf Barhockern um die Theke herum. Ich tat allen leid. Obwohl die Zeit zum Abendessen schon lange vorbei war, hatten alle auf mich gewartet. Damit hatte ich nicht gerechnet.

»Oh, mein Gott, Kari. Was für ein grauenvoller Valentinstag!« Das war Shelley. Wie konnte es sein, dass nur wenige Stunden von *Karima* den Namen *Kari* jetzt so merkwürdig klingen ließen? Ouma hätte es gehasst, wenn sie gewusst hätte, dass man mich Kari nennt. Sie erklärte immer: »Der Name, den dir deine Eltern gegeben haben, ist wertvoll, Karima. Es ist das erste Geschenk, das man in seinem Leben bekommt. Und dein Name bedeutet sogar ›wertvoll‹.«

Aber *Karima* fühlte sich nicht mehr richtig an. Ich war Kari. Und mochte es, Kari zu sein.

Ich war froh, wieder zurück zu sein, aber ich musste wirklich dringend schlafen. Irgendwann konnte ich nicht mehr antworten, so müde war ich. Ich lächelte nur ein wenig, als

Shelley mich etwas fragte, und konzentrierte mich dann auf das Glas vor mir. Der Rotwein war doch nicht so schlecht.

»Wie lief es? Wie war es mit deiner Mutter? Und deinem Bruder? Du musst uns alles erzählen. Wie hat es sich angefühlt, wieder dort zu sein?«

Shelley stellte eine Frage nach der anderen, ohne auf eine Antwort zu warten. Sie erklärte oft, dass sie Farben und Auren um Menschen herum wahrnehme, was vermutlich eine ungewöhnliche und nützliche Fähigkeit für eine Innenarchitektin war. Aber manchmal konnte sie wirklich total blind sein. Ich war nicht in der Lage zu sprechen, doch sie schien das nicht zu sehen. Sie starrte mich aus ihren blauen Augen an. Ich kannte Shelley. Ich wusste, dass sie nicht Ruhe gab, bis ich nicht zumindest irgendetwas gesagt hatte. Wenigstens hatte sie mich nichts zu Dirk gefragt. Noch nicht.

»Mein Kopf ist so voll, Shell. Es ist so viel passiert und gleichzeitig nichts. Ich werde dir die ganze Geschichte bald erzählen … Alle taten so, als wär's völlig normal, dass ich da bin«, erklärte ich schließlich. Alle hier wussten natürlich, dass es nicht normal war, und alle dort hatten es auch gewusst. Ich versuchte, Shelley mehr Details in den Rachen zu werfen, wusste aber nicht, welche. »Ich habe alles gemacht, worum mich meine Schwägerin Shireen gebeten hat. Meistens habe ich Tee und Essen serviert«, fuhr ich irgendwann dann doch fort.

Was die eine Frau der anderen zugeflüstert hatte, verschwieg ich. Sonst hätte es noch mehr Fragen gegeben. Shelley war in solchen Situationen schlecht zu bremsen.

»Wie läuft es eigentlich mit deinen neuen Klienten? Die nach Joburg gezogen sind?«, fragte Lily Shelley. Ich tat ihr offenbar leid, und sie wollte uns alle wohl von meinem Stottern erlösen. Owen, das ›o‹ in LSDoK, saß schweigend da und hörte zu. Unser Bruder-von-einer-anderen-Mutter hockte neben mir, einen Fuß auf meinem Stuhl platziert, als ob er sicherstellen wollte, dass ich nicht plötzlich umfiel. Dieser Fuß auf meinem Stuhl tat auf seltsame Weise gut. Owen konnte reden. Ich hatte ihn erlebt, wenn er in seinem Verkaufsmodus war. Doch er bekam nur ein kleines ›o‹, weil er im Gegensatz zu uns nicht halb so viel über das redete, was wirklich zählte. Dennoch war er der beste Freund, den man sich vorstellen konnte, und wir liebten ihn alle sehr. Er war nicht schwul (warum glauben die meisten, dass nur Schwule weibliche Freunde haben können?). Wenn man von ihm wissen wollte, ob der eigene Hintern knackig aussah oder nicht, gab er immer eine ehrliche Antwort. Außerdem trank er nie zu viel, was bedeutete, dass er uns am Arm festhalten konnte, wenn wir das brauchten. Er war geschickt (prüfte zum Beispiel den Hausalarm, wenn dein Mann nicht da war), und er war süß, allerdings nicht übermäßig attraktiv. Wir konnten also im Notfall so tun, als wäre er einer unserer Männer, und der Ehemann war dann nicht zu verärgert. Owen hatte zwar auch männliche Freunde, aber er trank nicht genug oder schaute nicht häufig genug Sport, so dass er nicht zu den üblichen Kerlen passte. Owens Freundin war eine verdammt beschäftigte Anwältin namens Lauren, die pausenlos unterwegs war, weshalb er wohl unser Geplauder auch dazu nutzte, mal in das Innere eines weiblichen Hirns zu blicken. Lauren erzählte ihm nie etwas, und so halfen wir ihm zu verstehen, wie sie vermutlich tickte. Angeblich hatten sie immer großartigen Sex. Wir liebten Owen. Ich plante, bald mal vorzuschlagen, ihn endlich zu einem großen ›O‹ hochzustufen.

»Hast du von Dirk gehört?«

Gelangweilt vom örtlichen Immobilienfritzen-Klatsch stellte die offenbar wirklich blinde und inzwischen auch taube Shelley mir weitere Fragen zu meinem Leben. Lily und Di standen gleichzeitig auf und begannen die Gläser wegzuräumen, als ob sie insgeheim gemeinsam eine Entscheidung getroffen hätten.

»Du solltest jetzt wirklich ins Bett, Kari«, meinte Lily. »Am besten schläfst du bei Di. Jetzt ist es zu spät, nach Hause zu fahren. Oder bist du in der Lage, mit Dirk zu reden?« Ihr glänzender schwarzer Bob fiel ihr ins Gesicht, als sie zuerst mich und dann Di ansah. »Ich habe vorhin mit ihm geredet«, erklärte sie. »Und ihm gesagt, dass du vielleicht hierbleibst, wenn er nichts mehr von dir hört.«

Ich liebte Lily.

»Ich bin eindeutig nicht mehr in der Lage, jetzt noch Dirk zu begegnen.« Der einzige Pluspunkt dieses Tages war es, dass ich keine Zeit gehabt hatte, an meinen Mann zu denken. »Geht das? Kann ich wirklich hierbleiben?«, erkundigte ich mich bei Di, die bereits zustimmend nickte. Mehr brauchte ich nicht. Ich umarmte alle hastig, wünschte Gute Nacht und stürmte ins Gästezimmer, wo meine Yogaklamotten darauf warteten, in einen Pyjama verwandelt zu werden.

Im Bett konnte ich die anderen leise reden hören. Owen meinte, ich solle am Montag nicht zur Arbeit gehen, falls mir nicht danach sei. Zum Glück arbeitete ich mit Owen und musste mir nicht irgendeine unwahrscheinliche Ausrede für einen Chef einfallen lassen. Shelley hingegen wunderte sich noch immer laut darüber, wie ich es geschafft hatte, an einem Tag mit einer Beerdigung und mit Dirk zurechtzukommen. Lily meinte, sie würde morgen früh anrufen. Ich hörte, wie Di die Spülmaschine einräumte.

Die ganze Zeit über dachte ich an Dirk.

Ich liebe dich, hatte er mir erklärt. *Verlass mich nicht.*

Acht

Am Sonntag war viel los – für mein Handy.

07:15 Dirk: Hi, wie geht es dir? Wie ist es dort? Ich liebe dich.

10:00 Dirk: Ich habe noch nichts von dir gehört, aber mit Di geredet. Sie meinte, du seist noch dort. Kann ich vorbeikommen? Ich liebe dich.

12:30 Dirk: Es tut mir alles so wahnsinnig leid. Rufst du mich bitte an, wenn du kannst? Ich muss heute Abend wieder zurück, aber ich würde dich gerne sehen oder zumindest sprechen, bevor ich wieder fahre. Bitte. Es tut mir so leid. Ich liebe dich so sehr. Bitte, kann ich bei dir vorbeikommen?

14:35 Dirk: Hast du meine letzten Nachrichten erhalten? Bitte, können wir reden, bevor ich fahre? Oder kann ich dich besuchen? Mein Flug geht um neun. Es ist der späteste, den ich kriegen konnte, und ich werde erst am Freitagnachmittag zurück sein. Bitte lass mich wissen, ob es dir einigermaßen geht. Xxx

23:40 Dirk: Gerade gelandet. Ich hoffe, du kannst gut schlafen. Ich liebe dich x

Außerdem vier verpasste Anrufe, kurz bevor sein Flug um einundzwanzig Uhr startete. Drei Voicemails. Ich ignorierte alles. Ich hatte mich den ganzen Tag im Gästezimmer versteckt. Di kam mehrmals herein, um nach mir zu sehen, und bot mir Essen an, das ich nicht herunterbrachte. Ich wusste, dass Dirk erneut mit Di und Lily sprechen würde und sie ihm vermutlich rieten, einfach abzuwarten. Gewöhnlich beantwortete ich Dirks Nachrichten fast im selben Moment, in dem sie eintrafen. Gewöhnlich war er es, der ausschließlich auf meine Nachrichten reagierte. Gewöhnlich erklärte er mir, dass derlei Nachrichten nur zum Austausch von Informationen dienten, nicht zum Plaudern. Diese Art des Redens konnte immer warten, bis wir uns wiedersahen. Voicemails? Sollte das ein Witz sein? Auf einmal sprachen seine Texte sogar von Liebe, und er schickte mir digitale Küsse. Ich tat nichts.

An einem anderen Tag, früher, hätte ich für so etwas gemordet.

Neun

6:30 Dirk: Hi, ich denke an dich. Schade, dass wir gestern nicht mehr zum Sprechen kamen. Bitte ruf mich bald an. Liebe dich x

Gewöhnlich hasste ich Montagmorgen. Dieser allerdings fühlte sich an wie die Mutter aller Montagmorgen. Ich war im vollen Verdrängungsmodus und wollte keinerlei Kommentare in irgendeiner Richtung hören.

Als ich um fünf Uhr wach wurde, gute zweieinhalb Stunden vor meiner üblichen Zeit, überlegte ich, ob es nicht besser gewesen wäre, an dem Abend nach Hause zu gehen. Aber so wie ich mich nicht Dirk hatte stellen können, konnte ich mich auch nicht unserem leeren Haus stellen. Di musste das in meinen Augen gesehen haben.

»Du kannst gerne noch mindestens eine Nacht bleiben. Kein Grund, überstürzt abzuhauen«, sagte sie, als sie mir das Abendessen ans Bett und frische Handtücher fürs Bad brachte. Ich aß die Nudeln erst kalt am Morgen, wobei ich die Schinkenstückchen herauspickte und beiseitelegte (schon merkwürdig: Wein mochte ich jetzt, aber Schinkenstückchen immer noch nicht). Dazu las ich die ganzen Cape Times von der vergangenen Woche, die jemand – vermutlich Alan – auf dem anderen Bett zusammengefaltet liegen gelassen hatte. Ich schaute alle Horoskope an (Zwillinge für mich, Skorpion für Dirk) und suchte einen verrückten Hinweis, den ich bisher übersehen hatte und der mir einen Tipp hinsichtlich meines katastrophalen Freitags hätte geben können. Den einzigen Hinweis – und der war nicht sehr offensichtlich – entdeckte ich letztlich auf meinem Handy, als ich nach »Bedeutung des 14. Februar 2014« googelte. Irgendeine verwirrende Erklärung der Zahlenkombinationen an genau diesem Tag, welchen diesen »*zu einem einzigartigen machen, da es seine spezifischen Umstände noch nie zuvor so gab und auch nicht mehr in den kommenden achtzehntausend Jahren geben wird. Am Valentinstag 14. Februar 2014 treffen sich dieselben Ziffern im Tagesdatum und der Jahreszahl.*«

Na toll. Ich wollte mir ein Lesezeichen für affinitynumerology.com setzen, falls sie den Service anboten, rechtzeitig Warnungen zu verschicken, um dich darauf hinzuweisen, dass dich dein Ehemann betrügen und deine Großmutter sterben könnte. Und was war mit der Familie, die einen hasste? Gab es da auch eine Warnung, dass ich für sechs Wochen bei ihr einziehen sollte?

Noch nie zuvor. Und nicht noch einmal in den kommenden achtzehntausend Jahren. Halleluja.

Sechs Wochen! Wie um Himmels willen war ich da hineingeraten? Konnte ich wirklich so dämlich gewesen sein, bei Dhanyals unmöglicher Forderung doof zustimmend zu nicken?

Es half nicht gerade, dass ich so früh am Montagmorgen erwachte, um aus dem Bett zu kommen. Also beschloss ich, lieber den ganzen Tag liegen zu bleiben und mich zu verstecken. Es kam mir einfacher vor, Dis Leben zu lauschen, als mich mit meinem eigenen auseinanderzusetzen. Ich hörte, wie Di und Alan die Mädchen Kate und Sarah für die Schule fertig machten. Di meinte immer, dass das ein einziges Gemeckere sei, aber ich hatte ihr bisher nie so recht geglaubt. Di ließ das Muttersein so einfach erscheinen, doch an diesem Morgen hörte ich nun, wie anstrengend es war, die Kinder allein in die Schule zu schicken, und fühlte mich ernüchtert. Das Muttersein war viel schwieriger, als ich mir das bereits gedacht hatte. Welche Art von Mutter würde ich sein? Wie wäre es gewesen, wenn Dirk und ich Kinder bekommen hätten?

Um halb eins betrat Di mein Zimmer. Sie stand mit einer weiteren Tasse Kaffee und einem frisch gemachten Grillkäsesandwich auf einem Tablett neben meinem Bett. Ein perfektes kleines Herz schwebte im Milchschaum meines Latte. Di hatte tausende von Dingen in all den vielen Kursen gelernt, die sie belegte, um nicht durchzudrehen.

»Komm schon, jetzt habe ich dich lange genug alleine gelassen. Schauen wir, was du heute alles erledigen musst.« Sie stellte den Kaffee und das Sandwich neben die Uhr auf dem Nachttischchen und nahm stattdessen den Teller, in dem die Nudeln gewesen waren. »Ich fahre bald zum Einkaufen und hole dann die Kids von der Schule ab. Kannst du solange alleine hierbleiben?«

Ich war mir sicher, dass Di noch nie in ihrem Leben einen Tag im Bett verbracht hatte. Nicht mal, als sich Alan unerlaubt von der Truppe entfernte. Auf einmal fühlte ich mich ziemlich dämlich, wie ich da so zwischen all den alten Zeitungen lag und auf mein Handy starrte. Meine Haare waren zerzaust und sahen sicher schrecklich aus. Aber ich schaffte es nicht, aufzustehen und irgendetwas Sinnvolles mit dem Rest des Tages anzufangen.

»Kari, komm schon. Wir machen einen Plan«, schlug Di vor. Ich konnte sehen, dass ihr klar war, wie sehr ihr Gästebett zu meiner einsamen Insel geworden war und dass ich noch nicht bereit sein wollte, diese wieder zu verlassen. Sie setzte sich also an den Bettrand und nahm mich liebevoll in die Arme, als ob ich eines ihrer Mädchen wäre. »Hast du schon mit Dirk gesprochen? Er hat gestern mehrmals hier angerufen und sich erkundigt, wie es dir geht. Ich habe ihm gesagt, dass du wahrscheinlich hierbleiben würdest, dass ich aber nichts weiter weiß … Er klang so fertig, wie du aussiehst«, sagte sie leise in meine Haare.

Ich hatte keine Antworten auf ihre Fragen. Stattdessen weinte ich lange an ihrer Schulter.

Zehn

14:30 Uhr Dirk: Hi, lass mich bitte wissen, wie es dir geht. Bitte ruf mich an. Liebe dich x

Di versuchte ihr Bestes, mich aus dem Zimmer zu bringen, aber ich blieb hartnäckig dort, selbst als Kate und Sarah wieder zu Hause waren. Es war einfach nicht der richtige Tag für mich, mit Prinzessinnen und Tiaras zu spielen. Ich hörte, wie Di ihnen Mittagessen machte und bei den Hausaufgaben half, das Ganze erinnerte mich an eine Seifenoper aus dem Nachmittagsprogramm. Wer hätte gedacht, dass eine Siebenjährige und eine Neunjährige so viel Hausaufgaben haben konnten? Und dass Di denselben Satz so oft wiederholen konnte, ohne auszuflippen. Es herrschte Stille, während alle irgendwohin verschwanden, um dann wieder zurückzukommen. Danach ging es wieder um Hausaufgaben, und zwischendurch gab es Snacks, Gejammer und Gestöhne, bis sie schließlich ins Bett gingen, gerade als Alan nach Hause kam. Ich war mir sicher, dass ich nicht das besaß, was mich für dieses Mutterding auszeichnete. Garantiert nicht.

Ein lautes Hallo von Alan und antwortende Gute-Nacht-Rufe von den Mädchen – wie zwei Schiffe, die in der Dunkelheit knapp aneinander vorbeizogen. Dann wurde an meine Tür geklopft. An seine Tür. Alan steckte den Kopf ins Zimmer. Er musterte mich mit gerunzelter grauer Monobraue an. (War es schon so lange her, seitdem ich ihn das letzte Mal gesehen hatte? Ich war mir sicher, dass diese Monobraue neu war. Hatte Di ihm zuvor die Härchen gezupft?)

»Kann ich reinkommen?«, fragte er. Ich vermutete, er meinte, ob er hereinkommen könne, ehe Di ihn dabei erwischte.

Nachdem Alan und Di diese Sache hatten, also nach seiner Affäre, hatte unsere LSDoK-Gruppe von ihm Abstand genommen (auch auf Dis Wunsch hin), weshalb ich ihn eine ganze Weile nicht gesehen hatte. Nun hatte ich schon zwei Nächte in seinem Haus verbracht, und wir waren einander kein einziges Mal begegnet. Als ich nickte, kamen zuerst seine gestreiften Hemdsärmel und dann der Rest seines Körpers rasch ins Zimmer. Der Kragen seines Hemds saß lose, und ich vermutete, dass das vergangene Jahr ihn wohl einiges an Gewicht gekostet haben musste.

»Di hat mir erzählt, was passiert ist, Kari. Es tut mir wirklich leid. Und natürlich auch das mit der Oma.« Er schob seine Hände halb in die Hosentaschen, so dass nur noch die haarigen Unterarme heraussahen. (Grundgütiger, hatte Di ihn denn vorher immer einem Ganzkörper-Waxing unterzogen?) Er stand vor mir wie eine Hochschwangere, die ihren Bauch hielt, bloß dass da kein Baby war, sondern nur das zu weite Hemd, das sich seltsam ausbeulte. Während er auf seine Füße schaute, fuhr er mit einem Zeh an der Bodenleiste entlang und hinterließ dort eine schwarze Stelle. Di würde es bestimmt morgen merken.

»Männer und Frauen. Wir können so dumm sein. Manchmal denken wir überhaupt nicht. Wir verstehen nicht, was wir haben. Und nehmen es als selbstverständlich an.« Er redete in seinen Schnurrbart. (Jetzt mal ernsthaft: Warum hatte ich früher nie bemerkt, dass Alan so haarig war?)

»Vielleicht bringt Di mich ja um, wenn ich das jetzt sage. Aber gib Dirk wenigstens eine kleine Chance. Und schau dir an, was er damit macht. Okay? Fehler, sogar große Fehler, können jedem passieren. Selbst dir. Keiner von uns ist vollkommen.« Seine Augen waren rot und schimmerten verdächtig, als er aufblickte. Mehr sagte er nicht. Er schenkte mir nur ein freudloses Lächeln, das auf seinen Wangen Grübchen erscheinen ließ, aber nicht wirklich herzlich wirkte. Dann ging er wieder. Ich hatte keine Zeit, ihm zu antworten. Allerdings hätte ich sowieso nicht gewusst, was ich daraufhin hätte sagen sollen.

Ich hätte nie das tun können, was Dirk getan hat, war alles, was mir einfiel.

Dirks Nachrichten ließ ich ebenfalls unbeantwortet.

22:30 Uhr Dirk: Di meint, ich soll dir Zeit lassen und dass du mich anrufst, wenn du bereit bist. Werde es versuchen. Liebe dich x

Bereit. An diesem Tag war ich nicht mal in der Lage gewesen, Dis Gästebett zu verlassen. Ich war also noch Lichtjahre davon entfernt, bereit zu sein.

Elf

06:30 Uhr Dirk: Hi. Wollte dir nur einen guten Morgen wünschen. Hoffe, du verbringst einen einigermaßen guten Tag. Liebe dich. x

Verdammt.

Am Tag zuvor war Heule-bei-Di-Montag gewesen. Heute musste es Beweg-deinen-Hintern-Dienstag werden. Ich versuchte meine beste Imitation eines vernünftig funktionierenden Menschen. Leider gelang mir der Start schon mal nicht so: Der Morgen war ein unglaublich hässlicher Schock. Ein kriechend langsamer, unglaublich hässlicher Schock. Jeder, der mir dabei zugesehen hätte, wie ich mich anzog, frühstückte und bei jeder Gelegenheit vor mich hintrödelte, hätte vermutlich sein Geld darauf verwettet, dass ich es nie bis zu meinem Auto und sogar zur Arbeit schaffen würde.

Di tat mir leid. Jetzt musste sie nicht nur Sarah und Kate aus der Tür kriegen, sondern auch noch mich – ein dreifacher Treffer. Das allein wäre für jeden mehr als schwer gewesen. Doch dann Alan! Er schoss wirklich den Vogel ab. Er schien gerade von einem Halluzinogen-Trip zurückzukommen, denn er strahlte glücklich vor sich hin, sang und versuchte bei jeder Gelegenheit, Di unauffällig zu berühren oder in der Küche zu streifen. Die Mädchen und ich waren derart verwirrt, dass wir eine ganze Weile brauchten, um zu bemerken, dass Di dabei kein einziges Mal wie sonst üblich mit den Augen rollte. Sie wich diesen absichtlich-unabsichtlichen Berührungen keineswegs aus, sondern schien sie zu genießen!

Diese Erkenntnis machte die Mädchen und mich nur noch langsamer als zuvor, da wir fasziniert dieser unerwarteten Entwicklung zusahen.

»Alan, bitte! Du stehst mir im Weg!« Die gespielte Empörung in Dis Stimme entsprach nicht im Geringsten dem Ausdruck in ihren Augen und zeigte auch bei Alan keine Wirkung. Früher hatte ich oft erlebt, wie er hinausrannte, sobald Di ihm mit nur einer Geste signalisierte, dass er sie störte. Würde es Dirk und mir gelingen, wieder so miteinander umzugehen – mehr oder weniger versöhnt, aber nicht wirklich? Würde es uns gelingen, die Sache mit Eva zu vergessen?

»Mom, können wir nach der Schule Pizza haben?«, fragte Kate, die ihre anfängliche Verwirrung anscheinend überwunden und verstanden hatte, dass nun der richtige Augenblick gekommen war, um ein paar Dinge aus ihrer Mutter herauszuleiern, weil diese offenbar nicht ganz bei sich war.

»Okay. In der Mall?«, erwiderte Di zwischen einem weiteren gespielten Schlagabtausch mit Alan.

Vor Dis Ältester lagen möglicherweise wunderbare Jugendjahre.

Mir wurde auf einmal klar, dass mein Gastauftritt in der Bartlett-Barney-Familyshow dazu beigetragen hatte, dass Alan vom Gästezimmer wieder ins Schlafzimmer hochgestuft worden war. Wie seine Tochter hatte auch er gewusst, wann es eine Gelegenheit am Schopf zu packen galt. Alles hat sein Gutes und so, wie mir Ouma oft erklärt hatte.

Di versuchte in diesem Augenblick, mich ebenfalls daran zu erinnern, dass ich an das Positive denken solle.

»Zumindest musst du nicht im Stau stehen. Und zusehen, wie die Leute im Auto nebenan in ihren Nasen bohren«, sagte sie. »Das kann ja jeden depressiv machen.«

Ich murmelte irgendetwas in meine Schale mit Cream Soda

Otees und Milch. Sie hatte natürlich recht. Wenn ich anderen heute bei ihrem Arbeitsalltagsblues zusehen müsste, würde ich wahrscheinlich sterben. Okay, ich würde vermutlich eher einfach nur dasitzen und ein Weilchen länger in meinem Kopf *Ich will nicht gehen!* schreien, wenn mein Wagen wieder einen Meter vorankroch. Aber ich würde ja nicht in einem Stau stehen.

»Und außerdem ist ja Owen da«, meinte Di schließlich, womit sie auch noch unseren gemeinsamen Freund an die Löwen verfütterte. Sie wusste, dass sie mich damit *garantiert* aus dem Haus kriegen würde. Owen würde ja tatsächlich da sein, und das war ein echter Grund für mich, zur Arbeit zu fahren.

Owen ist die eine Sache, die mir an meinem Job gefällt. Zuerst fand es LSD seltsam, dass ich mich mit einem Typen so gut verstand, der nicht mein Mann war und auch nicht mein Freund. Vielleicht hatten sie recht, aber inzwischen kannten sie alle Owen, und es gab LSDoK, und niemand sagte mehr etwas in dieser Hinsicht. Es war ja auch nicht so, als ob ich ihn liebte. Jedenfalls nicht auf diese Art. Es war nur wunderbar einfach, mit Owen befreundet zu sein. Vielleicht lag es daran, dass er ein Mann war, aber man musste sich so wenig um diese Freundschaft bemühen. Wir brauchten einander nicht eine Million WhatsApp-Nachrichten am Tag zu schicken, um Freunde zu bleiben. Es gab auch keine Dramen wie mit Lily. Ich liebte Lily aus ganzem Herzen, aber manchmal gingen wir einander wirklich auf die Nerven. Mit ihm gab es nie PMS-Probleme. Ich konnte mir nicht vorstellen, mit Lily oder Shelley oder auch Di zusammenzuarbeiten, aber Owen und ich verstanden uns immer. Und das bedeutete einiges, denn meistens verbrachten wir den ganzen Tag zu zweit im Büro, es sei denn, Julia kam dazu, um auszuhelfen. Steve und die Joburg-

Jungs blieben hingegen in Joburg, wo sie es am liebsten hatten und wo auch wir sie am liebsten sahen.

Mein Beruf war nicht meine *Berufung*, wie es das laut diversen Zeitschriften hätte sein sollen. Aber ich glaube, so etwas wie eine Berufung gab es bei mir gar nicht. Ich mochte meine Arbeit. Es gab vieles, was ich tun konnte. Zwischendurch gab es Owen zum Quatschen und zudem genügend Zeit, um mich für Fernkurse an der Universität von Südafrika einzuschreiben und endlich weitere dieser Kurse zu belegen, die ich für den Abschluss meiner Ausbildung dringend brauchte.

Selbst wenn ich jedoch am liebsten zu Hause geblieben wäre, war das heute unmöglich. Außer den Mühen, die Di dann umsonst auf sich genommen hätte, um mich wieder normal aussehen zu lassen, gab es auch noch einen anderen Grund: Ich musste eine Deadline einhalten, die ich wegen des Valentinsdesasters völlig vergessen hatte. Owen steckte garantiert knietief in Arbeit.

»Du hast recht. Ich muss heute rein.«

Die Straße vom Beach View Estate zum Beach View Development zu überqueren kam einem kleinen Wunder gleich, aber es gelang mir.

»Morgen, Kari. Schön, dich zu sehen«, begrüßte mich Owen mit seinem üblichen Grinsen, um mir dann bestimmte Aktenordner auf seine übliche Weise zu überreichen. Er erleichterte es mir, wieder zu arbeiten, denn er war genauso, wie ich das erwartet hatte. Es gab kein theatralisches Tamtam, kein Mitleid, kein mitfühlendes Angebot, erst mal einen Kaffee zu machen oder zu plaudern oder ein Sandwich zu essen oder den Nachmittag freizunehmen. Alles wie immer. Nicht einmal künstlich wie immer. Er ging davon aus, dass ich einfach arbeiten würde. Und das tat ich auch. Nur langsamer. Viel viel langsamer.

Bis zum Nachmittag hatte ich erst die Hälfte der Akten für die Bauunternehmer durch, die Owen brauchte. Er war der beste Verkäufer, der mir jemals begegnet war. Er redete, aber er ließ auch die Klienten reden, und zwar mehr. Sie sprachen über ihr Leben, ihre Partner und Kinder und ihre Autos. Sie mochten ihn, weil er ihnen Aufmerksamkeit schenkte. Wenn er ihnen dann irgendwelche absurden Verkaufsstrategien auf eine Weise erklärte, dass sie seine Ironie erkennen konnten, lachten sie mit ihm. Doch dann hörten sie genau zu, und – schwupp – kam es zu einem Geschäft.

Was Owen alles sagte! »Eden ist eine wirklich erstklassige Big-Bay-Lage von Kapstadt. Es gibt hier exklusive Büros, schicke Restaurants und dazwischen coole Delis, Cafés, Surferläden und atemberaubende Wohnungen.« Er schaffte es sogar, mit typischen Werbefritzenaussagen durchzukommen: »Schauen Sie sich nur das Meer an, einen Steinwurf entfernt. Und ja, genau – das ist der Tafelberg. Und auch Robben Island.« Seine Pointe? »Bringen Sie Ihre Kinder, Ihre Hunde, Ihre Kites und Ihre Surfbretter mit. In Eden werden Sie immer auf Ihre Kosten kommen!«

Ich würde vor Scham im Boden versinken, wenn ich so etwas sagen müsste.

»Owen ist einfach ein schlauer Verkäufer, der den alten Trick einsetzt, jedes Mal deinen Namen zu verwenden, wenn er dich ums Salz bittet.« So erklärte sich Dirk Owens Erfolg. Wie auch immer. Jedenfalls funktionierte es. Und es lag an Owen, dass ich gerne bei BVD blieb. Es war nicht einmal schwer, ihm zu erklären, dass ich leider dringend sechs Wochen ohne Büro bräuchte.

Vierzig Tage weg von Eden on the Bay.

Vierzig Tage in Eden, Walmer Estate.

Mein Plan war es, die Angelegenheiten für die Bauunternehmersache fertigzustellen und dann via Mail zu arbeiten. Abends würde ich notfalls vorbeikommen und die Unterlagen holen, die ich brauchte. Nicht ganz so leicht war es, die offensichtlichen Fragen zu beantworten.

»Mein Gott, Kari, das kann ich Steve natürlich schmackhaft machen. Aber wie ist es überhaupt so weit gekommen?« Owen lehnte sich auf seinem Arbeitsstuhl aus weißem Leder zurück, verschränkte die Hände hinter dem Kopf und legte seine gebräunten Füße auf den Tisch, die in Mokassins von Tod's steckten. *Trau keinem Mann, der italienische Schuhe liebt* – eine von Dirks Weisheiten. Warum gelang es mir nicht, zur Abwechslung einmal nicht an Dirk zu denken? »Komm schon, jetzt mal ehrlich: Ziehst du wirklich zurück nach Hause? Ich dachte, du und deine Familie – ihr würdet nicht mehr miteinander reden.« Owen war im vollen Owen-Modus – völlig entspannt und bereit zuzuhören. Wieder begriff ich, warum es seine Klienten so schwierig fanden, sich ihm zu entziehen, und warum Dirk ihn unterschätzte. Ein guter Zuhörer ist nicht automatisch eindrucksvoll, aber meist schafft er es, die Dinge zweimal so schnell zu erledigen wie diejenigen, die vor allem gerne selber reden.

Wie hatte es dazu kommen können? Gute Frage.

Ich versuchte, es Owen zu erklären. Letztlich war es genauso, wie wenn ich versuchte, Dirk oder LSD meine Familie zu schildern. Als wollte ich einem Farbenblinden eine Farbe näherbringen. Es war keine Welt, die sie sich vorstellen konnten, und so anders als das Leben, das sie kannten, dass es im Grunde keine Anknüpfungspunkte gab.

Ich versuchte es trotzdem. Wirklich.

Ich erzählte ihm, wie ich half – wie ich sogar half, Ouma zu waschen. Das entsetzte ihn so, wie es mich entsetzt hatte, als ich zum ersten Mal von Ouma davon erfuhr. Er ließ seinen Lehn-dich-zurück-und-lass-uns-quatschen-Blick sein und rollte mit seinem Stuhl näher zu mir heran, die Füße nun fest auf dem Boden. »Echt. Das ist ja Wahnsinn, Kari. Und wenn du nicht bei der Waschung geholfen hast, warst du einfach im selben Raum wie deine Mutter? Die ganze Nacht bis zum nächsten Morgen? Du musst wirklich neben dir gestanden haben, wenn du sie so lange gar nicht bemerkt hast. Und als ihr beide euch dann begrüßt hattet, schien alles normal zu sein?« *Was zum Teufel…* hätte er noch hinzufügen können, aber er tat es nicht.

»Ja, total normal. Als ob nie was passiert wäre. Na ja, wobei es natürlich nicht normal war, aber sie sagte einfach ›Salām, Karima‹ und hielt meine Hand.«

Es war eine Erleichterung. Das wurde mir klar, als ich nun Owen davon erzählte. Es war eine Erleichterung, einfach meine Mutter begrüßen zu können und dann still neben jemandem sitzen zu können, die ebenso unter dem Verlust von Ouma litt wie ich, weil sie diese genauso geliebt hatte. Neben jemandem zu sitzen, der nichts von Dirk wusste. Wir weinten ein wenig, nicht zu viel und nicht zu laut. Wir wollten Oumas Seele nicht mit unseren Tränen zerreißen – so wie das die alten Leute glaubten, wenn man zu laut weinte. Es gab keine Aussprache über die letzten zehn Jahre. Ich war einfach nur ihre Tochter und sie meine Mutter. In jener Valentinsnacht von Oumas Tod gab es nichts anderes für uns. Und mich hatte das erleichtert.

Als ich schließlich das Büro verließ, entdeckte ich Dirks Nachricht.

Zwölf

18:00 Uhr Dirk: Hi, ich habe dir eine Mail geschrieben. Bitte lies sie. Du musst nicht antworten. Liebe dich x

Ich antwortete nicht. Und ich stürzte mich auch nicht gleich auf die Mail, obwohl sie sofort wie ein Gewicht auf meinen Laptop und mein Handy zu drücken schien. Um sie zu lesen, wollte ich an einem Ort sein, an dem ich meinen Computer unbeobachtet gegen die Wand schleudern konnte. Das allein war Grund genug, um endlich wieder nach Hause zu gehen. Ich hatte es lange genug aufgeschoben, aber ich wusste, dass es begann, lächerlich zu werden. Es war nur ein leeres Haus. Außerdem war klar, dass Di und ihr Mann ein Liebesnest für sich allein brauchten.

Nach Hause zu fahren, mochte anderen nicht unbedingt als eine große Sache erscheinen. Aber es kam mir einfach nicht mehr wie mein Zuhause vor. Es war unser gemeinsames Zuhause gewesen. Meines und Dirks. Wie hatte es so weit kommen können, dass es mir schwerfiel, meinen Wagen in die Garage zu lenken? Ich saß danach viel zu lange im Auto, starrte aus dem Fenster auf die grauen Fliesen und musste daran denken, wie wir lachten, als uns die Möglichkeit gegeben wurde, ein »Grau unserer Wahl« auszusuchen.

Die Sache mit dem Haus hatte insgesamt eher wie ein Scherz begonnen. »Sehen wir uns doch mal um. Vielleicht wird es allmählich Zeit für einen Vorort?«, hatte Dirk grinsend gemeint, als wir mit tropfenden Eiswaffeln vor den Erschließungsplänen im Schaufenster von BVD in Eden an der Bay Mall standen. Das war vor fünf Jahren gewesen. Makler Owen (genau – derselbe) hatte bereits sein Radar angeworfen und uns von seinem Büro aus entdeckt. Er überredete uns dazu, uns doch einmal Beach View Estate anzuschauen, und malte unsere wunderbare Zukunft in allen Farben aus, während wir vor einem leeren Baugrundstück standen.

Eine fantastische Lage! Ein kurzer Spaziergang nach der Arbeit zum Strand hinunter oder Freunde für ein *Braai* am eigenen Pool. Fern der Massen, aber doch in angenehmer Nähe zu den Lokalen am Strand. *Sie können es ganz persönlich gestalten!* Die Fassade des Zweifamilienhauses würde standardisiert sein, mit weißer Verkleidung, hellgrauen Mauern, rostfreiem Stahl. Aber im Inneren entscheide man frei, wie man Küche und Bad haben wolle. *Hier beginnen Sie, Ihre Zukunft zu bauen!* Es gab fünf Baupläne, aus denen man einen aussuchen konnte. Dirk meinte, der mit den vier Zimmern bedeute, dass jeder von uns ein Arbeitszimmer hätte. Ich hielt das für zu groß. Ich brauchte kein eigenes Arbeitszimmer. Ich arbeitete am liebsten mittendrin, gewöhnlich am Küchentisch oder in einem Café, während das Leben um mich herum passierte. Ich wusste, dass er das wusste. Wollte er etwa Kinder? Zu diesem Zeitpunkt hatten wir noch nicht miteinander über unsere Zukunft gesprochen, und ich hatte den Gedanken an eine Familie auch sogleich weggeschoben, als Owen von den Schulen in der Gegend sprach und Dirk etwas zu aufmerksam zuzuhören schien. Noch war ich nicht bereit, über Babys zu reden.

Verkauft! Owen hatte Dirk zuerst mit den Extrazimmern geködert, doch uns beide überzeugte er, als er uns ein 3D-Modell des Hauptschlafzimmers im ersten Stock zeigte. Er zoomte auf seinem Laptop nahe heran und demonstrierte uns die Ausblicke – nicht nur aufs Meer hinaus, sondern auch auf den Tafelberg und Robben Island (wenn man seinen Kopf etwas über die Balkonbrüstung streckte). Für Dirk, einen Jungen aus Pretoria, war das genau das, was es brauchte, um zu signalisieren, dass er es geschafft hatte. Für ein Mädchen aus Kapstadt, das sich gerade zwischen zwei Wohnungen befand, bedeutete das hier die Stadt von ihrer besten Seite. Es war der Beginn des Lebens als Erwachsener.

»Egal – wir machen das!«, sagte Dirk.

Ganz benommen vor Aufregung stellten wir uns das Leben in einer offenen Wohnküche vor oder wie wir im Wohnzimmer mit den großen Terrassentüren saßen und auf den handtuchgroßen Rasen hinausblickten, wo wir einen winzigen Pool anlegen lassen konnten. Es war unser Traumhaus, unser Wolkenkuckucksheim. Und ich ließ mich sogar auf die Arbeitszimmergeschichte ein.

»Echt großartig, dass wir beide unsere eigenen Arbeitsbereiche haben können«, erklärte ich irgendwann und nickte, als Dirk zufrieden lächelte.

Es war Dirk, der das Ganze dann noch einmal um eine Schraubendrehung anzog. »Kari, ich weiß, das kommt jetzt vielleicht etwas plötzlich, aber ich habe viel über uns nachgedacht. Sollen wir es wagen? Wollen wir die Eigentumsurkunde auf Mr und Mrs ausstellen lassen?« Seine Augenbrauen hatten sich hochgezogen, und er wirkte so aufgeregt, als hätte er mich gefragt, ob ich eine lebenslang gültige freie Eintrittskarte für die Cobra wollte anstatt der üblichen eine Minute und fünfzig Sekunden, die so eine Achterbahnfahrt sonst dauerte. Er wusste, dass ich eine begeisterte Achterbahnfahrerin war.

Ich sagte Ja, auf diesem unbebauten Grundstück, mehr oder weniger genau an der Stelle, wo ich jetzt in der Garage saß. Wir heirateten im Standesamt. Ich war derart verliebt, dass ich gar nicht merkte, wie hässlich das Standesamt war. Und ich dachte keine Sekunde lang an Mama, Dhanyal oder Ouma. Auch nicht an Dirks Mutter oder seine Schwester. Nicht einmal an Lily dachte ich. Es gab nur Dirk und mich. Jetzt wünschte ich mir, dass wir es anders gemacht hätten. Jeder brauchte jemanden, der ihm viel Glück wünschte, bevor er sich auf eine Achterbahnfahrt begab.

Unser Haus zu gründen, zu heiraten – all das gab uns das Gefühl, gemeinsam auf so festem Boden zu stehen, wie es die Ziegelmauern unseres Heims taten, oder so solide zu sein wie die grauen Fliesen in der Garage. Unser Haus war der Beginn unseres Lebens. Ich suchte Owen auf und bewarb mich bei ihm um eine Verwaltungsassistentenstelle, die ich auch bekam. Dirk behielt seinen Job in der Finanzwelt, aber er arbeitete viel in seinem Arbeitszimmer, wo der Tisch verdächtigerweise so stand, dass er jederzeit durch ein Babybett hätte ersetzt werden können. Ich breitete mich hingegen wie immer in der Küche aus. Und ehe das leere Zimmer ein Baby von mir verlangte, stellte ich vorsichtshalber meine Schuhe dort hinein. Ich hatte das nicht so geplant, aber ich besaß wirklich reihenweise Schuhe. Wir waren glücklich. Glücklich genug.

Nach ein paar Tagen – gefühlt ein ganzes Leben – ohne unser Haus musste ich mich zwingen, aus dem Auto zu steigen. Es fühlte sich seltsam an, wieder hier zu sein, so als würde ich die Dinge eines anderen Menschen betrachten und mühsam versuchen, einen Sinn darin zu erkennen. Ich wusste, dass ich die Katze eines anderen fütterte: Marsh entwischte sogleich durch die Katzenklappe, nachdem ich ihm ein paar Kügelchen Trockenfutter hingestellt hatte. Dirk verwöhnte ihn meist mit Thunfisch. Alles war ordentlich aufgeräumt. Die Kerzen waren verschwunden, die Sofakissen aufgeschüttelt. Ich warf einen Blick in den Kühlschrank, obwohl ich nach der Arbeit bei Di vorbeigeschaut und dort zu Abend gegessen hatte.

Hier stand der Kuchen, vorwurfsvoll, noch immer unberührt, neben Resten, an die ich mich nicht erinnern konnte.

Ich warf den Kuchen in den Müll.

Unser Schlafzimmer mit den Ausblicken kam mir am seltsamsten vor.

»Das königliche Lager!«, hatte Dirk gerne über das extragroße Bett gescherzt, das er für uns in Auftrag gegeben hatte, ehe wir einzogen. Er hatte es ebenfalls ordentlich zurückgelassen, so wie nur er und Mildred das konnten – die Decke glatt und perfekt ausgebreitet, als wäre sie gebügelt worden. Das Bett füllte fast das ganze Zimmer. Wir hatten beschlossen, dass es auch ohne Kopfteil fantastisch aussah. Jetzt lehnten nur vier große weiße Kissen an der blaugrauen Wand. Es waren vier Anläufe nötig gewesen, um die richtige Farbe zu treffen, aber letztlich hatte sich der Aufwand gelohnt, sie passte perfekt zum Himmel und dem Meer, das man durch die Schiebetüren auf der anderen Seite des Betts sehen konnte. Zusammen mit dem Hochzeitsgeschenk, das wir uns selbst machten – unglaublich teure Bezüge aus schwerster ägyptischer Baumwolle –, beherrschten wir von hier aus die Welt.

»König Dirk wird Königin Kari glücklich machen«, witzelte Dirk, wenn er sich besonders glücklich fühlte. Doch als ich jetzt ins Bett ging, endlich bereit, Dirks Mail zu lesen, fühlte ich mich alles andere als in einem Wolkenkuckucksheim. Es war nicht mehr unsere Wolke, sondern ich schien auf einmal im Auge eines verdammten Orkans zu sein.

Es tut mir leid. Es tut mir so leid. So leid.

So lautete in etwa der Hauptteil der Mail. Ich überflog diese Zeilen, denn sie halfen mir rein gar nicht. Ganz gleich, wie oft er das schreiben mochte, es machte bei mir keinen Unterschied. *Warum?* Das war die ausschlaggebende Frage, die ein Loch in meinen Kopf zu brennen schien. Offenbar nicht nur in meinen.

Warum?

Ich liebe Dich. Daran liegt es also nicht. Ich habe dieses Wochenende damit verbracht, mich einmal wirklich genauer anzuschauen.

Mit beinahe vierzig, einer wahnsinnig tollen Frau und einem gut bezahlten Job fühle ich mich fit und stark. Ich bin endlich dort angekommen, wo ich weder den Segen meiner Mutter noch den einer Kirche brauche, um zu wissen, dass ich glücklich bin. Ich wollte eine Familie mit Dir gründen. Und jetzt habe ich alles versaut.

Warum?

Ich war bescheuert. Warum ließ ich mich darauf ein, mit Eva nach der Arbeit noch etwas trinken zu gehen? Du und ich, wir beide haben ja sogar schon darüber gelacht, wie offensichtlich sie ist, wenn sie immer wieder betont, dass ich alle auf der Arbeit beeindrucke. Warum habe ich mich so betrunken, dass ich dachte, es wäre in Ordnung, mit ihr nach Hause zu gehen? Ich hätte wissen können, was passiert.

Ich weiß nicht, warum ich es getan habe. Ich war einfach nur dumm.

Dumm ist der, der Dummes tut. Ich schwöre, es war die längste Mail, die Dirk du Toit in den fünfdreiviertel Jahren, in denen wir uns kannten, mir jemals geschrieben hatte. Ich beschloss, sie auszudrucken. Vielleicht würde sie mehr Sinn ergeben, wenn ich sie an einem anderen Tag noch einmal las. Vielleicht fühlte es sich auch wirklicher an, wenn ich sie auf Papier gedruckt sah. Vielleicht wusste ich dann, wie ich antworten konnte. Doch zuvor kam noch der Teil, auf den ich garantiert keine Antwort wusste:

Ich wünschte, wir könnten miteinander reden und gemeinsam herausfinden, wie es weitergehen soll. Ich komme mit dem Flug um 14 Uhr am Freitag zurück und hoffe, das ist in Ordnung. Wirst Du zu Hause sein?

Ich überlegte. Klickte auf den Antwort-Button und sah zu, wie der Cursor mich auffordernd anzwinkerte.

Komm schon, schreib was, blinkte er.

Hundert Blinks später hatte ich immer noch nichts geschrieben. Stattdessen klappte ich leise den Laptop zu, ohne ihn herunterzufahren, und entdeckte die rosa Flecken, die von den Rosenblättern stammen mussten, welche ich auf dem Bett verstreut hatte. Weiße Laken und Rosenblüten – genau wie die, in die Ouma nach ihrer Waschung eingewickelt worden war.

Der Valentinstag wird für immer verdorben sein. Die neuen Geister zukünftiger Valentinstage waren bereits hier. Sie brachten mich zu Bett. Allein in unserem früheren Wolkenkuckucksheim.

Dreizehn

06:30 Uhr Dirk: Hi, ich wollte dir nur einen guten Morgen wünschen. Hoffe, du hast meine Mail gelesen. Denke an dich. In Liebe x

Diese Nachricht mit Liebesgrüßen und Küssen war innerhalb einer Woche bei Dirk üblich geworden und alles, was ich an Beweisen brauchte. Das Universum war ins Wanken gekommen, und die Erde hatte sich auf einmal als Scheibe herausgestellt. Er verfolgte mich. Ich war noch immer nicht in der Lage, seine SMSen zu beantworten oder auch eine Erwiderung auf diese Mail zu finden. Denn sobald ich antwortete, würde alles nur realer werden.

Was den guten Morgen betraf, so war das ein frommer, sinnloser Wunsch. Es war einfach ein beschissener Mittwoch. Wieder war ich um fünf Uhr aufgewacht, womit sowieso schon meine Stimmung im Eimer war. Mein Selbstmitleidskater fühlte sich verdächtig nach einem echten Kater an. Benebelter Kopf, verquollene Augen, trockener Mund. Ich musste mich sogar übergeben. Die Vorstellung eines Kaffees ließ mich gleich noch einen weiteren tiefen Blick in die Kloschüssel werfen.

Schwarzer Rooibos-Tee half meinem Magen ein wenig, und ich warf einen Blick in die Chats der LSDoK-Gruppe, um zu sehen, was sich so getan hatte, während ich schlief. Gewöhnlich tat sich spätabends viel, wenn die meisten fernsahen, die Kinder im Bett waren, alle gegessen hatten. Gewöhnlich chattete ich gerne mit, aber am Abend zuvor hatte ich zweiunddreißig Nachrichten verpasst. Alle schickten mir Umarmungen und Küsse in meine Träume, bis ihnen klar wurde, dass ich offline sein musste.

Neue Nachrichten tauchten auf.

07:00 Lily: Hey Babe. Ich wollte das nicht vor den anderen sagen, aber du solltest unbedingt herausfinden, ob Dirk ein Kondom benutzt hat. Berufsrisiko, ich weiß, aber du brauchst jetzt echt nicht auch noch eine Infektion oder ein fremdes Baby. Lass mich wissen, wenn du Lust auf einen Kaffee hast.

Kümmer-Lily. Meine beste Freundin machte sich häufig Gedanken um mich. Ihr antwortete ich immer.

07:02 Uhr Kari: Weder bereit für Dirk noch für einen Kaffee (ich hab, glaub ich, eine Magenverstimmung – juhu!). Aber danke für den Rat. Werde daran denken, ihn bei Gelegenheit zu fragen.

07:15 Uhr Shireen: Salām, Schwester. Dhanyal meint, du kommst heim? Bitte lass mich wissen, ob du schon am Freitagnachmittag hier sein kannst. Ich habe um halb vier einen Frauenarzttermin und will Mama nicht mit den Mädchen allein lassen. Das wäre wirklich toll. Freue mich so darauf, dich wieder hier zu haben. x

07:20 Uhr Dhanyal: Es ist zu riskant, Shireen die ganze Zeit auf den Beinen zu lassen. Ich weiß, dass ich Samstag sagte, aber du musst schon Freitagvormittag hier sein.

07:21 Uhr Kari: Ich komme am Freitag, noch nicht sicher, wann genau, aber garantiert bis zum Mittagessen.

Diese Nachricht schickte ich an beide.

07:35 Unbekannte Nummer: Slm, hoffe, du hast nichts dagegen. Sah dich beim Dschanāza *& hab deine Nummer von Shireen. Wollte nur sagen, wie leid es mir tut wegen Ouma. Ich weiß, was sie dir bedeutet hat. Werde sie auch sehr vermissen. Möge Allah sie ins* Dschanna *aufnehmen. Shireen meinte, du* *kommst zurück? Vielleicht ist es jetzt die richtige Zeit für uns, Frieden zu schließen. Das Leben ist zu kurz. Schick mir eine WhatsApp, wenn du hier bist, und wir könnten uns auf einen Kaffee treffen? Hier übrigens Rafiq.*

Grundgütiger. Verdammt. Genau das, was ich jetzt brauchte. Überflüssig wie ein Kropf. Gott war sicher damit beschäftigt, Ouma ins Paradies zu geleiten, wie Rafiq das meinte. Er hatte also garantiert alle Hände voll zu tun, und trotzdem schien er mich auf die Probe zu stellen: zuerst Dirk und jetzt Rafiq.

Rafiq.

Inzwischen dachte ich kaum je an ihn.

Okay, manchmal fragte ich mich noch, wie es wohl geworden wäre. Gewöhnlich am Valentinstag, denn er war mein erster Geist meiner Valentinsvergangenheit. Ich war zwölf, er vierzehn, und ich konnte mich gut erinnern, wie er an jenem Valentinstag unter der Tür stand und breit grinste, so dass seine leicht hervorstehenden Zähne umso deutlicher hervorstanden. Zu jener Zeit bekam man noch keine Zahnspange, nur weil die Zähne ein bisschen schief waren. Fiekie, wie ihn seine Freunde nannten – ich nannte ihn Rafiq –, schien das nicht weiter zu stören. Er war immer glücklich und zufrieden und zeigte das auch.

»Hi, Karima, hast du meine Karte gekriegt?«, fragte er. Es war eine selbstgemachte Valentinskarte, die er in meinen Schulranzen gestopft hatte, als ich nicht hinsah. Später erzählte er, sein bester Freund Ridwaan habe zu ihm gemeint, der Junge müsse den ersten Schritt tun – *denn so was mögen die Mädchen, Fiekie!*

»Ja.« Ich lächelte vorsichtig, wobei mein Herz wie ein Vorschlaghammer schlug. Weiter wusste ich nicht. Es reichte auch. Rafiq nutzte diese Pause, wie Ridwaan ihm das geraten hatte, packte mich an den Schultern, steckte seine Zunge in meinen Mund und ließ sie kurz kreisen. Zwei Sekunden! Dann stand ich da, die Lippen weiterhin zu einem geschockten O geformt und leicht von seinen hervorstehenden Zähnen zerkratzt, um ihm hinterherzustarren, wie er davonrannte und ihm die weiße, gehäkelte *Kufiya* fast von seinem Kopf rutschte.

Das Einzige, was ich tat, war mein Kopftuch zu richten und mein Gesicht zu waschen, ehe mich jemand sah. Wir waren gemeinsam in der nachmittäglichen *Madrasa* gewesen, wie die meisten Kinder aus unserem Viertel. Die muslimische Schule sollte uns von dummen Ideen fernhalten, doch da Walmer Estate direkt an den Hängen von Devil's Peak lag, fragte ich mich oft, ob das Schicksal nicht sowieso hatte gegen mich sein müssen. Wenn man schon an einem Berg namens Teufelsspitze aufwächst, was hatte man da für Chancen? Ich war damals auf die Toilette gegangen und versuchte, mich dabei daran zu erinnern, mit welchem Fuß man unserem Lehrer zufolge zuerst eintreten und welches Gebet man sprechen musste, um die Toilettenteufel abzuwehren. Er nannte sie nicht wirklich »Toilettenteufel«, aber ich nahm an, dass es einen Grund geben musste, warum man diesen ganzen Zirkus veranstaltete, nur wenn man pinkeln gehen wollte. Wahrscheinlich gab es eine bessere Erklärung. Der Lehrer hätte allerdings Rafiq sicher für einen Teufel gehalten, wenn er gewusst hätte, dass dieser eine verbotene Valentinskarte für mich gebastelt und mir dann einen noch verboteneren Valentinskuss gegeben hatte, während wir eigentlich lernen sollten, gute Muslime zu sein. Ich überlegte, ob ich wohl mein Schicksal mutwillig herausgefordert haben könnte. Der Lehrer hatte uns erklärt: »Trödelt nicht herum. Erledigt einfach euer Geschäft und kommt wieder heraus.« Ich jedoch stand gerne auf dem zugeklappten Klositz und schaute durch das kleine Fenster. Von dort aus konnte man bis zum Hafen hinunterblicken, und manchmal war das für mich interessanter als das, was der Lehrer uns erzählte. Ich war nicht die beste Schülerin.

Es tat mir nicht leid. Es gefiel mir vielmehr, dass ich mein Schicksal vielleicht mutwillig herausgefordert haben könnte.

An jenem Valentinstag hatte Rafiq jedenfalls jeglichen Gedanken an irgendwelche Gebete aus meinem Kopf ausgelöscht. Ich vermochte nur noch zu denken: *Wie ekelhaft. Hat er das richtig gemacht?*

Lily wusste über Rafiq Bescheid. Sie meinte immer, dass sie nicht glauben könne, wie wenig ich mit zwölf wusste. Sie stand in diesem Alter angeblich kurz davor, es zu tun. Aber ich war in dieser Hinsicht völlig ahnungslos, weshalb ich mich auch fragte, ob das mit der Zunge so sein sollte oder nicht. Eigentlich glaubte ich, dass es viel zu widerlich war, um zu stimmen, und wahrscheinlich war Rafiq einfach nur dämlich, auf seinen Freund Ridwaan zu hören. Ich wusste, dass keiner der beiden die *Sweet-Valley-High*-Romane für Mädchen las, die ich zu jener Zeit verschlang. In diesen Büchern erlebten Mädchen oft ihre ersten, unschuldigen Küsse mit dem Footballstar der Schule im Mondlicht bei ihrem ersten Date. Da war keine Rede von einer Rugby-Zungenattacke mit einem Rafiq vom anderen Ende der Straße vor den Toiletten nach der Nachmittags-*Madrasa*.

Ich zuckte noch jetzt jedes Mal innerlich zusammen, wenn ich daran dachte, wie aufgeregt ich war, als ich seine Karte fand.

Wie kühn ich mich fühlte, einen heimlichen Kuss bekommen zu haben! Wie seltsam zufrieden ich war, dieses kleine Geheimnis mit mir herumtragen zu können. Wir – Rafiq und ich – hatten die Regeln gebrochen. Und waren nicht erwischt worden. Und das auch noch direkt neben der *Madrasa*.

Wie dämlich ich damals war, aufgeregt und besorgt zugleich. Bedeutete dieses Zungending, dass er jetzt mein Freund war? Rafiq? Er hatte keine Ahnung von einem ersten Kuss à la *Sweet Valley*, aber ich kannte sein Herz beinahe so lange und so gut wie mein eigenes. Es war mein erster richtiger V-Day. Wir übten dieses Zungending, bis wir es richtig gut konnten (es stellte sich nämlich heraus, dass ich nun tatsächlich seine Freundin war). Er hörte auf, dem zu folgen, was Ridwaan sagte, und – schwupp – konnte uns nichts mehr aufhalten. Es war der erste Valentinstag mit Rafiq von insgesamt neun.

Und jetzt wollte er mich wiedersehen.

Als ob ich nicht schon genug um die Ohren hätte! Ich musste dringend all meine Probleme mit den anderen teilen.

07:36 Kari an LSDoK: Hab gestern Abend von Dirk eine Mail bekommen. Ich weiß nicht, was ich antworten soll! Und heute Morgen kamen schon WhatsApp-Nachrichten von meinem Bruder, meiner Schwägerin UND meinem Exfreund. Alle wollen wissen, wann ich genau zu Hause bin. Echt, das wird mir zu viel!

Lily: Das ist doch nur absurd. Ignoriere es einfach. Ich meine das mit deinem Ex. Was den Rest betrifft, musst du da dringend was machen.

Shelley: Lustig, der Ex – die Vergangenheit lässt grüßen! Deinem Ego tut das sicher ganz gut, oder? ;)

Di: Oh nein, es ist noch zu früh am Morgen für so viel Drama. Allerdings witzig, das mit dem Ex!

Es war absurd, aber witzig fühlte es sich nicht an. Da war ich mir absolut sicher.

Und sonst?

Sonst war ich mir in keiner Hinsicht irgendwie sicher.

Vierzehn

Der schlimme Mittwochmorgen ließ zumindest den Donnerstag- und Freitagmorgen fast so leicht erscheinen wie Waschen, Spülen, Wiederholen. Zumindest war Dhanyal für etwas gut. Obwohl ich es hasste, dass er immer diesen Befehlston draufhatte und nie erst einmal fragte, gaben mir seine Anweisungen den nötigen Tritt in den Hintern. Ich hasste es, dass er mich aus dem Bett katapultierte und mich dazu zwang, wieder Mensch zu werden. Aber ich hätte es noch mehr gehasst, wenn er gewusst hätte, dass ich am liebsten einfach nur ein Gemüse gewesen wäre – oder schlimmer: ein alter, übrig gebliebener Gemüseeintopf (herzlichen Dank für dieses Bild, Shelley). Ich hätte es gehasst, wenn er erfahren hätte, dass jeder Vertrag doppelt so lange wie sonst dauerte und jeder meiner Gedanken mit Ouma und Dirk endeten.

Dhanyal hätte wahrscheinlich erklärt, dass ich bekam, was ich verdiente.

Owen ließ mich mit der Arbeit in Ruhe und vermittelte mir das Gefühl, dass er an mich glaubte. Ich würde ihn nicht im Stich lassen. Falls ihm auffiel, dass ich mich diesmal echt anstrengen musste, so sagte er jedenfalls nichts, und ich war ihm dankbar dafür. Das Bild von Dhanyal vor Augen war mein Antrieb.

Ich arbeitete wie besessen und war irgendwann richtig stolz auf mich. Freitagvormittag um halb elf hatte ich endlich die ganzen Bauunternehmerdokumente fertig. Ein paar Kleinigkeiten mussten noch in der kommenden Woche nachkontrolliert werden, aber der Druck war raus. Owen musste deswegen gestresst gewesen sein, denn sobald er hörte, dass ich es geschafft hatte, lud er sogleich LSDoK zu einem Mittagessen ein, damit wir feierten. Keine von uns ließ sich gerne einen ausführlichen Lunch entgehen, schon gar nicht an einem Freitag. Vor allem Di liebte so etwas, denn sie meinte immer, dass Eltern diejenigen seien, die am meisten tanken müssten, um das Wochenende gut durchzustehen. (Nach den Tagen bei ihr zu Hause glaubte ich das gerne.) Lunch bedeutete, dass ich frühestens um vierzehn Uhr dreißig in Eden Road eintreffen würde. Das würde Dhanyal etwas ärgern, aber ich würde weiterhin rechtzeitig für Shireen und Mama da sein – es war also eine echte Win-Win-Situation für mich.

Doch ehe ich zu Mittag aß, musste ich Dirk auf seine Mail antworten.

Hi,
tut mir leid, dass ich so lange gebraucht habe, um zu antworten. Ich weiß einfach nicht, was ich sagen soll. Es ging alles so schnell. In einem Moment backe ich einen Schokoladenkuchen, im nächsten kotzt du darauf, und noch ehe ich kapiere, was eigentlich los ist, bin ich schon in Walmer Estate bei Oumas Beerdigung und bin Karima und nicht mehr Kari. Zu behaupten, es sei eine beschissene Woche gewesen, wäre echt ein mieser Witz.

Ich denke ständig an dich. Ich will alles wissen und gleichzeitig nichts wissen. Ich meine, Eva ist die blonde Jessica Rabbit aus Joburg. Es ist alles so unwirklich, so grotesk.

Ich bin froh, dass ich es weiß, und hasse es, dass ich es weiß. Ich will mehr erfahren. Ich will wissen, was genau passiert ist, was sie gesagt hat, was sie gemacht hat, wo es passierte und wie. Was hatte sie an? Wie sieht sie nackt aus? Ist sie besser als ich? Was hattest du an? Zumindest ein Kondom?

Ich will dich nie mehr in etwas sehen, was sie angefasst hat.

Ich frage mich, ob du wirklich so betrunken warst. Offenbar nicht betrunken genug, dass nichts passieren konnte. Und anscheinend betrunken genug, dass es passieren konnte.

Hast du sie seitdem wiedergesehen? Willst du sie wiedersehen? Will sie dich sehen?

Du merkst: Ich will mehr erfahren. Und ich will weniger wissen. Ich glaube, es wird mir jedenfalls so oder so nicht helfen, das Bild, das bereits in meinem Kopf existiert, mit Farben zu füllen.

Heute Nachmittag werde ich nicht zu Hause sein. Ich fahre nach Eden Road, um mich dort um Dhanyals Mädchen zu kümmern, während Shireen (seine Frau) beim Frauenarzt ist. Sie befindet sich in den letzten Wochen ihrer Schwangerschaft, und Mama hat ihr viel geholfen. Aber jetzt kann sie das nicht mehr, weil sie für die nächsten sechs Wochen ihren Fuß in einem Gips haben muss.

Dhanyal hat mich gebeten, dort zu bleiben und mich um die Mädchen und Mama zu kümmern sowie die wöchentlichen Gebete für Ouma zu organisieren. Insgesamt vielleicht fünf bis sechs Wochen. Es gibt niemanden sonst, der helfen kann, weil Shireens Mutter erst im März aus Dubai zu Besuch kommt.

Ich habe beschlossen, dort zu sein. Ouma starb, bevor ich die Dinge mit ihr in Ordnung bringen konnte. Ich will sehen, ob ich es schaffe, mich mit meiner Mutter auszusöhnen. Vielleicht ja nicht, keine Ahnung. Bisher habe ich es nie versucht, ich ließ es einfach sein. Aber das Leben ist kurz, wie es so schön heißt. Es sei denn, man versucht zu schlafen und kann nicht. Dann scheint die Nacht ewig zu dauern. BVD sind einverstanden, dass ich von zu Hause aus arbeite, aber wahrscheinlich hole ich alle paar Tage etwas aus dem Büro. Di hat sich bereiterklärt, Marsh zu füttern.

Können wir die Dinge wieder in Ordnung bringen? Noch weiß ich es nicht. Die letzte Woche über habe ich mir Sorgen darüber gemacht, dass wir ein Baby haben könnten ohne Familie und ohne Glauben. Was würde ich ihm beibringen, wenn ich selbst nichts weiß? Inzwischen wünsche ich mir, dies wäre das einzige Problem, das ich so habe. Kannst du warten? Ich muss eine Sache nach der anderen machen.

Zum Beispiel erst einmal herausfinden, wie ich eigentlich heiße.

K.

Fünfzehn

Dirks lächelndes Gesicht zeigte sich auf meinem Handy, zehn Minuten nachdem ich ihm die Mail geschickt hatte. Er musste darauf gewartet und sie sofort gelesen haben. Ich ging nicht ran, sondern ließ den Anruf zur Voicemail durchstellen. Hören wollte ich sie vorerst nicht.

11:45 Uhr Dirk: Ich werde warten. So lange du willst. Ich liebe dich. Dirk

Ich war mir nicht sicher gewesen, wie er meine Ausführungen verstehen würde. Es hatte lange genug gedauert, bis ich ihm antworten konnte, und ich vermutete, dass ihm mein langes Schweigen schon ziemlich klar signalisiert hatte, dass kein Schokoladenkuchen mehr auf ihn warten würde wie am vergangenen Freitag. Zumindest war Schreiben leichter als Reden. Ich druckte das Ganze aus, um es Lily zu zeigen, weil ich für mich wissen wollte, dass ich das Richtige geschrieben hatte. Sie hielt nie mit ihrer Meinung hinterm Berg und rückte sofort damit heraus. Nicht korrekt – und das wusste ich bereits – war nur die Sache mit Dhanyal. Als ob er mich jemals um etwas gebeten hätte. Aber ich fand, Dirk musste nicht wissen, dass Dhanyal nie »bitte, bitte, sei so lieb, das wäre wundervoll« gesagt hatte.

Nachdem ich die letzten Dinge auf meinem Schreibtisch geordnet hatte, war ich bereit, mit gutem Gewissen zu Moyo zum Lunch zu gehen. LSDoK war das, was ich brauchte, um danach nach Walmer Estate fahren zu können. Mit gutem Essen, guten Cocktails und einem atemberaubenden Blick war das Lokal genau das Richtige in Zeiten des Stresses. Auf Anweisung des Arztes, wie Lily gerne sagte. Sie hatte recht, was LSDoK betraf. Ich freute mich mehr über meine Freunde als über das bevorstehende Essen, und seltsamerweise drehte sich mir fast der Magen um, als ich dort die Cocktailkarte studierte. Owen runzelte die Stirn, nachdem ich dankend abgelehnt hatte. Aber ehrlich: Schon der Anblick der Wellenreiter am Strand auf der anderen Seite der Promenade gab mir das Gefühl, seekrank zu sein. Hatte ich etwa eine Magenverstimmung allein durch Dirks Mail bekommen? Sicher ein Virus, meinte Lily. Garantiert dein Körper, der auf die emotionale Stresssituation reagiert, vermutete Shelley.

»Ist auch besser, dass ich nichts trinken mag. So angeschickert, wie ihr alle seid, würde ich unterwegs nach Hause sicher einen Unfall bauen«, sagte ich lachend, als ich ging und meine Freunde mit rosigen Wangen und bester Dinge an ihrem Tisch in der Sonne zurückließ.

Ich traf Punkt halb drei in Walmer Estate ein. Als ich all die Männer mit ihren *Kufiyas* auf der Straße stehen sah, fiel es mir wie Schuppen von den Augen. Verdammt, es war ja *Freitag*mittag!

In diesem Moment hörte der Tag auf, so einfach wie Waschen, Spülen, Wiederholen zu sein. Jetzt begann die Zeit der Tratscherei.

Mama begrüßte mich mit einem Nicken, zeitgleich mit Dhanyal zu ihrer Rechten, als ich vor ihnen am Tisch stand. Rafiq (Rafiq!) saß links von ihr. Er zumindest lächelte.

»Salām«, sagte Mama, wobei es ihr offenbar schwerfiel, mich anzusehen.

Manchmal vergaß ich wesentliche Dinge, an die ich mich erinnern sollte. Immer wieder. Ziemlich oft. Eigentlich ständig. Doch dieser Fauxpas war selbst mir unverständlich. Wie konnte ich das *freitägliche* Mittagessen vergessen! Es wurde sofort nach Dhanyals Rückkehr vom Salāt-Gebet serviert und war im Haus meiner Mutter eine feste Konstante. Die hätte ich nicht vergessen dürfen. Dhanyal (genau wie Papa, als er noch lebte, sagte Mama) brachte gewöhnlich einen Gast oder fünf oder auch zehn Gäste mit, die er in der Moschee getroffen hatte. Dhanyal und seine Männer liefen dann von der Moschee den Hügel hoch, wobei die Straße in ihrem Rücken bis in den District Six hinunterreichte. Mama lächelte, wenn sie sich daran erinnerte, wie Papa manchmal die Moschee in der Aspeling Street besuchte und danach bis zu zwölf Gäste an ihrem Tisch saßen. So war das damals in diesem District, sagte sie.

Inzwischen war es zwar anders, aber man wusste immer noch nicht, wie viele Dr. Essop zum Mittagessen zu sich einlud, und es gab immer genug Essen, um eine ganze Armee verpflegen zu können. Ouma hatte gekocht, bis Mama das Kochen übernahm, als sie ihre Stelle als Lehrerin aufgab. Danach war Ouma die Qualitätskontrolle und Reserve. Als junge Braut kam Shireen die Aufgabe zu, bei Tisch zu bedienen und hinterher abzuwaschen und aufzuräumen. Wenn ich nicht in der Schule war, bediente Shireen, und ich wusch ab und räumte auf.

Ich hatte es einfach vergessen.

Da Mama jetzt ihr Bein auf einem Stuhl vor ihr lagern musste und es keine Reserveköchin namens Ouma mehr gab, vermutete ich, dass die große, kugelrunde, langsame Shireen gekocht, bedient und abgeräumt hatte.

Ich war nicht hier gewesen, um zu helfen und den leeren Platz zu füllen.

»Es tut mir leid, dass ich mich verspäte. Ich kam nicht früher von der Arbeit weg.« Die Ausrede kam mir ganz selbstverständlich über die Lippen – einfach, vertraut und so ähnlich wie viele andere, die ich früher gerne verwendet hatte. Und auch diesmal wurde sie von meinen Familienmitgliedern gänzlich ignoriert.

Mama saß da, mit einem weißen Schal, der für ihr Gesicht viel zu grell wirkte und über ihre Schultern ausgebreitet war. Sie hatte noch immer schwarze Haare. Ich stand nicht nahe genug bei ihr, um die Wurzeln sehen zu können, aber selbst *meine* Haare brauchten alle sechs Wochen eine Tönung. Mit fünfundsechzig musste sie doch wohl auch vortäuschen? Grau oder nicht – ich hatte meine Mutter nie als alt betrachtet. Sie war immer ein kleiner Wirbelwind mit Worten und Windmühlenarmen und schien die perfekte Größe für eine Grundschullehrerin zu haben. Groß genug, um über die Köpfe der Schüler hinwegsehen zu können und klein genug, um ihnen vorzugaukeln, sie wäre eine von ihnen. Nur ihre Lehrerinnenstimme und die leuchtende, fließende Kopfbedeckung ließ sie nicht ganz zu einer Gruppe von Schülern passen. Sie begrüßte die Kinder immer mit einem lauten, singenden »Ich wünsche euch allen Salām!«, wenn sie das Klassenzimmer betrat, und sah sich strahlend um. Jeder wusste dann, dass es nun höchstwahrscheinlich die Präsentation eines mitgebrachten Gegenstands geben würde.

Aber meine Mutter konnte auch unberechenbar sein, und ihre Windmühle war ganz und gar davon abhängig, woher der Wind kam. Eine Psychopathin war sie selbstverständlich nicht. Nein, nein. Allerdings hätten ein oder zwei Pillen sicher immer wieder geholfen.

An diesem Tag, zehn Jahre später, brachte der Wind kein Lächeln und keinen Singsang-Salām-Gruß. Sie ging auch nicht ihrem üblichen deutlichen hörbaren Auftritt als Maître de Cuisine nach, mit einer wehenden schwarzen *Abaya* und leuchtend buntem Kopfputz. Mama war gefesselt – sie bewegte sich nicht, sprach kaum ein Wort und trug keine leuchtenden Farben.

»Shireen kommt gleich. Sie ist oben und kümmert sich um die Mädchen. Sie braucht Hilfe beim Abräumen des Tisches hier.« Als sie mich ansah, fielen mir ihre Worte ein, als wir uns vor zehn Jahren das letzte Mal sahen: *Es ist schwer, Karima. Niemand will sein größtes Scheitern in seinem eigenen Fleisch und Blut erleben müssen.*

Ich begann die schmutzigen Teller zusammenzuräumen. Dhanyal rührte sich nicht von der Stelle und stapelte nicht einmal die Teller, die direkt vor seiner Nase standen. Groß und schlank, mit perfektem, dichtem Haar, das an den Schläfen grau zu werden begann, und in seinem dunklen Anzug war er Papa auf dessen schwarz-weißen Hochzeitsbildern wie aus dem Gesicht geschnitten. Das verstörte mich ziemlich. Denn auch wenn Mama immer noch gut aussah, wirkte sie doch nicht mehr so wie die junge Frau auf diesen Fotos. Mama und Dhanyal gaben ein seltsames Paar ab: Sie passten zusammen und taten es zugleich nicht.

Einmal meinte ich zu Dirk, dass mein Vater, wenn er noch am Leben wäre, und Dhanyal die perfekte muslimische McDreamy-Familie ergäben: Vater und Sohn McDreamy. Aber ich konnte mich an Papa nur in meinen Träumen erinnern und kannte Dhanyal nur aus meinen Albträumen. Zehn Jahre älter als ich und erst zwölf, als Papa starb, hatte Dhanyal meine ganze Kindheit bestimmt. Er beriet Mama dabei, was ich tun, wohin ich gehen und was ich tragen durfte (wobei als ›angemessen‹ nur galt, was Arme, Beine, Dekolletee, Haare und mehr oder weniger alles dazwischen bedeckte).

Wer verdammt noch mal ist eigentlich gestorben und hat ihn zum König gemacht?, dachte ich früher oft.

Natürlich kannte ich die Antwort: Papa starb, und Mama machte ihn zum König.

Mamas und Dhanyals zeitgleiches Nicken war mir nicht neu. Es bedeutete, dass beide wütend waren. Der König und die Königin von Passiva Aggressiva hatten gesprochen.

Sechzehn

Es war Rafiq, der mich ins Stolpern brachte. Ich stieß gegen das Glas mit Cola, das vor ihm stand. Was sollte das? Warum dieses ganze Gelächle? Irgendwie war ich immer davon ausgegangen, dass er den Kontakt zu meiner Familie abgebrochen hatte, als ich den meinen abbrach. Offenbar hatte ich mich geirrt. Rafiqs Mutter scherzte immer, wir sähen aus wie Bruder und Schwester; jetzt jedenfalls hatte ich fast den Eindruck, als ob meine Mutter tatsächlich einen weiteren Sohn hätte.

»Salām, Karima. Ich freue mich, dich zu sehen.« Rafiq stand auf, um mich zu umarmen.

Bei unserer letzten Begegnung war ich einundzwanzig gewesen. Ich gab ihm meinen Verlobungsring zurück, unter den Augen unserer Mütter und Dhanyals. Die Schmerzmittel der Abtreibungsklinik hatten ein großes Loch in meinen Geldbeutel gerissen. *Jener* Artikel aus der Cape Times hatte auf dem Tisch gelegen. Es musste ein ziemlich ereignisloser Tag gewesen sein, wenn ausgerechnet die Titelseite den Artikel über Abtreibung brachte. Das Foto von zwei Mädchen von hinten, die gerade in die Klinik gingen, hätte niemandem etwas verraten – es sei denn natürlich, man kannte mich. Dann wusste man, dass ich eines der beiden Mädchen war. Ich hatte es tatsächlich in die verdammten Schlagzeilen geschafft.

Doch heute stand Rafiq auf und umarmte mich. Ich war ihm so ungeheuer dankbar, dass ich seine Umarmung erwiderte.

Mama und Dhanyal aßen schweigend. Ich konnte mich nicht erinnern, sie jemals so still am Tisch erlebt zu haben. Aber dafür redete Rafiq umso mehr. Er sprach so, als wäre ich kurz weg gewesen, und nun würde er mir erzählen, was ich alles im Fernsehen verpasst hatte. Als ob es nur eine kleine Pause gegeben hätte. Als wären wir noch immer die gleichen Kids wie damals bei unserem ersten Valentinskuss. Er ließ mich an den Rafiq denken, den ich geliebt hatte. Locker, entspannt. Obwohl Mama und Dhanyal direkt neben ihm finster und schweigsam ihr Essen zu sich nahmen, schien ihn das nicht im Geringsten zu irritieren.

»Karima, du erzählst mir deine und ich dir meine. Einverstanden? Zehn Jahre in zehn Minuten. Wie wär's?« Rafiq saß mit dem Rücken zu den riesigen Fenstern, durch die man einen schönen Blick bis hin zum Hafen hatte, und grinste mich an. Seine Zähne standen noch immer ein wenig hervor, aber seine Wangen waren schwerer, wodurch es so wirkte, als hätte er sich seinen Zähnen angepasst. Seine Haare waren noch immer schwarz, aber er trug sie jetzt länger und nicht mehr so stachelig kurz, sondern glatt und gebändigt. Offenbar war es an der Zeit gewesen, etwas erwachsener zu werden. Seine Augen hatten noch immer dieselbe braune Farbe, und in ihren Winkeln zeigten sich Fältchen, wenn er lächelte. Doch das Weiße wirkte nicht mehr so klar wie früher.

»Auf keinen Fall, Rafiq. Ich bin gerade erst angekommen. Leg du los.«

Ich schaute Mama an. Die Augen starr auf den Teller gerichtet, nahm sie gerade mit etwas Roti einen Mundvoll Hackfleischcurry auf. Ich war noch nicht bereit, ihr irgendetwas aus meinem Leben zu erzählen.

»Einverstanden. Also, ich habe immer noch die Transporter, aber ich fahre nicht mehr selbst. Stattdessen fahren fünf Jungs für mich, und ich habe Verträge mit einigen dieser schicken Möbelfirmen.« Er plapperte weiter. »Pierre Cronje ist mein neuester Kunde, und wir erledigen seine gesamten Lieferungen in einem Radius von hundert Kilometern um die Werkstatt. Claremont, Constantia, einmal sogar den ganzen Weg bis nach Langebaan für das Ferienhaus irgendeines reichen Typen. Das Geschäft läuft gut. Ich habe sogar ein Büro in Woodstock in der Nähe der Biscuit Mill.«

Rafiq war zu Recht stolz. Nach der Schule hatte er weder Geld noch Hirn gehabt, wie er selbst meinte, um zu studieren. Er begann also von ganz unten: mit einem Transporter, den seine Mutter mit dem letzten Geld leaste, das sein Vater hinterlassen hatte. Damals erledigte Rafiq alle Lieferungen selbst, sieben Tage die Woche.

»Wow, das ist ja super, Rafiq. Ich wusste immer, dass du es mit diesem Geschäft zu etwas bringen würdest.« Das entsprach allerdings nicht ganz der Wahrheit. »Wie geht es deiner Mutter?« Rafiqs Mutter hatte ihn alleine großgezogen, und ich konnte nicht mit ihm sprechen, ohne auch an sie zu denken.

»Mami ist letztes Jahr gestorben. Im Dezember erfuhren wir, dass sie Magenkrebs hat, und an Ostern war sie tot. Tot.« Er holte tief Luft. »Es war hart, aber letztlich war es eine Erleichterung, denn sie hat wirklich sehr gelitten. Das Leben geht weiter, du kennst das ja selbst.« Offenbar fiel es ihm auch jetzt immer noch schwer, darüber zu sprechen.

»Das tut mir so leid. Ich hatte keine Ahnung.« Es stimmte. Es tat mir leid. Seine Mutter, Aunty Sadia, war ziemlich taff gewesen, aber ich hatte sie gemocht. Sie hatte ihre Welt um Rafiq herum aufgebaut, und wie es einem guten Sohn entsprach, hatte er dasselbe für sie getan. Es war ein Glück, dass sie und ich uns mochten, denn es machte es einfacher, seine

Freundin zu sein. Nicht so gut war es, dass ich nicht auch meine Welt um sie herumbauen konnte. Das war letztlich einer der Gründe, warum es für mich unmöglich gewesen wäre, ihre Schwiegertochter zu werden.

»Weißt du, dass Gigi und ich geheiratet haben? Wir haben eine neunjährige Tochter.«

Rafiq holte sein Handy heraus. »Ich hab hier ein paar Bilder. Ich zeige sie dir.«

Ich hörte auf, ihm zuzuhören, während ich auf sein Smartphone starrte. Er wischte durch eine Reihe von Bildern eines dunkelhaarigen kleinen Mädchens. Sie lächelte, aber ihr Lächeln nahm ich nicht wirklich wahr. Ich war geschockt, auch wenn ich nicht wusste, warum, dass Rafiq verheiratet war und eine Tochter hatte. Irgendwie hatte ich angenommen, er wäre noch allein und würde bei seiner Mutter wohnen, während er versuchte, sein Geschäft zum Laufen zu bringen. Wer hätte gedacht, dass Gigi-die-Vergnügungssüchtige Rafiqs Frau werden würde? Und eine neunjährige Tochter? In einer fernen Ecke meines Gehirns rechnete ich nach. Wir waren bis vor fast zehn Jahren zusammen – wann also hatte er angefangen, mit Gigi auszugehen? Noch vor mir? Nach mir? Oder vielleicht währenddessen?

Er schaute ein wenig beschämt weg, als er die nächste Bombe hochgehen ließ. Anscheinend konnte er meine Gedanken lesen.

»Ja, Gigi und ich haben, kurz nachdem wir zusammen waren, schon geheiratet. Und Amarah hier …« Er hielt inne und warf einen raschen Blick auf meine Mutter. »… kam etwas früher.« Mama räumte die letzten Teller zusammen, während sie dasaß und so tat, als würde sie nicht hinhören.

Aber ich kannte meine Mutter. Sie hatte Jahrzehnte Übung im Belauschen von Kindern. Sie sagte: »Amarah war sehr groß für ein Frühchen. Sie sah mir eher nach einem ganz normal geborenen Baby aus.«

Rafiq besaß immerhin den Anstand, beschämt dreinzublicken. Er senkte den Kopf und sah so aus, als ob eine riesige Bohrinsel aus seinem Kopf wachsen würde. Er wusste, dass sich meine Mutter nie zurückhalten konnte, wenn es darum ging, die Dinge klar beim Namen zu nennen. Sie reichte Shireen ein paar Gläser, die leise hereingekommen war und gerade Dhanyal anstarrte, statt den Tisch abzuräumen. Ich vermutete, dass in ihren Augen Gespräche über Frühchen gerade nicht so passend waren. Trotzdem gelang es ihr, mich mit einem Lächeln zu begrüßen.

Rafiq fuhr fort. Meine Mutter hatte ihn nie lange aus der Fassung bringen können. »Sie war ein sehr süßes Baby, aber es ist nicht leicht, schon so früh ein Kind zu bekommen, weißt du. Gigi und ich kannten uns noch kaum, und sie musste zuerst einmal die ganzen muslimischen Gepflogenheiten lernen. Mami machte es Gigi im Haus nicht gerade leicht.«

Er hielt inne, als ob er überlegen müsste. »Jedenfalls ging es ständig auf und ab, und es wurde nicht besser, als Mami starb. Gigis Dramen haben mich über die Jahre so genervt, dass ich im vergangenen Monat die erste *Talāq* ausgesprochen habe. Ohne Mami können wir das Haus so aufteilen, dass wir getrennt sind, aber Amarah uns beide die ganze Zeit über hat. Wenn das so weiterläuft, werden wir uns das Haus tatsächlich teilen, denn es ist groß genug. Es ist das Beste für Amarah, das ist das Wichtigste. Außerdem wäre es teuer, zwei Häuser zu haben …«

»Das ist nobel von dir, Rafiq. Wirklich nobel«, unterbrach mein Bruder. Ich hatte vergessen, dass er auch da war – eine weitere Fähigkeit von Rafiq, die ich so schätzte. »Manche Leute bedenken nicht, dass die Kinder immer zuerst kommen sollten. Außerdem ist es klug von dir. Auf diese Weise kannst du Gigi im Auge behalten und sicherstellen, dass Amarah als echte Muslima erzogen wird. Manche dieser Konvertiten wechseln ja wieder zu ihrem alten Glauben zurück, wenn die Ehe vorbei ist, und plötzlich hat man christlich erzogene Kinder, die Guten Morgen sagen und nicht *Salām u alaikum*, wenn man sie weckt.« Dhanyal sah mich an. *Welche Art von Kindern wirst du mal haben*, hatte er mich einmal gefragt. Mein Gott. Dieser ständige bedeutungsvolle Blickkontakt.

Doch dann geschah etwas Seltsames: Rafiq nickte bestätigend zu dem, was Dhanyal sagte. Er schien zufrieden, dass Dhanyal ihn lobte. Das war neu und für mich völlig unverständlich.

So war das also. Gigi wurde schwanger, heiratete Rafiq und trat zum Islam über. Beziehungsweise kehrte sie zum Islam zurück, wie manche Muslime das nennen. Ihrer Meinung nach wird nämlich jeder Mensch als Muslim geboren, weiß es nur nicht und nimmt dann irgendwann Vernunft an und wird ein echter Muslim. Er muss gar nicht konvertieren. So heißt es jedenfalls. Ich persönlich verstehe das nicht, aber mich fragt ja auch keiner.

Ich kannte Gigi so, wie man jeden in Walmer Estate kannte. Rafiq und seine Mutter Sadia hingegen kannte ich so gut wie mich selbst. Wenn Rafiq erklärte, dass es seine Mutter Gigi nicht einfach gemacht hatte, musste es die Hölle gewesen sein. Wie war es Gigi überhaupt gelungen, zum Islam *zurückzukehren*? Man hatte sie nicht ohne Grund Gigi-die-Vergnügungssüchtige genannt. Wilde Geschichten über ihre Trinkereien, heimliche Besuche in Clubs, Jungs und sogar über Motorräder zirkulierten, was damals ziemlich krass war. Ihr Wandel musste für ihre eigene Familie nicht einfach gewesen sein. Ich erinnerte mich an sie als Leute, die jeden Sonntag in die

Kirche gingen, obwohl auch sie genauso gerne jeden Samstagabend auf den Putz hauten. All diese Änderungen, und dennoch hatte sie eine *Talāq* von Rafiq bekommen. Noch zwei weitere »Ich verstoße dich«, und das war es dann. LSD würden mir Löcher in den Bauch fragen, um zu erfahren, wie muslimische Scheidungen funktionierten. Ich erkundigte mich also besser, was genau passiert war, ehe ich meinen Freunden davon erzählte.

»Ja, Gigi ist erwachsen«, sagte Rafiq, »sie kann machen, was sie will, aber Amarah werde ich nie im Stich lassen. Wir wissen, wie es ist, ohne Vater aufzuwachsen.« Er sah Dhanyal an. »Es ist einfach nicht richtig. So schnell kann ein Kind dabei auf den falschen Pfad kommen – vor allem ein Mädchen.« Jetzt war es an Dhanyal, zu Rafiqs weisen Worten gedankenvoll zu nicken.

Was zum Teufel ging hier vor sich? Redeten die beiden etwa über mich?

»Und eine *Talāq* bedeutet, dass die Tür nicht völlig zugestoßen ist. Ich kann immer noch entscheiden, was ich tun will. Man weiß nie, was das Leben so in petto hat. Vielleicht rückt das die Dinge wieder zurecht. Ich lasse es in Allahs Händen.«

Es sah so aus, als würde Dhanyal Rafiq gleich für seine tiefen Einsichten bewundernd auf den Rücken klopfen. Und ich hatte schon miterlebt, dass Rafiq nicht wusste, wann er einmal nicht auf seine dämlichen Freunde hören sollte. Dennoch war ich ihm dankbar. Er hatte es geschafft, mich durch diesen schwierigen Moment zu geleiten. Das war wirklich nett von ihm gewesen.

Nachdem Mama sich hingelegt hatte, Rafiq verschwunden war, um seine letzten Lieferungen zu überwachen, und Dhanyal und Shireen zum Gynäkologentermin gingen, hatte ich endlich meine Ruhe. Zumindest von fünfzehn bis achtzehn Uhr war ich mehr oder weniger allein. *Wow.*

Meine beiden Aufgaben bestanden darin, mich um Shireens und Dhanyals Töchter Alia und Sara zu kümmern sowie alles für das Gebet vorzubereiten, das später im Laufe des Abends stattfinden sollte. Die Mädchen machten keine Probleme. Sie waren ruhig. Alia war neun und Sara sieben, und sie hatten nichts dagegen, *Barbie und die Ballerinas* im Fernsehen anzuschauen. Ganz anders als Dis Töchter, die stets unbedingt gefallen wollten. »Gut erzogen«, hätte Di das wahrscheinlich genannt. Hätten Rafiq und ich ein Kind gehabt, das an meine beiden Nichten erinnerte?

Die Vorbereitung für das Gebet war nicht ganz so einfach. Shireen hatte mir zwar eine Liste dagelassen, aber alles dauerte doppelt so lang, wie es eigentlich sollte, da ich nicht wusste, wo sich was befand. Ich konnte mich auch kaum erinnern, wie diese Gebetsabende genau abliefen. Wie viele würden kommen? Saßen die Männer auf dem Boden? Ich entsann mich vage an Gruppen junger Männer, die dasaßen und auswendig Gebete aufsagten. Alle anderen lauschten oder sprachen mit, wenn sie die Gebete auch kannten. Ich ließ die Laken liegen, wie Shireen gesagt hatte, und hoffte, sie würde mir mehr dazu erklären, wenn sie nach Hause kam. Irgendwann hatte ich alle Klapptische mit dem nötigen Geschirr für Tee und Kaffee aufgebaut sowie die Thermoskannen gefüllt. Ich stellte die Teller für die Pasteten und Samosas heraus, die eine Frau vorbeibringen würde, welche ich zwar nicht kannte, die aber angeblich mich kannte.

Später saßen die Männer auf den Laken auf dem Boden. Es waren eigentlich noch Jungen, die meisten jedoch *Hāfiz*, die bereits große Teile oder auch den ganzen Koran auswendig konnten. Es war beeindruckend, ihnen zuzuhören, obwohl ich nicht verstand, was sie sagten. Ich verspürte wieder diese vertraute Ruhe, einen inneren Frieden, den ich immer erlebte, wenn mehrere Stimmen zusammen im Gebet sprachen. Erklären konnte ich es nicht, aber dieses Gefühl hatte ich jedes Mal, und ich begriff, warum man so etwas tun wollte. Dirk meinte, dass auch die Gebetsgesänge der tibetischen Mönche die Gehirnströme beeinflussten, wenn man ihnen nur lange genug lauschte.

Hier würde sich allerdings niemand für solche Überlegungen interessieren. Ich redete im Grunde mit keinem, sondern lächelte nur, half mit, Tee zu kochen, und reichte Snacks herum, wie mich Shireen gebeten hatte. Es waren viele alte Gesichter, die sich bei genauerem Hinsehen als Cousins und Cousinen, als entfernte Verwandte und frühere Nachbarn herausstellten, deren Existenz mir völlig entfallen war.

»Hallo, Karima! Wo hast du denn die ganze Zeit gesteckt? Ist das schon lange her! Du musst mal zum Tee vorbeikommen, okay?«

Alle zogen mich wieder in mein altes Leben zurück. Es freute mich, sie zu sehen, aber was ein gemeinsames Teetrinken betraf, war ich mir nicht so sicher, ob ich das wollte. Was wussten sie über mich? Also lächelte ich einfach und winkte ihnen zu.

Ich lächelte und winkte. Lächelte und winkte.

Karima und Kari

Siebzehn

Im Haus war es noch still, als ich am nächsten Morgen erwachte – dem zweiten Samstag in Eden Road, Walmer Estate. Zu Hause und doch nicht zu Hause am zweiten Samstag – seit all den Veränderungen in meinem Leben. Ich fühlte mich nach dem gestrigen Mittagessen noch immer wie nach einem Schleudergang und schien einer Lösung in irgendeiner Hinsicht kein bisschen nähergekommen zu sein. Alles in meinem Leben stand weiterhin Kopf.

Seitdem Dirk in Joburg arbeitete, hatte ich mich daran gewöhnt, in unserem Bett ohne ihn aufzuwachen. Anfangs kam mir das seltsam vor, aber im Vergleich zu dem Gefühl, in Oumas Bett aufzuwachen ohne Ouma, war das harmlos gewesen. Das hier war nicht seltsam, sondern geradezu gruselig. Noch schlimmer als jene Zeiten, als ich neben einem Typen aufwachte, an dessen Namen ich mich nicht mehr erinnerte. Damals hatte ich das für das Allerschlimmste gehalten.

Doch im Bett deiner verstorbenen Oma aufzuwachen und die Stimme deines dir fremd gewordenen Bruders zu hören, und zwar morgens um zwanzig nach vier – diese Erfahrung landete nun wirklich auf Platz eins der beschissenen Aufwacherlebnisse. Ich hatte vergessen, dass Dhanyal jeden Morgen vor Sonnenaufgang zum *Fadschr*-Gebet in die Moschee ging. Keine Ahnung, wie mir das hatte entfallen können; er hatte es mir schließlich oft genug verkündet.

Ich sah mich in dem dunklen Zimmer um, während der *Adhān* von der Moschee herüberklang, um sicherzustellen, dass Dhanyal sich auf den Weg machte. Alles hatte sich hier verändert. Die Schränke waren neu, und der kleine Nachttisch mit der Glasplatte war verschwunden. Keines von Oumas Schwarzweißbildern stand noch in ihren schwarzen Plastikrahmen herum. Keine Gebetsbücher lagen ordentlich aufgestapelt neben dem Bett. Die *Tasbih* mit ihren kleinen Holzperlen – die sie immer in der Hand hielt, um ihre Gebete zu zählen – war ebenfalls weg. Wie mir in der Nacht zuvor aufgefallen war, hatte das Bett, in dem ich lag, nicht einmal mehr Rüschen um den Bettkasten. Dabei hatte Ouma immer darauf bestanden, dass auch ein Bett richtig angezogen sein müsse.

Alles war anders. Shireen erklärte mir, dass sie die alten Dinge herausgeräumt hatte, damit es nicht mehr nach Oumas Zimmer aussah. Dennoch. Wir alle wussten doch, dass dies bis vor kurzem Oumas Zimmer und Bett gewesen waren. Erst am vergangenen Samstag hatten wir zugesehen, wie ihr Körper aus genau diesem Zimmer getragen wurde.

Es gab keinen anderen Platz für mich, ich musste in Oumas Zimmer schlafen. Der einzige andere Schlafplatz wäre in Mamas Doppelbett gewesen. Und im Moment hätte ich das Gefühl gehabt, dass ich deutlich lieber gestorben wäre, als mir irgendetwas mit Mama teilen zu müssen.

Shireen kam mit keinen guten Nachrichten vom Frauenarzt zurück. Sie hatte zu wenig Fruchtwasser und etwas anderes, was ich nicht verstand. Es bedeutete jedenfalls, dass sie weder Auto fahren noch kochen noch sonst irgendwas tun durfte außer ruhen. Wenn sich das Ganze nicht bis zur kommenden Woche verbesserte, würde der Arzt einen Kaiserschnitt machen und das Baby herausholen. Das wollte Dhanyal aber nicht. Er meinte, sie habe noch drei Wochen bis zum Geburtstermin, und es sei immer besser, das Kind so lange wie möglich im Bauch der Mutter zu lassen.

Shireen entgegnete, dass der Frauenarzt erklärt habe, dem Baby gehe es auch jetzt schon gut, selbst wenn es früher herauskäme.

»Aber Dhanyal weiß, was das Beste ist. Ich werde also das machen, was er sagt«, erklärte sie mir.

Ich versuchte, nicht allzu offensichtlich mit den Augen zu rollen.

Die Neuigkeiten bedeuteten, dass ich offiziell jetzt das Ruder im Haushalt übernahm. Natürlich hätte ich mich um Shireen kümmern sollen, aber in Wahrheit kümmerte sie sich um mich. Ich hätte es nie geschafft, wenn sie mir nicht erklärt hätte, was ich tun sollte, was mich so aussehen ließ, als würde ich Nützliches erledigen. Sie wies mich auf einen kleinen Klapptisch hin, der in Oumas Zimmer aufgestellt war und an dem ich arbeiten konnte. Auf diese Weise wich ich Dhanyal im Wohnzimmer aus, wenn er dort fernsah, war aber nahe genug, um zu hören, ob mich Shireen oder Mama oder die Mädchen brauchten.

Die Mädchen nannten mich »Tante Karima«. Ich erfuhr, dass sie Barbie und Monster High mochten sowie gerne ins Kino an der Waterfront gingen. Rafiqs Amarah war ihre beste Freundin, und alle drei gingen in die St. Columbus School für Mädchen in Oranjezicht. Am Morgen musste ich sie für die Schule bereitmachen und dorthin bringen, um sie dann nachmittags wieder abzuholen. Ich bemühte mich, nicht in Panik auszubrechen, als ich das hörte.

»Das wird alles kein Problem sein, Karima«, meinte Shireen. »Ich bin einfach hier oben in meinem Bett. Bis Montag gibt es genug Vorgekochtes. Und wegen Mama mach dir keine Gedanken. Sie wird sich schon wieder an dich gewöhnen.« Sie versuchte, es alles ganz leicht klingen zu lassen, aber ich fand sie nicht so recht überzeugend.

Mama hatte mich bisher nicht direkt angesprochen und mich auch um nichts gebeten. Außer wenn sie Shireen Anweisungen gab oder mit den Mädchen redete, schwieg sie. Sie ließ mich ihr nicht helfen und wandte sich nur an Dhanyal. Shireen erklärte mir, dass er täglich zu ihr ins Zimmer ging und die Tür hinter sich schloss. Er blieb immer mindestens zwanzig Minuten dort, wobei es niemand wagte, die Besprechungen hinter geschlossenen Türen zu unterbrechen. Ich hatte es auch bereits miterlebt. An diesem Tag war er ihr nach dem Mittagessen in ihr Zimmer gefolgt.

Ich fragte mich, was sie wohl beredeten. Selbst konnte ich mir nicht vorstellen, mit Mama oder Dhanyal für zwanzig Minuten Gesprächsstoff zu haben.

Achtzehn

Nach zwei Nächten in Oumas Bett fühlte ich mich anders. Nicht mehr wie ich selbst. Weniger wie Kari und wieder mehr wie Karima. Wie damals, als ich nur das tat, was andere von mir verlangten. Vielleicht ähnelte es dem, was Lily erlebte, wenn sie ihren Vater besuchte. Sie vergaß dann, dass sie Dr. De Angelo war, und hatte stattdessen den Eindruck, wieder eine Fünfjährige mit ihrem Daddy zu sein. Sie war davon überzeugt, dass sich sogar ihre Stimme änderte (ich hatte sie einmal am Telefon mit ihm erlebt, und sie hatte recht, wobei ich ihr das nicht sagte). Lily meinte, das Führen eines Tagebuchs habe ihr deutlich geholfen, sich ihrer selbst und ihrer Beziehungsthemen bewusster zu werden. Ich dachte: Wenn das bei Lily und ihren Papa-Problemen half, dann tat es das vielleicht auch bei mir und meinen Papa-Problemen mit Dirk.

Er hatte eine Weile gewartet, nachdem wir geheiratet hatten, ehe er damit herausrückte.

Ich möchte Papa werden. Ich will, dass wir eine eigene Familie haben – eine, die dir und mir gehört.

Das sagte er seit eineinhalb Jahren immer wieder.

Das letzte Mal war an einem Freitagnachmittag gewesen, damals, als Dirk noch früher nach Hause gekommen war. Wir hatten etwas Zeit in unserem Wolkenkuckucksheim verbracht und fühlten uns glücklich und geborgen, als Dirk plötzlich flüsterte: »Denkst du eigentlich noch daran, Kari?«

Ich antwortete nicht. Ich hatte sehr wohl daran gedacht, aber ich hatte noch nicht die Antwort parat, die er hören wollte. Zuerst wollte ich ihm von der Abtreibung erzählen, damit er entscheiden konnte, ob er sich dann immer noch ein Kind mit mir wünschte. Er bedrängte mich nicht, und mein Schweigen bedeutete erst einmal das Aus. Er stand auf, ohne etwas zu sagen, während ein herrlicher Sonnenuntergang vor dem Fenster zu sehen war. Doch ich wusste genau, dass wir am Sonntagabend noch eine Auseinandersetzung darüber haben würden. »Können wir das nicht einfach bereden, Kari? Weshalb fängst du jedes Mal an zu schweigen, wenn ich die Sprache darauf bringe?« Diesmal war es kein Flüstern mehr gewesen.

Am nächsten Wochenende kam er erst am Samstag nach Hause. Er habe die ganze Zeit an der Strippe gehangen, um einen Deal hieb- und stichfest zu machen, erklärte er. Inzwischen fragte ich mich, ob er da mit Eva telefoniert hatte. Das Wochenende danach war Valentinstag. Ground Double Zero, der Tag, an dem alles auf Anfang zurückgesetzt wurde. Besonders absurd dabei ist: Ich glaube, ich war bereit, ihm von der Abtreibung zu erzählen. Wie es wäre, ein Baby zu haben, ohne dass wir im Hintergrund unsere Familien hätten, die uns unterstützten. Wie ich Angst vor diesem Schritt hatte, aber gleichzeitig das Gefühl, allmählich tatsächlich so weit zu sein, zu versuchen, das Baby zu bekommen, das er sich so dringend wünschte. Seitdem hatte sich alles geradezu absurd radikal geändert!

Jede Nacht träumte ich von ihm und von Ouma. Ich versuchte, mit ihnen zu reden, aber es ging nicht. Ich schaffte es nicht. Immer wieder musste ich mich daran erinnern, dass nur einer der beiden tot war. Und der andere noch lebte.

Neunzehn

08:00 Dirk: Guten Morgen. Ich denke viel an dich. Ich weiß, dass du nicht reden willst. Also werde ich dir wieder eine Mail schicken. In Liebe xxx

Heute war nicht nur Montag. Es war auch der Tag von drei Volltreffern, die mich mehr oder weniger umnieteten.

Das war Volltreffer Nummer eins. Ich las seine Mail auf meinem Handy im Auto, nachdem ich die Mädchen vor der Schule herausgelassen hatte.

Liebe Kari,
wie geht es Dir? Ich werde mein Versprechen halten und Dir alle Zeit der Welt lassen, aber ich weiß nie, ob Du meine Handynachrichten überhaupt bekommst. Du antwortest nie. Daran bin ich so gar nicht gewöhnt.

Ich wollte Dir ein paar Dinge erzählen. Zum einen habe ich hier in Joburg eine Therapeutin aufgesucht. Ist das nicht verrückt? Lily hat mir eine empfohlen. Ich glaube, sie wollte mich endlich loswerden, weil ich sie ständig fragte, was ich tun soll. Lily meinte, ich solle erst mal zu mir selbst finden. Ich habe das Ganze vermasselt, und deshalb solle ich mir auch anschauen, warum. Sie hatte recht.

Bisher war ich zweimal bei Sandra. Sie ist okay. Sie sagt nicht viel, sondern stellt vor allem Fragen. Sie hat graue Locken und trägt diese Green-Cross-Sandalen, die Du so schrecklich findest. Sie fragt auf eine Weise nach, auf die ich bisher nie gekommen bin; vor allem stellt sie Fragen zu unseren Eltern. Und zu uns natürlich. Wie wir damit umgehen, dass wir uns außerhalb unserer Ursprünge bewegen. So habe ich das bisher noch nie gesehen. Ich wollte einfach nie wie jemand sein, der aus meiner Welt kommt, und ich vermute, dass es Dir genauso geht. Bei Dir fühle ich mich nicht wie ein Schaf, das nur der Herde folgt und alles so macht wie die anderen. Mit einer netten Meisie aus Pretoria als Frau und einem Haus irgendwo in Southdowns, damit unsere blonden Kinder dort im Viertel zur Schule gehen können. Sandra gab auch irgendwelches Psychogeschwätz von sich in der Richtung, dass wir uns vielleicht gegenseitig benutzten, um zu rebellieren, und dass jeder Rebell irgendwann irgendwo bei irgendjemandem dazupassen wolle. Ich habe ihr erklärt, dass es meiner Meinung nach reiche, dass wir zusammenpassen und dass unsere Kinder zu uns passen würden. Sandra denkt allerdings, dass Du vielleicht nicht wolltest, dass unsere Kinder immer außen vor wären.

Ich habe nicht die geringste Ahnung, was das zu tun haben soll mit der Geschichte mit Eva und was ich mir da geleistet habe. Sandra meint, dass manchmal auch Rebellen müde würden und etwas täten, was sich einfach anfühlt, obwohl es falsch ist. Sie sagt, Eva sei ein »Hinweis, dass ich den Kampf leid sei«. Keine Ahnung. Für mich klingt das nicht sonderlich überzeugend.

Eines allerdings macht Sinn, was Sandra sagt: Es sei gut für uns, einander Zeit zu lassen und nicht jetzt einfach eine Scheidung durchzuziehen oder zu versuchen, alles schnell hinter uns zu bringen. Wenn wir das täten, würde uns das eines Tages so oder so einholen.

Ich will dich also auf keinen Fall bedrängen, aber ich

will auch nicht, dass wir einander überhaupt nicht mehr kennen, wenn oder falls Du bereit bist, wieder mit mir zu reden. Mein Vater würde vermutlich sagen, dass ich mich wie ein Mädchen benehme, weil ich so was schreibe. Aber lieber ein Mädchen als ein Schaf.

Was ich Dir noch erzählen wollte: Seit dieser Sache habe ich Eva nur ein Mal allein wiedergesehen. Sie hat mir erklärt, sie habe sich in mich verliebt, aber ich habe ihr klargemacht, dass ich nicht mit ihr zusammen sein wolle, selbst wenn das mit Dir und mir nichts mehr werden sollte. Auf der Arbeit ist es momentan unangenehm, aber ich kann ihr leider nicht ausweichen, weil sie bei zwei wichtigen Projekten in meinem Team ist. Sie verhält sich mir gegenüber etwas gereizt und schroff, aber ich glaube nicht, dass die anderen etwas bemerkt haben. Gerade überlege ich, ob ich mir nicht besser einen neuen Job suchen sollte.

Ich habe übrigens einen STD-Test gemacht, der zum Glück negativ ausfiel. Ich hatte auch ein Kondom benutzt, aber Lily meinte, dass ich alles tun müsse, um Dir eindeutig zu beweisen, dass ich mir nichts eingefangen habe. Lily sagt, ich befände mich in einem »diagnostischen Fenster«, weshalb ich einen HIV-Test erst in ein paar Monaten machen könne. Das Risiko ist gering, aber ich möchte keine Bedenken jeglicher Art. Eva erklärte, sie würde die Pille nehmen. Ihre Familie ist sehr konservativ Afrikaans, und sie meinte, dass es für sie eine echte Katastrophe wäre, ein Baby zu kriegen, ohne verheiratet zu sein.

Das sind meine Neuigkeiten. Ich bin viel für mich und gehe gerade im Job jeglichen Sozialkontakten aus dem Weg, weil ich befürchte, jemand könnte mich auf Eva ansprechen oder sie irgendwo dazu laden. Also bleibe ich lie-

ber für mich. Nicht mehr lange, und dann hat diese Pendelei sowieso ein Ende, aber inzwischen ist eine Reise nach London im Gespräch, um uns dort ein Büro anzusehen. Die Reise würde höchstens eine Woche dauern und schon nächsten Montag beginnen. Noch ist nichts bestätigt.

Ich bin froh, dass Du Di gebeten hast, sich um Marsh zu kümmern, da ich momentan auch am Wochenende nicht zu Hause bin. Bisher habe ich es nämlich nicht mehr über mich gebracht, dort zu sein.

Das kommende Wochenende bin ich allerdings da. Vielleicht könnten wir uns ja auf einen Kaffee treffen?

In Liebe

Dirk

Ich fuhr nach Walmer Estate zurück, wobei ich den längeren Weg durch die Stadt wählte, die Wale Street hinunter und an Company's Garden vorbei. Ich stand im morgendlichen Stau, ohne irgendetwas so recht wahrzunehmen. So viele Worte. Von Dirk. Eine halbe Stunde zuvor hatte ich mich richtig nützlich gefühlt und war stolz gewesen, schon sehr früh aufzustehen. In meiner eigenen Vorstellung war ich fast ein Star gewesen, weil ich den Mädchen geholfen hatte, sich zu waschen und anzuziehen, Tee für Mama und Shireen gemacht sowie schließlich Rührei und Toast zum Frühstück serviert hatte. Vor einer halben Stunde war ich an Cape Technikon auf dem Weg zur Schule vorbeigerast, die beiden Mädchen hinten auf die Rückbank gequetscht, zusammen mit ihren Rucksäcken, in denen sich Marmeladenbrote für die Pause befanden.

Vor einer halben Stunde hatte ich mich stark gefühlt. Sogar fähig. Fast wie ein Rockstar. Ich dachte, Mama und Dhanyal könnten sich vielleicht sogar für mich erwärmen, wenn ich länger um sie wäre. Ich bildete mir ein, dass mir beide am

Morgen direkt in die Augen schauten, wenn sie mich mit ihren Salāms begrüßten. Und mich nicht mit einem dieser Ich-töte-dich-mit-meinem-Todesblicke bedachten. Vielleicht würde es bald sogar zu einem winzigen Ich-bin-froh-dass-du-da-bist-Kontakt kommen.

Aber all diese Empfindungen waren nun schlagartig wieder verschwunden – als ob mich eine gewaltige Welle niedergerissen hätte, gerade als ich glaubte, im Treibsand eine Art festen Boden gefunden zu haben. Doch ehe ich mir so richtig leidtun konnte, passierte es gleich noch einmal.

Volltreffer Nummer zwei.

Zwanzig

Beinahe übersah ich Mama und Dhanyal, die beide auf der schwarzen Ledercouch saßen. Ich hatte nicht erwartet, Mama außerhalb ihres Zimmers zu sehen, aber offensichtlich warteten die beiden auf mich.

»Komm und setz dich, Karima. Es gibt etwas, worüber wir mit dir sprechen möchten.« Dhanyal lehnte sich vor. Seine Ellbogen ruhten auf seinen Knien, die Hände waren verschränkt. Er trug noch immer die goldene Lanco-Uhr, die früher einmal Papa gehört hatte. Mama saß aufrecht angelehnt da, aber auch sie hielt ihre Hände verschränkt. Sie lagen zusammengefaltet im Schoß ihrer schwarzen *Abaya*. Ihr Bein war auf ein Kissen platziert, das sich auf dem Couchtisch befand. Neben ihrer Stiefelette stand eine kleine Geschenkpackung. Ein Geschenk? Vielleicht hatten sie ihre Meinung über mich geändert, was Shireen ja vermutete. Ich fühlte mich hoffnungsvoll wie ein muslimisches Kind an Weihnachten. Ich wusste einfach, dass es nicht sein konnte.

»Wir wollten warten, bis die Kinder in der Schule sind, damit es etwas ruhiger ist und sie uns nicht unterbrechen können.«

Wirklich? Mein Bruder hatte die wohlerzogensten Mädchen, die mir jemals begegnet waren. Die Töchter von Stepford, hätte Lily sie wahrscheinlich genannt. Sie unterbrachen nie jemanden. Allerdings hatte noch keiner gewagt, Mama und Dhanyal zu unterbrechen. All das sprach ich nicht laut aus. Warum waren mein Gehirn und meine Zunge stets entkoppelt, sobald es konfrontativ wurde? Ich setzte mich auf den geblümten Sessel den beiden gegenüber. *Es wird immer Oumas Sessel bleiben, auch wenn sie nicht mehr hier ist,* hatte Dhanyals Älteste vor kurzem gesagt.

Dhanyal sprach als Erster.

»Du weißt das wahrscheinlich nicht, aber als Mama und Papa von Bo-Kaap nach Walmer Estate ziehen wollten, hatten sie keinerlei Geld. Ihren Familien gefiel die Idee gar nicht, aber Papa fand, dass Walmer Estate ein guter Ort für eine neue Praxis sei, deshalb haben sie es trotz des Widerstands gewagt. Zuerst wollten sie zur Miete wohnen, bis Papa die Praxis zum Laufen gebracht hatte. Doch noch während sie all das planten, überlegte es sich Ouma anders. Sie wollte nicht alleine in Bo-Kaap zurückbleiben. Also verkaufte sie ihr Haus überstürzt Onkel Abie und verwendete ihr ganzes Geld als Anzahlung für dieses Haus. Mama bezahlte den Rest mit einer Anleihe auf ihr Lehrerinnengehalt. Damals bekamen Lehrer ziemlich gute staatliche Zuschüsse. Mama und Ouma wurden die offiziellen Eigentümerinnen, weil man damals nicht wusste, wie Papas Praxis laufen würde. Sie wollten nicht riskieren, dass sie das Haus plötzlich verloren, nur weil Patienten nicht ihre Rechnungen zahlten. Damals war das immer wieder ein Problem. Ist es eigentlich immer noch.« Er sprach so langsam, als ob ich des Englischen nicht mächtig wäre.

Warum erzählte er mir das alles?

»Das wusste ich nicht.« Viel banaler hätte ich kaum antworten können. Obwohl Mama bisher nichts gesagt hatte, fühlte ich mich ausgesprochen unwohl.

»Diese Eigentümersache wurde nie geändert. Papas Praxis lief ganz gut, aber er häufte anfangs viele Schulden an, und er machte viele Hausbesuche, für die er nie bezahlt wurde. Papa genoss auch das Leben mit all seinen materiellen Reizen. Du wirst dich nicht daran erinnern, aber er wollte wie der Herr Doktor leben, wie der Herr Doktor aussehen und das richtige Auto für den Herrn Doktor fahren. Er hinterließ uns die Geldanlagen für unser Studium, aber Mama auch hohe Schulden, als er starb. Zum Glück war das Haus sicher.« Dhanyal lehnte sich zurück. Er warf Mama einen Blick zu und sah dann wieder mich an.

»Das Haus läuft immer noch zur Hälfte auf Mamas und zur anderen Hälfte auf Oumas Namen. Ouma hat kein Testament hinterlassen, von dem wir wüssten, aber Shireen fand eine Schachtel mit Papieren, als sie Oumas Zimmer für dich ausräumte. Darin befand sich sehr viel, was Ouma vermutlich für dich gedacht hatte. Sie hinterließ auch einen Brief. Darin schrieb sie, dass sie ihre Hälfte des Hauses dir vererben wolle.« Dhanyal machte eine Pause. Er erwartete offenbar eine Reaktion von mir.

»Kann ich den Brief sehen?« Was hatte Ouma mir hinterlassen? Anscheinend war es also doch ein Geschenk. Das sie mir allerdings nicht wirklich gerne geben wollten.

Nun sprach Mama. Endlich. »Du kannst alles sehen, Karima«, sagte sie. »In dieser Schachtel befindet sich ziemlich viel, aber dir wird nicht alles gefallen. Du weißt, wie sie war. Ouma hat alles aufgehoben.« Ihr standen die Tränen in den Augen, und sie sah so aus, als würde sie jeden Moment losweinen. Es war ein Schock für mich, denn das hatte ich nicht erwartet. Ich hatte an mich gedacht, an meine Probleme mit Dirk, an den Verlust von Ouma, an meine Rückkehr. Daran, dass ich Dhanyal wiedersehen musste. Und Mama. Nun verstand ich: Ich hatte eine Großmutter verloren, aber Mama ihre Mutter. Eine Mutter, die stets hinter ihr stand. Was auch immer das Leben für Mama in petto hatte – ihr blieb stets eine Mutter, die sie nicht im Stich ließ. Bis jetzt.

Wie würde ich mich fühlen, wenn ich eine solche Mutter verlieren würde? Als ich die Tränen in Mamas Augen sah, musste ich an Dhanyals altes Mantra denken: *Es geht nicht immer nur um dich, Karima.*

Es fiel mir schwer, den Blick abzuwenden und wieder zu Dhanyal zu schauen.

Er nickte. »Du kannst die Schachtel nehmen und dir alles durchsehen. Lies auch den Brief und überlege dir, was du davon hältst. Ich weiß nicht, ob so was rechtlich anerkannt werden würde. Du hast ja ein bisschen Jura studiert. Du kannst das vielleicht beurteilen. Aber …« Dhanyal hielt inne. Es war im Grunde das erste Mal, dass ich ihn unsicher erlebte. »Aber du musst wissen, dass ich im Laufe der Jahre viel Geld hier hineingesteckt habe, im Grunde fast alles. Du siehst selbst, wie viel sich geändert hat. Es ist jetzt auch das Haus meiner Familie.« Er hätte genauso gut sagen können: *Es geht nicht immer nur um dich, Karima.* Und er hätte sogar recht gehabt.

»Ich werde es mir anschauen«, sagte ich und streckte die Hand nach der Schachtel aus, um sie zu mir zu ziehen. Ich wollte allein hineinschauen – ohne dass die beiden mir zusahen.

Mama blieb, wo sie war. Sie nahm ihr Gebetsbuch zur Hand und begann zu lesen. Ich wusste, dass sie dieses Ritual immer beruhigte, und sie brauchte das jetzt. Gleichzeitig war es ihr Zeichen, uns zu bedeuten, dass das Gespräch vorbei war und ich gehen könne. Als ich mit dem kleinen gelben Geschenkkarton aufstand – wahrscheinlich war es eine alte Verpackung gewesen –, erhob sich Dhanyal ebenfalls. Ich hörte seine schweren Schritte auf den Holzdielen, während er mir den Flur entlang zu Oumas Zimmer folgte. Dort stellte ich die Schachtel auf den kleinen Tisch neben die BVD-

Akten. Ich hatte den Rücken zur Tür, und noch ehe ich mich umdrehen konnte, wurde ich erneut direkt zwischen den Schulterblättern getroffen.

Volltreffer Numero drei.

Einundzwanzig

»Es gibt noch mehr, was du wissen musst, Karima. Mama weiß das, aber sie ist immer noch zu aufgewühlt. Ich wollte nicht vor ihr darüber sprechen. Ehe Ouma starb, erkundigten Mama und ich uns, was mit dem Haus passieren würde, wenn Ouma stirbt, ohne ein Testament zu machen. An manchen Tagen ging es Ouma gut, aber an den anderen nicht, deshalb war es uns wichtig, das so schnell wie möglich zu klären. Wir fanden heraus, dass Mama als einziges Kind automatisch die Erbin sein würde, wenn wir es einfach so ließen. Mit Ouma haben wir nie darüber geredet, aber Mama beschloss daraufhin, ihren Anteil an mich zu überschreiben, weil das Haus jetzt abbezahlt ist und weil ich eben so viel hineingesteckt habe. Sie hielt es für richtig, dass ich offiziell einen Anteil an dem Haus habe.« Dhanyal redete die ganze Zeit mit meinem Rücken. Es schien ihm egal zu sein, ob ich erstarrt war oder nicht. Flüchten, kämpfen oder erstarren – es war nicht schwierig zu erraten, wie meine Reaktion auf Gefahr aussah.

Dhanyal fuhr fort: »Die Übertragung auf mich ist fast erledigt. Wenn du Oumas Anteil nimmst, gehört uns beiden das Haus zu gleichen Anteilen. Das war nie der Plan. Ich sollte Oumas Anteil von Mama bekommen, wenn es so weit war. Ich habe mein ganzes Geld in dieses Haus gesteckt, und jetzt bekomme ich auch noch ein paar mehr Kinder. Ich kann dich nicht ausbezahlen. Du kannst hier wohnen, falls dir das zusagt, aber du wirst uns alle rauswerfen müssen, wenn du verkaufen willst. Und nur so kommst du durch dieses Haus an Geld.« Ich hatte mich inzwischen umgedreht und beobachtete, wie er mit einer Hand die Klinke festhielt, als würde er befürchten, dass die Tür jeden Moment aufgerissen werden könnte.

Wie bei meiner Sorge wegen der richtigen Kleidung für die Beerdigung gab es auch diesmal eine Art Übersprunghandlung. Ich griff das auf, was das Unwichtigste an der ganzen Sache zu sein schien. »Du meinst, du bekommst *ein* Kind.« Manchmal sind mein Gehirn und meine Zunge eindeutig nicht miteinander verbunden. Zu anderen Zeiten sind die Verbindungen offenbar falsch verkabelt, was aber dazu führen kann, dass ich rein zufällig ins Schwarze treffe. Dhanyal ließ die Türklinke los, damit er die Arme verschränken konnte. Schultern zurück, Bauch rein, Brust raus. So starrte er mich finster an.

»Nein, Karima. Ich meinte *Kinder*. Ich meinte wirklich *Kinder*.«

Das war Dhanyal, wie er leibte und lebte: mich bedrängen, mich verhöhnen, als müsse er mir ununterbrochen beweisen, wie wenig ich doch von der Welt wusste, zu der ich einmal gehört hatte. »Anthea und ich heiraten nächsten Donnerstagabend. Sie wird konvertieren, und von da an wird sie Aysha heißen. Wahrscheinlich arbeitet sie noch in der Praxis, bis das Baby auf der Welt ist, aber ich vermute, es wird etwas…« Er hielt inne, um meine Reaktion in vollen Zügen genießen zu können. »… früh zur Welt kommen.«

Wer verdammt noch mal war Anthea? Und ein Kind mit einer anderen? Wie konnte er eine andere Frau heiraten? Was war mit Shireen? Ich musste so schockiert dreingeblickt haben, wie ich mich fühlte, denn Dhanyal begann zu lachen und stellte sich noch breitbeiniger hin.

»Karima, ich kenne dich. Du bist nicht so unschuldig, wie du jetzt tust. Schau nicht so geschockt. Ich habe mit anderen herumgemacht, aber Anthea war echt nicht dumm. Sie wurde schwanger und hat mich so geködert. Sie ist in Ordnung. Und sieht gut aus. Sie wird den Genpool nicht allzu sehr durcheinanderbringen. Aber ich will keine unehelichen Kinder. Jedes meiner Kinder soll meinen Namen haben und als Muslim erzogen werden. Das ist das einzig Richtige in einer solchen Situation. Ich habe es Shireen bereits gesagt. Sie ist nicht glücklich, aber sie meint auch, dass es so das Beste ist.«

Und dann:

»Besser als das, was du gemacht hast. Ein unschuldiges Kind töten, nur weil es nicht geplant war.«

Drei Volltreffer.

Ich war k. o. geschlagen.

Zweiundzwanzig

Ernsthaft – was konnte schlimmer sein als so ein Montag? Das war ein dreifacher Schlag in die Magengrube gewesen. Zuerst eine Mail von Dirk. Dann ein Brief von Ouma. Und schließlich ein Geständnis von Dhanyal.

Der verdammte Dhanyal war immer so melodramatisch. Nachdem er seinen Auftrag erfüllt hatte, verließ er mein Zimmer. Ich blieb mit offenem Mund fassungslos zurück. Kurz darauf hörte ich, wie er Mama wieder in ihr Zimmer half, kurz bei Shireen hineinsah und dann in die Praxis fuhr. Es würde ein langer Arbeitstag werden, erklärte er den beiden. Er würde erst nach dem Moscheebesuch zurück sein. Wir sollten nicht mit dem Essen auf ihn warten. Der gute Sohn. Der gute Ehemann. Der gute Doktor. Seine Schritte klangen leichter als zuvor.

Ich hatte kein Kind umgebracht.

Ich hatte eine Abtreibung.

Es war erst zwölf Wochen alt. Vor zehn langen Jahren. *Das ist nicht das Gleiche* – das wollte ich Dhanyal sagen. Das hatte ich damals allen sagen wollen. In meinem Kopf sagte ich es immer noch. Doch in meinem Herzen glaubte ich es nie so recht. Selbst wenn es noch kein Baby gewesen war, hätte es eines werden können, wenn ich es gelassen hätte. Es hätte ein Baby sein können. Deshalb sprach ich das auch nie laut aus. Ich fühlte mich nicht schuldig. Ich war eigentlich nur erleichtert. Nicht auszudenken, was passiert wäre, wenn ich *das* laut ausgesprochen hätte.

Lily wusste alles. Sie war bei vielem davon dabei. Dirk

ahnte, dass etwas passiert sein musste, aber ich war bisher nie in der Lage gewesen, ihm die ganze Geschichte zu erzählen. Im Nachhinein überraschte es mich im Grunde nicht mehr. So etwas hatte früher oder später geschehen müssen. Aber damals war das gar nicht klar für mich. Dieses ganze Küssen, das Rafiq und ich praktizierten, musste irgendwann weiterführen, und an meinem achtzehnten Geburtstag tat es das auch. So weit es ging. Auf Rafiqs Jugendbett am Nachmittag. Wir hatten vorsichtshalber die Tür versperrt, obwohl Tante Sadia bei den Nachbarn war.

Alles lief sehr romantisch. Und sehr schnell. Das war es, wovor uns der *Madrasa*-Lehrer gewarnt hatte. Jungs und Mädchen sollten sich beide in Acht nehmen. Zu viel Zeit zusammen würde zu *Zina!* führen. Zu *Zina*! Ich stellte es mir immer mit einem Ausrufezeichen dahinter vor, weil es so aufregend verboten wirkte. Das große Verbrechen der Unzucht zwischen Mann und Frau, die nicht miteinander verheiratet waren. Es galt als riesige Sünde. Dafür wurde man in Öl gekocht. Oder so ähnlich. Rafiq und ich fanden das Wort *Unzucht* zum Totlachen. *Unzucht, Mundsucht*, flüsterten wir einander zu. Typisch Teenager eben. *Zina! Zina! Zina!*, warnte der Lehrer. *Dadurch verliert man seinen Glauben, und der Glaube wird über einem schweben wie eine Wolke*. Und wenn man es trotzdem machte? *Bereut, bereut, bereut. Oder ihr werdet noch in eurem Grab dafür bestraft werden!*

Rafiq und ich bereuten nicht. Noch lange hin, bevor wir in unserem Grab lagen, so rechneten wir. Stattdessen kauften wir jedes Mal, wenn wir die Gelegenheit hatten, genügend Kondome in der Apotheke in der Stadt. So oft hatten wir die Gelegenheit nicht. Und im Nachhinein betrachtet war es auch nicht so toll. Aber Rafiq und ich liebten uns, und wir liebten es, gemeinsam die Regeln zu brechen.

Zina! Es war dreist von uns, es zu wagen. Andererseits planten wir auch, für immer zusammenzubleiben. Es konnte also nicht falsch sein, oder? Eines Tages würden wir sowieso heiraten und damit alles in Ordnung bringen. Das würde doch dann alles in Ordnung bringen – oder?

Wir schafften es ziemlich weit auf dem Weg, alles in Ordnung zu bringen. Aber wir hatten nicht bedacht, dass es am Ende eine Kreuzung geben könnte. In meinem dritten Jahr an der Uni, kurz nach meinem einundzwanzigsten Geburtstag im Juni, bat Rafiq seine Onkel, mit Dhanyal über unsere Hochzeit zu sprechen. Weniger als einen Monat später brachte der Bruder seiner Mutter, Onkel Fuad, den Ring und die Verlobungsgeschenke. Damit waren wir verlobt.

Es war seltsam, als Onkel Fuad den Ring über meinen Finger schob, ohne dass Rafiq auch nur anwesend war. Aber so sah es nun einmal die Tradition vor. Alle waren so glücklich für uns. *Hy't lank genoeg die stoele warm gesit*, meinte Ouma. Mir gefiel der Ring, den wir zusammen ausgesucht hatten, auch wenn Tante Sadia erklärte, er sähe wie ein Kaugummiautomaten-Ring aus, nur dass ein kleiner Diamant darauf steckte. Auch die Geschenke waren ziemlich gut. Eine neue Armbanduhr. Ein schicker Pyjama. Parfüm. Belgische Pralinen. Alles in Zellophan gewickelt, so dass man gleich sehen konnte, was es war, ohne es erst öffnen zu müssen. Alle waren glücklich. Wir machten den nächsten logischen Schritt. Wir taten das Richtige.

Mama und Dhanyal vereinbarten den Hochzeitstermin für Mitte des folgenden Jahres. Das würde nach meinem Examen sein sowie Rafiq und seiner Mutter genug Zeit geben, um unser Schlafzimmer in ihrem Haus herzurichten. Außerdem hatten so alle die Möglichkeit, für die Hochzeit Geld zu sparen. Wir planten das Kleid, planten die Feier, planten unser neues Leben nur wenige Häuser von meinem alten entfernt. Wie heißt es so schön? Der Mensch denkt, und Gott lenkt.

Ich hatte zum Beispiel nicht gedacht, dass ich Lily kennenlernen würde. Sie war das Erste, worüber Rafiq und ich uns stritten. Sie war die erste echte Freundin, die ich ohne Rafiq kennenlernte. Die mich ohne ihn kannte. Er hasste es, dass er nicht an unserer Freundschaft teilhatte. Er hielt sie für wild und einen schlechten Einfluss auf mich.

Ich fand Lily fantastisch. Wir lernten uns an der Uni kennen, als wir eines Nachmittags zufällig zusammen in einer Schlange auf den Jammie-Shuttle-Bus warteten. Wenn alles mit rechten Dingen zugegangen wäre, hätten wir uns nie treffen sollen. Wir hatten nicht einmal denselben Campus. Sie war ein paar Jahre älter als ich und hatte einen exakt geschnittenen schwarzen Kleopatra-Bob, knallrote Lippen und kurze Röcke, die besser zu einer Studentin der Theaterwissenschaften passten, nicht zu einer Medizinerin.

Sie schien ihr Leben total im Griff zu haben und machte ihre Entscheidungen, wie es weitergehen sollte, ausschließlich von ihren eigenen Überlegungen und Empfindungen abhängig. Lily war aus Joburg (sie wollte mehr Distanz zu ihren Eltern, erklärte sie) und teilte sich meist eine WG mit anderen Studenten in Observatory. Wenn sie nicht dort abhing, verbrachte sie ihre Zeit mit dem Mann, der ihr gerade als der beste erschien. Sie fuhr einen kleinen weißen Citi Golf, doch als wir uns kennenlernten, war der in der Werkstatt. Das Schicksal habe uns zusammengeführt, meinte Shelley gerne später oft – zwei Seelenverwandte, wenn man an so etwas glaubte.

Ich hätte mir keinen exotischeren Gegenentwurf zu meinem Bleib-zu-Hause-, Fahr-mit-dem-Bus-, Trag-den-Schalzumindest-um-den-Hals-Modell (ich bereitete mich allmählich darauf vor, ihn als Kopftuch zu tragen) vorstellen können. Ich verwendete sogar immer noch Labello, und zwar nicht einmal einen getönten. Lily und ich wurden Freundinnen aus dem ganz einfachen Grund, weil wir einander faszinierend fanden. Sie konnte nicht glauben, dass ich immer noch zu Hause wohnte, bisher erst einen Freund und auch nur mit ihm Sex hatte – und dass ich plante, ihn zu heiraten, um dann mit ihm im selben Haus wie seine Mutter zu leben, in derselben Straße wie meine Mutter. Sie fand es Wahnsinn, dass ich noch nie Alkohol getrunken, etwas geraucht oder auch nur ein Tanktop getragen hatte, von einem Minirock ganz zu schweigen. Dass ich eine Kapstädterin war, die keinen Bikini besaß, war für meine neue beste Freundin unvorstellbar. Sie nannte mich Kari und fragte bei jeder Gelegenheit *Warum*?

»Warum machst du das, Kari … Warum kannst du das nicht machen, Kari?«

»Weil«, lautete schon bald meine Standardantwort.

Oft fügte ich dem auch nichts hinzu. Es haute mich geradezu um, dass sie so frei war. Sie lebte, aß und kleidete sich so, wie sie das wollte – andere Gründe gab es für sie nicht. Ich hingegen machte mir über die kleinsten Dinge Gedanken. So war ich damals. Oder war ich immer noch so? Ich begann, Lily um Rat zu fragen und weniger oft Rafiq. Nicht nur in Bezug auf große Fragen, etwa welche Kurse ich belegen sollte, sondern auch zu kleinen Dingen, als ich unter anderem begann, allmählich von Labello zu getöntem Labello und dann zu Lippenstift überzugehen, der genauso knallrot war wie der ihre. Während Rafiqs Rat immer einsilbig ausfiel (»Ja«, »Nein«, »Mach das« oder »Zieh das aus«), behandelte mich meine weise Kleopatra anders. »Tu es nur, weil du es auch tun willst oder weil du findest, dass es richtig ist«, sagte sie. Ich hatte nicht vorgehabt, jedem ihrer Ratschläge zu folgen, aber ich tat es. Denn ihre Freiheit reizte mich ungemein und machte mich neidisch. Schon bald begann ich mich zu fragen: *Warum sollte ich das nicht auch können?* – wobei ich das meistens nicht laut aussprach, sondern nur insgeheim dachte.

Dann verplapperte sich Mama und verriet, dass Papa mir Geld hinterlassen hatte. Außer den Geldanlagen für unser Studium gab es auch eine Art von Police, die direkt auf mein Konto ausgezahlt werden sollte, sobald ich einundzwanzig war. Sie wollten einen Teil dafür verwenden, um die Hochzeit zu bezahlen, aber es würde noch einiges übrig bleiben. Es war zwar nicht so viel, dass ich mein Leben lang nicht zu arbeiten bräuchte, aber doch genug, um etwas Grundlegendes zu ändern, wenn ich das wollte. Ich hatte eigentlich nicht vor, Tage mit der Frage zu verbringen, was ich mit dem Geld machen würde. Aber genau das tat ich.

Lily half mir beim Träumen. »Du könntest überall hinreisen«, sagte sie und stachelte mich mit ihren ganzen *Warum* und *Warum nicht* an, bis die Zukunft auf einmal größer wirkte als Eden Road. Ich wollte diese Zukunft, diese Abenteuer, die Lily für mich ausmalte. Ich versuchte auch mit Rafiq zu träumen. Vielleicht könnten wir ein eigenes Haus kaufen, vielleicht außerhalb von Walmer Estate? Oder eine Wohnung in der Stadt? In der Nähe der Kloof Street, wo Lily gerne am Samstagvormittag abhing. Ich ging einmal mit ihr dorthin und war begeistert, dass alle so unterschiedlich aussahen und man die Anwohner nicht von den Touristen unterscheiden konnte. Ich fragte Rafiq. Vielleicht konnten wir sogar in eine andere Stadt ziehen, wo wir noch nichts kannten. Oder reisen? Für eine Weile auf einen anderen Kontinent. Mit Lilys Freiheit vor Augen stellte ich mir eine ganz neue Freiheit für mich selbst vor. Abenteuer, die es nicht geben würde, wenn ich in Walmer Estate blieb.

Warum sollte ich das nicht können?

Doch sosehr Lily mir half, meinen Träumen von einem anderen Leben nachzuhängen, so radikal begrub Rafiq diese. Er wollte kein anderes Leben. Er wollte kein anderes Leben als das, was wir geplant hatten. Er konnte sich ein Leben ohne seine Mutter, ohne Walmer Estate, ja sogar ohne meine Mutter und Dhanyal die Straße runter nicht vorstellen. Er liebte mich so, wie ich war, und er liebte das Leben, wie es war. Er musste nicht die Welt bereisen, um anders zu sein. Er hatte alles, was er brauchte, direkt vor der Tür in Eden Road. Wir stritten.

Es ist diese Lily, sagte er. *Brich die Freundschaft ab. Sie redet dir totalen Unsinn ein. Du bist Karima und nicht Kari. So ein bescheuerter Name. Du gehörst zu mir und unseren Familien hier in Walmer Estate. Sie versteht uns nicht. Sie versteht nicht, wie Muslime leben.* Wenn ich all das nicht glaubte, was ich in der *Madrasa* gelernt hatte, warum folgte ich dann trotzdem den Regeln? Durfte ich mir einfach aussuchen, was mir passte, und den Rest sein lassen, weil ich ihn unangenehm fand? All diese Überlegungen waren viel zu kompliziert, um sie mit Rafiq auszudiskutieren. Sie waren für jeden zu kompliziert außer für Lily. Ich konnte nicht aufhören, mit ihr befreundet zu sein. Sie verstand, dass ich anders sein wollte, selbst wenn ich nicht alle Antworten kannte.

Immer noch nicht kannte.

Und dann lachte Gott über meine Pläne, denn ich dachte nie daran, in diesem Moment schwanger zu werden. Aber genau das tat ich.

Dreiundzwanzig

Ich war nie gut darin, genau aufzupassen, wann ich wieder meine Periode haben müsste. Ich wusste immer nur mehr oder weniger, wann sie kommen sollte, schrieb aber nie genaue Daten auf. Ganz allgemein hatten Rafiq und ich sowieso nicht viele Gelegenheiten zum Sex, und unsere Streitereien wegen Lily halfen nicht gerade, nach mehr Gelegenheiten zu suchen. Doch einmal alle Jubeljahre befanden sich die Planeten in der richtigen Konstellation, wir bekamen eine Chance und brachen die Regeln. Das Problem dabei war, dass wir nie wussten, wann das passieren würde, weshalb wir meistens »aufpassten«, weil wir gerade keine Kondome zur Hand hatten. Wir hielten uns für supergewitzt. Und waren in Wahrheit superbescheuert.

Vier Wochen vor der Hochzeit und erst nachdem mich Shireen gefragt hatte, ob ich mit der Pille anfangen würde, ehe wir heirateten, fiel mir auf, dass ich nicht nur eine Periode, sondern vermutlich sogar zwei verpasst hatte. Hastig pinkelte ich in Lilys Badezimmer in Observatory auf einen dieser Schwangerschaftsteststreifen. Und dann noch auf einen, als dieser positiv ausfiel. Für den Fall eines Fehlalarms. Mein Herz sackte mir in die Hose, und ich hatte das Gefühl, in hysterische Panik auszubrechen, als mir klar wurde, dass ich schwanger war.

Scheiße, jetzt ist es passiert. Wie komme ich da jemals wieder raus?

»Mist. Ich dachte, du nimmst schon lange die Pille«, meinte Lily beim Anblick meiner geschockten Miene.

Ich erzählte Rafiq nichts davon. Ich malte mir aus, wie ich es ihm beichtete und er erklären würde, dass das kein Problem sei und wir ja einfach behaupten könnten, das Baby sei in den Flitterwochen entstanden. Diese Überlegungen ließen eine Zukunft erschreckend näher rücken, in der er glücklich, aber ich unglücklich wäre. Lily war diejenige, die mich nach einer Woche, die ich mit einer vorgegaukelten Grippe bei mir zu Hause im Bett verbrachte, irgendwann fragte: »Willst du es behalten?« Ich konnte mir keinen Ausweg vorstellen. Doch als sie das sagte, griff ich wie eine Ertrinkende nach dem einzigen Rettungsring, der mir zugeworfen wurde. Und ich musste mit Rafiq Schluss machen. Denn dieser Schwangerschaftstest hatte mir nicht nur gezeigt, dass ich schwanger war, sondern auch dass sein Eden nicht das meine sein würde.

Lily machte den Termin für mich fix. Nach weiteren sieben Tagen eilte sie mit mir in die Marie-Stopes-Klinik. Sie beschützte mich mit ihrem Arm vor einer einzelnen Frau, die mit einem grellen Plakat davor demonstrierte: DU TÖTEST DEIN KIND. Lily wartete auf mich und hörte sich die Anweisungen der Krankenschwester an. Welche Schmerztabletten ich nehmen und wann man aufpassen und wieder in die Klinik kommen solle. Lily fuhr mich nach Hause und half mir, vor meiner Mutter so zu tun, als hätte ich etwas Schlechtes gegessen und müsse mich deshalb hinlegen. Ich wollte Rafiq am nächsten Morgen treffen und ihm erklären, dass ich nicht heiraten wolle. Ich plante, ihm nur zu sagen, ich hätte meine Meinung geändert. Sonst nichts. Damit würde ein Orkan losbrechen, aber damit musste ich rechnen. Ich wollte nie jemandem von der Abtreibung erzählen. Und so wäre es auch gekommen, wenn da nicht am nächsten Morgen der Artikel mit dem Foto auf der Titelseite der Cape Times gewesen wäre.

Lily und ich hatten den Fotografen nicht bemerkt.

Alles war schon so lange her, aber Dhanyal der Dramatische meinte, er könne mich noch immer eine Mörderin nennen. Ich war froh, als mein Handy surrte und mich in die Gegenwart zurückholte. Er ließ mich in Oumas Zimmer stehen, voll Verachtung für diese furchtbare Karima. Ich starrte auf die Tür, die er offen gelassen hatte.

10:15 Lily: Hi, wie geht es dir? Wollen wir uns diese Woche mal abends treffen? Zum Beispiel Mittwoch? Melde dich. Xx.

Lily. Sie musste gespürt haben, dass ich an sie dachte.

10:17 Kari: Habe gerade an dich gedacht. Mir geht's okay. Mehr oder weniger. Musste mich mit Dhanyal auseinandersetzen. Erzähle ich dir, wenn wir uns sehen. Mittwoch klingt gut. Ich muss ein paar Sachen von Owen holen, werde also in Eden sein. Melde mich noch, wann und wo. x

Wie sollte ich die Stunden bis Mittwochabend bloß überstehen?

Vierundzwanzig

Vor Mittwoch musste ich allerdings erst den Dienstag über die Bühne bringen. Wobei der Dienstag genauso gut fast nicht existent hätte sein können, denn ich tat nur das absolut Notwendige. Sonst nichts. Ich arbeitete. Fuhr die Mädchen zur Schule und zurück. Brachte Tee. Servierte Reste zum Mittagessen und Hühnchencurry für den Abend.

Diese Kocherei hatte sich als echtes Wunder herausgestellt. Wenn ich Shireens Rezepten folgte, konnte ich auf einmal kochen. Das Dhal vom vorigen Abend und das heutige Curry waren genießbar, mehr als genießbar, wie LSDoK das nennt, wenn wir etwas wirklich Gutes gegessen haben. Mir wurde bewusst, dass mir dieser Teil gefehlt hatte. Ouma und Mama stellten mir immer Essen auf den Tisch. Ich musste es nie für sie tun. Im Grunde hatte ich mich nie um jemand anderes kümmern müssen als um mich selbst. Nicht einmal um Dirk. Vor allem nicht um Dirk. Er war so darauf bedacht, nicht ein typisch traditioneller Afrikaans-Mann zu sein, der erwartet, von der Frau bedient zu werden, dass er nie etwas verlangte. Wir aßen oft in Restaurants, und er war meistens mit allem zufrieden. Ich musste mich bei ihm überhaupt nicht anstrengen.

Vielleicht sollte ich mich nicht so fühlen, weil es so viel gab, was ich nicht getan habe, aber in mir stellte sich eine seltsame Zufriedenheit ein. Ich kümmerte mich seit zwei Tagen um diese Familie. Alle bekamen Essen, und die Kinder wurden zur Schule gebracht. Meine Gegenwart machte einen Unterschied.

Wenn ich auch bisher keine ehrliche, unverstellte Unterhaltung mit irgendjemandem hier geführt hatte – na und? Wenn die Mail von Dirk bisher unbeantwortet in meinem Posteingang lag, Oumas Schachtel ungeöffnet auf meinem Tisch stand und Shireen in ihrem Bett blieb, wo ich sie bewusst nicht aufsuchte – na und?

Fünfundzwanzig

Dann kam der Mittwoch. Es war ein seltsamer Morgen, denn ich wachte mit einem Lied in meinem Kopf auf.

Sie hat so Angst, ihre Burka abzunehmen
Sie war so irre nervös
Sie hat so Angst, ihre Burka abzunehmen
Sie war so irre nervös, dass jemand bös
zwei drei vier
gleich rennt zum Revier
Es war ein Itsy Bitsy Teenie Weenie Honolulu Strandbikini
den sie heut mal trug.
Ein Itsy Bitsy Teenie Weenie Honolulu Strandbikini
ganz ohne Burka, mal ohne Betrug
zwei drei vier
Schaut doch mal, was kommt denn hier!

Es war ein Song, den Lily und ich vor langer Zeit einmal zusammen gedichtet hatten. Jetzt lag ich um fünf Uhr morgens still in meinem Bett und überlegte, wie es dazu gekommen war. Nachdem meine Familie von der Abtreibung erfahren und ich erklärt hatte, dass es meine und nicht Lilys gewesen sei, verließ ich unser Haus – mit drei großen Koffern, die ich hinten in Lilys Citi Golf stopfte. Ich zog direkt in Lilys WG. Zuerst versuchte ich, weiterhin zur Uni zu gehen, aber ich war derart durch den Wind, dass ich mich nicht mehr konzentrieren konnte. Irgendwann kündigte ich auch meinen Job als Bedienung bei Buccaneers, wobei ich Angst hatte, allein von dem Geld zu leben, das mir Papa vererbt hatte und das auf meinem Konto lag. Lily machte ihren Abschluss, und wir hatten beide den Eindruck, dass es an der Zeit war, tatsächlich mal aus dem Vollen zu schöpfen und auf Reisen zu gehen. *Jetzt oder nie, Kari*, sagte sie und schüttelte dabei so energisch den Kopf, dass ihre Haare in alle Richtungen flogen. Sie musste mich nicht groß überreden. Ich hatte mich sowieso nach Abenteuern beziehungsweise einer weiteren Flucht gesehnt und brauchte nicht groß bekehrt zu werden. Ihr Start in die Unabhängigkeit begann damit, dass sie ihren Vater bitten musste, einen Vorschuss von ihrem Treuhandfonds zu bekommen. Dafür versprach sie ihm, danach eine Weile einer gemeinnützigen Arbeit nachzugehen. Ich hingegen ließ mir auf einen Schlag fast die Hälfte meines Erbes ausbezahlen.

Wir reisten los. Endlich frei. Innerhalb eines Jahres besuchten wir so viele Orte wie möglich: London, Paris, Brüssel, Amsterdam, die Schweiz, München, Venedig, Florenz und Barcelona.

Sogar die französische Riviera. Weg von allem mir Vertrautem und ohne die Gefahr, jemandem über den Weg zu laufen, der mich kannte, hatte ich endlich Eier in der Hose. Allerdings erinnerte mich Lily immer wieder daran, dass Eier in Wahrheit weich und empfindlich waren und dass das, was wir hatten, viel besser sei. Das würde einiges abkönnen. Wie sehr Rafiq diesen Witz gehasst hatte.

Wir dichteten das Burka-Lied auf unserer Reise, als ich meinen ersten Bikini trug. Er war gelb mit weißen Punkten und war mir von Lily und einem Straßenhändler empfohlen worden, die beide behaupteten, nichts anderes käme für meinen ersten Bikini-Auftritt in Frage. Lily begann zu singen, während ich ihn noch anprobierte, und sie wurde dabei immer lauter. Ich zog das Unterteil über meinen Po und stimmte irgendwann mit ein. Als wir schließlich am Strand waren, zog ich das Oberteil aus! Mitten am Strand La Gravette in Antibes legte ich es wie selbstverständlich neben mich auf den Strandstuhl. Wir kreischten und lachten und sangen zusammen, wobei wir die neu gedichteten Worte fast schrien.

Zwei drei vier, schaut doch mal, was kommt denn hier! Lily zeigte dabei auf meine Brüste, riss gespielt schockiert die Augen auf und schlug die Hände über dem Kopf zusammen. Neben den eleganten Französinnen, die ebenfalls auf Liegen oben ohne dalagen, kreischten und schrien wir hemmungslos. Es war verrückt. Wenn ich jetzt daran dachte, überraschte es mich noch immer, dass wir nicht des Strandes verwiesen wurden. Doch es fühlte sich genau richtig an. Wie in einer großartigen *Thelma & Louise*-Strandszene – falls es da überhaupt eine Strandszene gab.

Diesen Bikini hatte ich behalten. Ich mochte die weißen Punkte. Sie erinnerten mich daran, dass ich mutig sein konnte. Vielleicht hatte ich deshalb davon geträumt, vielleicht fehlten sie mir aus diesem Grund… Hier in Eden Road in Walmer Estate fühlte ich mich so gar nicht mutig. In jenem Jahr unserer Reise aßen, tranken und schliefen Lily und ich mit Jungs, deren Namen wir nicht mal kannten – etwas, was wir inzwischen nicht mehr gerne zur Sprache brachten. Wir arbeiteten in irgendwelchen miesen Jobs, die wir zu Hause niemals angenommen hätten. Ich konnte sein, wer ich wollte. Und zwar oben ohne.

Wir kamen zurück – Lily mit einer Geschlechtskrankheit, die sie selbst behandelte. Wir scherzten darüber, dass die Geschlechtskrankheit und Lilys Entschlossenheit, nicht schwanger zu werden, dazu beitrugen, dass sie ihre gemeinnützige Arbeit tatsächlich durchzog. Ich hingegen kam mit zwei riesigen Taschen voller neuer Schuhe zurück. Unterwegs hatte ich immer etwas kaufen wollen, aber meist keine Lust gehabt, Klamotten anzuprobieren. Schals wie Lily vermochte ich nicht mitzunehmen, denn für mich gehörten sie auf den Kopf oder um den Hals, um sich damit zu bedecken. Es wäre mir seltsam vorgekommen, sie als Modeaccessoires zu erwerben. Andenken hingegen bedurften eines Zuhauses, und noch wusste ich nicht, ob ich das wieder haben würde. Also kaufte ich in jedem Land und jeder Stadt, wo wir hinkamen, Schuhe. Manche änderten immer wieder ihre Haarfarbe, ich hingegen wollte nur meine Schuhe wechseln.

Nach unserer Rückkehr hatte ich im Gegensatz zu Lily keinen echten Plan, was ich mit meinem Leben anfangen konnte, und fuhr einfach fort mit dem Bedienen, den Partys und dem Wohnen in Lilys WGs. Ansonsten kaufte ich weiterhin Schuhe. Ändern tat sich deshalb aber nichts.

Sechsundzwanzig

Schuhe oder keine Schuhe – sobald ich aufgestanden und wieder in der Gegenwart angekommen war, herrschte völlige Stille. Ich schaute mehrmals zu Shireen hinein, nachdem ich ihr das Frühstück ans Bett gestellt hatte, aber sie schien tief zu schlafen. Ob sie wusste, dass Dhanyal mir von Anthea und dem anderen Baby erzählt hatte? Tat sie nur so, als ob sie schlief, weil sie mich auch nicht sprechen wollte? Florence, Mamas Putzfrau, die viel lächelte, aber kaum redete, war wie immer beschäftigt. Ich hörte sie irgendwo im Haus rumoren. Dhanyal begleitete Mama zu einem Orthopäden im City Park Hospital. Er wollte selbst hören, wie sich ihr verstauchter Knöchel entwickelte. Ich wusste, dass er damit sagen wollte, dass er einem Bericht aus meinem Mund nicht traute. Der Nachmittag zog sich noch länger hin, als Dhanyal eine SMS schrieb: *Hole die Mädchen. Mittagessen mit Mama. Bin zum Abendessen zurück.*

Geschwätziger Idiot.

Es gab mir Zeit, meine anderen Aufgaben zu erledigen. Aber ich brauchte ein paar weitere Dokumente von Owen, ehe ich weitermachen konnte. Mein Gott, wie sehr ich mich freute, meine Freunde wiederzusehen! Noch vier Stunden, bevor ich weg konnte. Bis dahin waren es nur ich, Oumas Schachtel und Dirks Mail. Ich hatte keine Ausrede mehr, ich konnte sie nicht länger ignorieren. Oumas Brief musste nur gelesen und nicht mehr beantwortet werden, weshalb ich mich notgedrungen dazu entschloss. Ich hatte das Ganze so lange hinausgeschoben wie irgendwie möglich.

Ich öffne jetzt Oumas Schachtel.

Am liebsten hätte ich jemandem laut verkündet, dass ich sie öffnete – als ob es einer bestimmten Zeremonie wie dem Zerschneiden eines Bandes bedurfte, anstatt nur den abgestoßenen gelben Deckel von dieser alten Geschenkpackung zu heben. Sie sah nicht danach aus, als würde sie etwas Bedeutendes enthalten. Sie war nicht einmal groß genug für ein Paar Schuhe. Nichts sprang hervor, als ich den Deckel hob. Ich atmete langsam aus. Fast war ich so erleichtert, als hätte ich Oumas Geist erwartet, der herauskommen würde, sobald ich hineinsah. Doch es waren nur ein paar zusammengewürfelte Sachen. Ganz oben lag ein weißer Umschlag, der aufgerissen worden war. In Oumas geschwungener Schrift stand da:

Karima Essop

Ich konnte mich nicht dazu durchringen, sofort in den Umschlag zu schauen und Oumas letzte Worte an mich zu lesen. Ich brachte es einfach nicht über mich. Feigling. Ich legte den Brief beiseite und wühlte stattdessen in der Schachtel. Alte Bankauszüge. Oumas Reisepass, ihr Personalausweis, ihre Clicks Gold Club Rentnerkarte. Schwarz-weiße Fotos von einer jungen, eleganten Ouma, untergehakt bei einem ebenso jungen, eleganten Mann. Opa? Ich hatte ihn nie kennengelernt, er starb, als Mama noch ein Kleinkind gewesen war. Weitere Aufnahmen von Leuten, die ich nicht kannte, aber die vermutlich für Ouma wichtig gewesen waren. Eine ganze Reihe Bilder von Mama! Das überraschte mich. Mama hatte nie irgendwelche Fotos von sich gehabt, und auf einmal sah ich sie fast in allen Lebensphasen vor mir: als Baby, als Teenager, als Braut, als Mutter mit einem Baby (mit mir? Das musste ich sein!) und einem ernst dreinblickenden Dhanyal.

War Dhanyal damals wirklich so jung gewesen? Papa war nicht auf dem Bild. Ich kam mir wie ein Schnüffler vor, als ich so durch Oumas Dinge wühlte. Sie gehörten nicht mir, sondern irgendwie immer noch ihr.

Ich entdeckte die alte herausgerissene Zeitungsseite. Sie war zusammengefaltet, und ich beschloss, sie nicht auszubreiten. An die Titelseite der Cape Times erinnerte ich mich auch so gut genug. Dann sah ich die Valentinskarten. Ein braunes Gummiband war um einen ganzen Stapel gewickelt.

Neun Karten.

Alle unterschiedlich.

Alle mit meinem Namen darauf. Jedes Mal dieselbe Nachricht.

Du bist für immer mein Valentine, mein Mädchen. Ich liebe dich! Ouma

Die Karten verschwammen vor meinen Augen. Tränen des Bedauerns fielen auf die Worte. Was hatte ich gemacht? Was hatte ich nur gemacht? Ich hatte kein einziges Mal angerufen. Ich hatte kein einziges Mal versucht, mich zu erklären. Ich war einfach weggerannt. Ich hatte mich nie bemüht, die Situation zu verbessern. Ich war mir so sicher gewesen, dass ich das nicht könnte. Ich akzeptierte fraglos, was sie sagten. Ouma war in meinem Herzen geblieben, aber den Rest hatte ich einfach nicht mehr angeschaut. In meinem Mund hatte ich auf einmal den bitteren Geschmack von »Zu wenig, zu spät«.

Ich wusste, dass es keinen Sinn ergab, aber diese Karten, die wie spezielle rot-weiße Tarotkarten vor mir lagen, riefen nur einen Wunsch in mir hervor: Dirk zu schreiben. Es ergab keinen Sinn, aber nach diesen Karten war es zugleich das Einzige, was Sinn ergab. Ich dachte nicht länger nach, sondern klappte meinen Laptop auf.

Und erzählte ihm die Wahrheit.

Ich schrieb ihm, dass ich ihn vermisste. Mehr als mir lieb war.

Ich schrieb ihm, dass ich nicht wusste, wer ich hier war. So wenig wusste ich das, dass ich mich »exotisch wie ein Alien« fühlte.

Das war unsere Formulierung für Situationen, in denen wir uns unwohl fühlten. Dirk kam zum Beispiel zu Lilys monatlichen WG-Abendessen, und ich ignorierte ihn jedes Mal, weil ich keine Lust hatte, für einen weiteren blonden Typen spannend exotisch zu sein. Ich war nicht zu haben. Eines Abends trank ich zu viel und sagte ihm das klipp und klar. Er lachte über mich und meinte, sein starker Afrikaans-Akzent aus Pretoria lasse ihn unter den ganzen Rondebosch-Jungs an der UCT mindestens ebenso exotisch erscheinen.

Zuerst waren es die Unterschiede zwischen Dirk und mir, die uns am anderen am meisten faszinierten – fast wie damals bei Lily und mir. Doch nach einer Weile wurden die Unterschiede unwichtig und waren nicht mehr das, was uns aneinander interessierte. Zwei exotische Aliens hatten sich gefunden und ineinander verliebt.

Jetzt erzählte ich Dirk alles. Alle kleinen Sachen. Zum Beispiel, dass ich in Oumas altem Bett schlief. Wie sich das Haus meiner Kindheit ganz anders anfühlte. Es war nicht mehr mein, Mamas und Dhanyals Haus, sondern allein Dhanyals, und ich tat alles, was er sagte. Wie ich kochte und Mama und Shireen und den Mädchen half. Wie ich mich während der Gebetszeiten in mein Zimmer zurückzog und die Tür schloss. Dass meine Familie vermutlich glaubte, ich würde beten, ich aber in Wahrheit nichts dergleichen tat. Ich saß einfach in meinem Zimmer, bis die Gebetszeit vorüber war, und dann kam ich schweigend wieder heraus.

Ich erzählte ihm auch von den großen Dingen, die sich

ereignet hatten. Dass Ouma mir die Hälfte des Hauses vermacht hatte. Mir! Sie hinterließ es mir, obwohl ich nie zurückgekommen war. Ich erzählte ihm von den neun Valentinskarten. Neun. Eine für jedes Jahr, in dem wir uns nicht sahen. Selbst eine für dieses Jahr.

Ich erzählte Dirk wirklich alles, sogar von den ganz großen Dingen.

Wie von meiner Schwangerschaft. Und von meiner Abtreibung.

Ich weinte, als ich diese beiden Wörter tippte und sie so schwarz auf weiß vor mir standen. Jetzt gab es keinen Ort mehr, wo ich mich vor ihnen verkriechen und sie ableugnen konnte.

Ich habe dir nie davon erzählt, weil ich Angst hatte, dass sich deine Gefühle für mich dann ändern könnten. Das taten sie nämlich bei Mama und Dhanyal. Sie sagten, sie hätten sich für mich mein Leben lang aufgeopfert, und ich hätte dafür im Gegenzug nur eine gute Muslima sein müssen. Mit einer abgeschlossenen Uniausbildung und einem guten Ehemann. Ich beschämte sie, indem ich die Hochzeit abblies, wobei Mama erklärte, sie würden sich schon eine plausible Ausrede einfallen lassen. Alle wussten, dass mir Rafiq nicht wirklich das Wasser reichen konnte. Selbst wenn er das nötige Geld gehabt hätte, wäre er nie in eine Uni reingekommen. Das wäre also eine gute Erklärung, sagte sie.

Aber Zina!? Und die Schwangerschaft? Und der Mord an dem Kind? Mama flüsterte den letzten Satz, denn der Schock hielt sie davon ab, ihn laut auszusprechen. Wenn man erführe, was ich getan hatte, wer würde mich dann noch wollen? Sie schaute mich an. »Zina ist eine Sünde.

Mach dir nichts vor, Karima, dafür wirst du bezahlen. Aber eine Abtreibung ist eine Sünde, die eine gute Muslima nicht mal im Traum erwägen würde. Und schon gar nicht tun. Kein guter Muslim würde so etwas je tolerieren.« Sie schien das eher zu sich selbst als zu mir zu sagen. »Deshalb kann ich auch nicht tolerieren, was du getan hast.«

Hätte ich denn keine Taqwā? Keinen Īmān? Wo sei mein Glaube, meine religiöse Überzeugung, fragten mich beide immer und immer wieder an dem Morgen. Als Muslime, sagten sie, könnten sie mein Handeln nicht tolerieren. Sie könnten mich nicht tolerieren. Ich brächte ihnen Schande und sei bei ihnen nicht mehr willkommen.

Wie hätte ich nur so bescheuert sein können – das waren die letzten Worte, die Dhanyal mir hasserfüllt entgegenzischte.

Tränen liefen mir über Wangen und Finger, während ich über Ouma schrieb.

Ouma war nicht bei uns gewesen, aber sie kam aus dem Zimmer, als sie das Geschrei hörte. Sie weinte, als ich sie zum Abschied umarmte.

»Warte ein bisschen, und dann kehrst du zurück, Mädchen. Sie werden dir verzeihen. Bitte einfach Allah immer wieder um Vergebung und bete deine Salāts. Sabr, Karima, hab Geduld. Eines Tages wird alles wieder gut sein. Und ich werde hier auf dich warten.«

Ouma gab mir hundert Rand aus ihrem Geldbeutel, und dann drehte sie sich um, weil sie den kleinen Koran holen wollte, der in ihrer Nachttischschublade lag. Das war das letzte Mal, dass ich sie sah. Ich habe nicht gebetet, wie sie sich das wünschte. Ich hatte auch keine Geduld. Und ich bat niemanden um Vergebung. Ich behauptete nie, dass ich noch Glauben besaß beziehungsweise eine religiöse Überzeugung. Wenn ich um Vergebung gebeten und bereut hätte, wäre das Ganze vielleicht anders gelaufen. Aber es tat mir nicht leid. Ich war vielmehr erleichtert. Ich wollte kein Baby. Und ich wollte auch nicht mehr Rafiq.

Es tat mir nicht leid. Also kam ich einfach nicht zurück. Als ich nicht versuchte, wieder Kontakt mit ihnen aufzunehmen und sie zu besuchen, aber auch nichts von ihnen hörte, stellte ich mir vor, dass Scham und Enttäuschung sie von mir abhielten.

Wir reden nicht darüber, was seitdem passiert ist. Sie fragen mich nichts und wollen offenbar nicht wissen, was ich die ganze Zeit über getan habe, wo ich war und so. Ich erzähle es ihnen auch nicht. Wir tun alle so, als wäre nichts geschehen, als ob es besser wäre, nichts auszusprechen, als ob sie nur ein wenig die Möbel umgestellt hätten, seitdem ich weggegangen bin. Sie glauben, mich zu kennen, aber sie wissen nichts von mir.

Ich beendete die Mail, ohne darüber nachzudenken, was sie eigentlich signalisieren sollte. Die Valentinskarten lagen ausgebreitet vor mir. *Für die Liebe, Karima*, schienen sie zu sagen – *für die Liebe.*

Ich wünschte, du wärst hier, um mir zu helfen, wieder ich zu sein, anstatt dieses seltsamen Schattens meines früheren Selbst. In meiner Mail habe ich nichts über uns geschrieben. Oder über Eva. Aber wenn du wieder in Kapstadt bist, kann ich mich vielleicht hier mal loseisen. Und dann könnten wir doch mal reden.

Ich

Siebenundzwanzig

Ich drückte auf Senden, ehe ich die Mail noch einmal durchlesen und vielleicht doch noch meine Meinung ändern konnte. Dann legte ich hastig Oumas ungelesenen Brief und die Valentinskarten in die Schachtel zurück, denn ich hörte, wie meine Familie durch die Haustür hereingestürmt kam, angetrieben von dem heftigen Südostwind, der seit heute Morgen blies. In Walmer Estate war Kapstadts berühmter Sommerfluch anders gnadenlos als der Wind in Blouberg. Dort schien er breit, frei und befreiend zu sein – hier schoss er den Berg herab und schlug Fenster und Türen zu, als wollte er alle nach drinnen treiben. Doch selbst das Klappern der Fenster störte mich nach der Mail an Dirk weniger als zuvor. Jetzt konnte ich mich auf das Abendessen konzentrieren. Das war schließlich das Einzige, was noch zwischen mir und LSDo stand.

Ich folgte Shireens Anweisungen genau, die sie mir über WhatsApp aus ihrem Bett schickte. Mit regelmäßigen Updates in Form von Fotos, die ich zu ihr hochsandte, gelang mir ein Salz-und-Pfeffer-*Snoek*, der genauso aussah und schmeckte, wie ich ihn in Erinnerung hatte. Doch alles, selbst dieser bescheuerte Fisch, brachte mich dazu, an Dirk zu denken. Shireens Rezept war viel schärfer als das von Dirk, und ich war damals überrascht, als er es das erste Mal für mich kochte. Ich hatte keine Ahnung gehabt, dass ein Afrikaander wusste, wie man diese typische Tomaten-Zwiebel-Sauce zubereitete. Er erklärte mir, dass Muslime und Afrikaander seltsamerweise so manches ähnlich machten, wie zum Beispiel die berühmte *Melktert* oder die *Hertzoggies* – ganz zu schweigen von regelmäßigen Abstechern in den Genpool des anderen.

Letzteres überraschte mich weniger.

Das WhatsApp-Kochen ließ mich vermuten, dass mir alles gelingen konnte, wenn ich nur ein Rezept hatte, das mir genau zeigte, was ich tun musste. Außerdem hätte ich gerne WhatsApp-Anweisungen bekommen, die mir sagten, wie ich mich beim Essen verhalten sollte. Denen wäre ich auch liebend gerne gefolgt. Dem Herrgott sei Dank, dass das Essen an diesem Abend rasch vorbei war, denn Dhanyal hatte sich ein wenig verspätet. (Ich glaubte keineswegs an den christlichen Herrgott, aber ich brauchte jemanden, dem ich danken konnte, dass Dhanyal in die Moschee musste).

Gewöhnlich warteten wir Frauen auf Dhanyal, der um sieben nach Hause kam, und dann blieb noch eine Stunde, bis er wieder loswollte, um die *Maghrib*-Gebete in der Moschee nicht zu verpassen. Die Mädchen deckten gewöhnlich den Tisch, und ich half Mama vorsichtig zu ihrem Stuhl, wenn wir meist hörten, wie Dhanyals Auto in die Garage fuhr. Sobald er das Haus betrat, stellte ich auch schon das dampfende Essen auf den Tisch, damit es abgekühlt war, bis er sich mit gewaschenen Händen zu uns gesellte.

Ist Shireen heute irgendwann mal aufgestanden, lautete seine Standardfrage.

»Wir«, fuhr er dann fort und sah mich an, »sollten aufpassen, dass sie nicht aufsteht. Der Frauenarzt meint, sie braucht totale Ruhe.«

Mama wies mich mit einem Blick an, wenn ich das Essen abräumen und den Tee bringen sollte.

Heute Abend jedoch lief das Ganze deutlich schneller ab,

und als Dhanyal um halb neun wieder zu Hause war, lag das Haus still da. Mama hatte ihren Tee, die Mädchen waren im Bett. Shireen hatte ihr Essen auf einem Tablett im Bett bekommen, und selbst die Küche war aufgeräumt.

Ich traf ihn unter der Tür, meine Handtasche umgehängt, violette Nikes an den Füßen. Er wirkte verärgert, als er sah, dass ich auf ihn gewartet hatte. Ich war unsicher, ob er sich an meine Nachricht erinnerte, dass ich wegmusste, um etwas aus der Arbeit zu holen. Aber ich hatte nicht vor, ihn zu fragen. Dhanyal eine Nachricht zu schreiben war auf jeden Fall hundertmal einfacher, als mit ihm zu sprechen.

Ich und meine violetten Nikes flogen zu Beach View Estate.

Im Grunde war ich erst wenige Tage weg, und doch sah ich alles bereits mit anderen Augen. Die Sicherheitsleute am Tor, die ordentlichen breiten Straßen, die Grünstreifen, auf denen nie ein Auto parkte. Autos standen immer in ihren Garagen, und nur Gäste benutzten die Einfahrten. Wenn mehr als zwei Wagen in einer Einfahrt standen, bedeutete das, dass jemand eine Dinnerparty oder Ähnliches gab. Hier wirkte alles beinahe verhalten, wenn ich es mit den Straßen von Walmer Estate verglich. Dort standen die Häuser hoch und eng aneinandergedrängt, es gab mehr Bürgersteige als Grünstreifen, und die Straßenbeleuchtung tauchte die dicht geparkten Autos auf beiden Seiten der Straßen in ein grelles Licht. Die Wagen dort bedeuteten nicht, dass jemand Besuch hatte, sondern vielmehr, dass die Leute zu Hause waren.

Ich fuhr an unserem Haus vorbei, das dunkel dalag, ohne Autos in der Einfahrt, und stellte mir das Innere vor: die gelben Küchenschränke, die weiße Coricraft-Couch im Wohnzimmer, die, wie Dirk sagte, meinen Poabdruck hat. Unser Wolkenkuckucksheim. Mein Zimmer voller Schuhe, zahlreiche Platzhalter für das Baby, das sich Dirk so sehr wünschte. Eine Frau und ihre Schuhe – ich sei das personifizierte Klischee, erklärte Dirk oft. Egal. Ich war nicht so besonders, um wirklich einzigartig zu sein. Da konnte ich genauso gut beschuht sein.

Achtundzwanzig

Bei Shelley und Jerry standen Owens silberner BMW 320i und Lilys roter Audi A3 nebeneinander in der Einfahrt. Di verspätete sich nie, weshalb ich annahm, dass sie die zwei Straßen von ihrem Haus hierher gelaufen war. Während ich an der Tür darauf wartete, dass man mir öffnete, hörte ich Stimmen. Shelley und Jerry waren die lautesten. Ein weiteres Paar, das scheinbar gar nicht zusammenpasste. Die Geschichte, die sie gerne zum Besten gaben, hatte den Titel *Jerry und Shelley an der Waterfront* (genau, fast wie dieser Filmtitel, und eine Restaurantszene gab es ebenfalls).

Es war Liebe auf den ersten Blick gewesen (für ihre Brüste, wie Jerry immer erklärte). Seine Mutter verliebte sich leider weder in Shelley noch in ihre Brüste, aber das war Jerry egal. Er machte sogleich Nägel mit Köpfen. Einen Zwei-Karat-Diamantring später wählten sie bereits das größte Grundstück in Beach View Estate aus, wo Jerry die Leitung für die Bebauung innehatte. »Und so heiratete Jerry, der speckessende Jude aus Joburg, seine Shelley, die sexy *Schickse* aus Sea Point«, beendete Shelley meist die Geschichte. Und erntete damit meist lautes Gelächter.

Ich klingelte zum dritten Mal. In der Ferne konnte ich das Rauschen des Meeres oder des Verkehrs auf der West Coast Road hören. Sonst war da nur noch das Stimmengewirr. Das letzte Mal, als ich so aufgeregt war, etwas essen zu dürfen, war noch zu den Zeiten des Opferfests gewesen. Ich zählte ungeduldig die Tage bis zum Opferfest. Zweimal im Jahr –

einmal nach einem Monat des Fastens und das andere Mal zur Feier mit den Pilgern – war ich vor Vorfreude ganz aus dem Häuschen. Wir warteten dann auf die Moschee-Ankündigung durch Dhanyal. Hatten die *Maankykers*, die Männer, die beauftragt waren, den Neumond zu erkennen, ihn bereits gesehen? Oder würde der Mond schüchtern bleiben und uns einen weiteren Tag warten lassen? Mussten damit auch die neu bezogenen Decken, die neuen Vorhänge und die frisch gemalten Wände warten, endlich benutzt werden zu dürfen?

Mit dem Opferfest durfte man neue Kleider tragen, die extra für diesen Tag gekauft worden waren. Es gab ein mittägliches Festessen, und die Nachbarn kamen zum Tee. Tanten und Onkel, die nicht die Brüder und Schwestern meiner Eltern waren, Cousins und Cousinen, mit denen wir nicht verwandt waren, besuchten uns, und wir lachten und aßen zusammen.

Ich feierte das Opferfest nicht mehr, seitdem ich weggegangen war. Jedes Jahr fühlte ich mich anfangs um diese Zeit zwar etwas seltsam, aber das Gefühl verschwand allmählich. Ich erklärte einmal LSDo, dass das Opferfest wie ein muslimisches Weihnachten sei, aber das stimmte nicht. Weihnachten konnte für bekennende Christen sein, aber auch Anlass für eine Büroparty – sogar im Juli. Einfach ein paar Cracker und Champagner, und schon schien der Weihnachtsmann um die Ecke zu kommen. So war das Opferfest ganz und gar nicht. Man konnte unmöglich alleine feiern oder außerhalb der eigenen vier Wände beziehungsweise der muslimischen Gemeinschaft.

Ich kam mir also vor, als würde ich auf das Opferfest warten, während ich vor Shelleys Tür stand, auch wenn ich wusste, dass diese Assoziation eigentlich unpassend war. Schließlich würde ich kein Essen zu mir nehmen, das *halāl* war, und außerdem Wein trinken, der absolut *harām* war. Aber die Vorfreude, die ich empfand, erinnerte mich daran.

Als die Tür endlich aufging, schien es wie Weihnachten zu sein.

Shelley war festlich mit einem ärmellosen, knallroten Top mit weißen Kringeln und einer dazu passenden weißen Caprihose gekleidet. Golden eingefasste Swarovski-Steinchen glitzerten an weißen Flipflops (»Zierde«, nannte sie das), was zu dem Schimmer ihrer großen goldenen Kreolen passte, die unter ihren lockig rotblonden Haaren hervorschauten. Unmöglich, sich einen besseren Erdbeer-Weihnachtsmann auszudenken! Das Ganze hätte für einen normalen Mittwochabend zu Hause etwas übertrieben anmuten und die Klamotten hätten bei ihrer üppigen Mähne etwas krass aussehen können. Aber dem war nicht so. Bei Shelley wirkten Dinge, die man bei anderen als überzogen empfunden hätte, häufig natürlich und großartig. Genau das mochte ich so an ihr.

»Kari, wie schön, dass du da bist!«, begrüßte sie mich und zog mich in eine Wolke Angel hinein (so nannte Jerry sie gerne, und zugleich hieß auch so ihr Parfüm).

In dem schwarz-weiß dekorierten Esszimmer, in das Shelley mich führte, wurde laut gelacht und geplaudert. Kein Wunder, dass man mein Klingeln nicht gehört hatte. Der Raum sah besser aus als die Bilder in einem dieser Hochglanzmagazine, die Shelley gerne auf dem Couchtisch im Wohnzimmer auslegte.

Der Tisch war mit einem wunderbaren weißen Tischtuch gedeckt (für Shelley etwas ganz Selbstverständliches), und der Kronleuchter ließ die Kristallgläser, die neben jedem Teller standen, geheimnisvoll funkeln.

Lily, Di, Owen und Jerry waren da. Alan hütete vermutlich

die Mädchen, Lily kam immer ohne Begleitung, und Owens Lauren war immer unterwegs (wir vermissten sie auch keineswegs). Alle blickten mir entgegen und lächelten. Eine wilde Mischung aus »Hallo!«, »Wie geht's?« und »Wie läuft's so?« tönte in meine Richtung. Sie akzeptierten mein Augenrollen, mein Lächeln und meine Seufzer (um der Dramatik willen) und drangen vorerst nicht weiter in mich. Selbst Shelley schien sich vorgenommen zu haben, mich diesmal nicht zu belagern, wenn ich nichts sagen wollte.

Ich erlebte meine Freunde, als wäre ich lange Zeit weg gewesen.

Di, meine engste Freundin in Beach View und mein Fels in der Brandung, gab mir ein Zeichen, mich zwischen sie und Lily zu setzen – meine älteste Freundin und Geheimnisbewahrerin. Owen, mein bester männlicher Freund und einziger Arbeitsfreund, schenkte mir gleich ein Glas Champagner ein.

Für Shelley hatte ich kein Etikett, das ich ihr aufdrücken konnte, wie mir in diesem Moment klar wurde. Sie war so glamourös und strahlend und gut organisiert, dass ich anfangs fast Angst vor ihr hatte, als Di sie mir vorstellte. Ich hatte nie zuvor eine derart selbstbewusste Frau kennengelernt. Ehrlich gesagt, schüchterte sie mich selbst jetzt noch etwas ein, wenn auch weniger, nachdem sie an Silvester gestanden hatte, dass sie und Jerry nun mit einer Fruchtbarkeitsbehandlung beginnen wollten. Während ihr die Wimperntusche über die Wangen lief, erzählte sie weinend, dass sie mit ihrem ersten Mann nie Kinder gewollt hatte und dass jetzt das Schicksal seinen Tribut forderte, weil sie offenbar keine mit Jerry bekommen konnte. Und selbst wenn sie konnte, würde Jerrys Mutter sie sowieso ablehnen, weil sie schließlich nicht jüdisch wären.

Ich hatte gar nicht gewusst, dass sie schon einmal verheiratet gewesen war. Es war gemein von mir, aber nach jenem Silvester mochte ich Shelley mehr. Di meinte, dass ich endlich aufhören solle, voreilige Schlüsse zu ziehen, nur weil Shelley so rotgolden schimmerte. Während Shelley also eine goldene Erdbeere zu sein schien, wirkte Di wie die Verkörperung der Outdoor-Klamotten von K-Way Classic (die Hausmarke von Cape Union Mart). Und doch verband die beiden eine ungewöhnlich enge Freundschaft. Sie hatten sich vor Jahren bei einer Ausbildung für Innendesign kennengelernt. Di legte ihr Zertifikat danach in die Schublade, wohingegen Shelley ihren Namen neben den von Jerry setzte. Auf ihren Geschäftskarten stand nun: ›Jacobson's Full House: Baumanagement & Innendesign‹.

Für das Essen an diesem Abend schien sich Shelley noch mehr Mühe als sonst gegeben zu haben. Es gab drei Gänge, die perfekt serviert und perfekt getimt waren. Jerry war für die Getränke und den Kaffee zuständig, während sich Shelley offenbar in ihrer besten Gastgeberinnenlaune befand.

Die Vorspeise bildeten Krabben mit Avocado, als Hauptspeise bekamen wir kurz angebratenen Lachs mit Stampf aus jungen Kartoffeln und grüne Bohnen – beides serviert à la Shelley, was hieß, dass es auf einer Seite des Tellers eine geheimnisvolle Sauce gab. Es sah schick aus, vor allem wenn ich es mit dem einfachen *Snoek* verglich, den ich an diesem Abend gekocht hatte. Ich war mir sicher, dass Shelleys Lachs in Portionsgröße von Woolworths kam, was ihr ein paar Woolies Reward Points eingebracht hatte. Mein *Snoek* hingegen stammte von den Fischhändlern in der Woodstock Main Road, wo ich in zweiter Reihe geparkt und dem Fischmann erklärt hatte, dass Shireen mich schicke, wodurch ich den besten *Snoek* und dazu noch eingelegte Zwiebeln umsonst erhalten hatte.

Mit Nachtisch hatte ich mich zu Hause gar nicht weiter aufgehalten. Shelley hingegen hatte kleine Schokoladenküchlein *und* Minikäsekuchen mit einem Klecks Himbeersauce gemacht. Ich aß von jedem zwei Stück, allerdings erst, nachdem Shelley erklärt hatte, dass sie wisse, wie gerne ich Desserts möge und dass sie deshalb ein paar mehr extra für mich gebacken habe.

Doch es gab einen Teil des Abendessens, der so gar keinen Sinn ergab – wie auch alle meine Freunde bemerkten.

Ich trank keinen Alkohol.

Keinen einzigen Schluck Champagner, keinen Weißwein und keinen Rotwein, die beide hoffnungsfroh in die Gläser vor meinem Teller gegossen wurden. Ich hatte mich so auf einen Schluck Alkoholisches gefreut. Doch mein Magen revoltierte, als der Duft des Weins in meine Nase stieg. Als dann noch der Irish Coffee serviert wurde, hatte ich das Gefühl, als würde der Geruch tief in mich dringen und mich dort völlig aus dem Gleichgewicht bringen. Ich befürchtete einen Moment lang, die Nachspeisen, die gerade noch so lecker gewesen waren, wieder nach oben zu befördern.

»Wie kannst du innerhalb so kurzer Zeit nur deine Trinkfestigkeit verlieren? Und Jerry macht keinen Pulverkaffee, seiner ist mindestens so gut wie von Vida«, meinte Owen.

»Ich kann mich amüsieren, ohne etwas trinken zu müssen«, gab ich zurück und merkte, dass das tatsächlich stimmte. Ich genoss den Abend in vollen Zügen. Wenn ich auch nicht trank, war es doch ein Fest für mich, was das Essen und die Freiheit betraf. Ich musste mir keine Sorgen machen, das Falsche zu sagen oder zu tun. Ich dachte nicht an Ouma oder Mama oder Dhanyal oder Shireen oder die Mädchen oder die Tanten, die begonnen hatten, Mama kurze Besuche abzustatten. Kein Gedanke an Dirk. Im Nachhinein konnte ich mich nicht an alles erinnern, worüber wir sprachen, nur dass es eigentlich besser zu Bier als zu Champagner gepasst hätte.

Sie ließen mich Kari sein.

Ich verließ sie am Ende dieses langen Tages mit Valentinskarten, Briefen und Abendessen. Owens Papiere hatte ich unter den Arm geklemmt, und das Herz war mir schwer. Ich kam mir so vor, als würde ich in die Schule zurückgeschickt, während alle anderen noch Ferien hatten.

Neunundzwanzig

Wie ich war am nächsten Morgen auch der Wind zu früh aufgewacht. Er ließ immer noch ein wenig die Fenster klappern, obwohl er im Vergleich zum Lärm am Abend zuvor das Haus besonders still wirken ließ. LSDo zu sehen hatte mir vor Augen geführt, dass ich etwas unternehmen konnte und nicht wie gelähmt herumhängen musste, während ich wartete, dass die Zeit verging. Ich hatte mich in den letzten Wochen viel zu viel im Bermuda-Dreieck von Facebook, Instagram und Pinterest versteckt. Wann ich das letzte Mal etwas gepostet hatte, war mir kaum mehr bewusst, und ich kam mir fast wie ein Stalker vor, der ausschließlich die Posts der anderen ansah und selbst keine hochlud. Dirk hatte nichts mehr auf Facebook gepostet, seitdem er drei Wochen zuvor im Tambo Airport bei Joburg eingecheckt hatte. Das zu erfahren hatte meine Stimmung damals übrigens nicht gerade gehoben.

Dirk. Ich hätte mich am liebsten unter der Decke versteckt, wenn ich daran dachte, was ich ihm geschrieben hatte. *Ich vermisse dich.* Das war es sicher nicht, was Lily mit *Zuckerbrot und Peitsche* gemeint hatte. Ich wünschte, ich wäre betrunken gewesen, als ich die Mail verschickte, aber leider hatte ich keine Ausrede und konnte mich leider sogar sehr genau an den Inhalt erinnern. Ich hatte nicht so bedürftig klingen wollen, doch jetzt war es zu spät, um es zurückzunehmen.

Ich lag im Halbdunkel in Oumas Bett ohne die Rüschen und dachte an all die Dinge, die ich später machen musste, sobald die Sonne aufgegangen war. Ich konnte mich nicht länger verstecken. Zum einen musste ich erst mal mit Shireen reden. Nett zu ihr sein. Was wäre, wenn Eva doch schwanger geworden war und Dirk sie auf einmal heiraten wollte? Wie würde ich mich fühlen? Ziemlich beschissen. Ich musste also unbedingt netter zu Shireen sein. Es war ja nicht so, dass ich ihr aus dem Weg ging. Ich hörte ihren Anweisungen zu, wir schickten uns WhatsApps in puncto Kochen. Doch danach mied ich sie wie die Pest. Ich schaffte es gerade noch, ein paar Minuten mit ihr zu plaudern und ihr ein paar neue Zeitschriften ans Bett zu bringen. Aber das war auch schon alles.

Und ich *musste* Oumas Brief endlich lesen. Das konnte ich nicht länger aufschieben. Am Abend zuvor hatte keiner meiner Freunde glauben können, dass ich ihn nicht sofort verschlungen hatte. Außer Lily. Sie meinte, dass die meisten Leute die schweren Dinge so lange aufschoben, bis es nicht mehr länger ging. Typisch Lily. Wenn wir allein gewesen wären, hätte sie wahrscheinlich gesagt: *Verdammt, Kari, hör auf, es rauszuzögern. Mach es einfach.* Sie war nur höflich gewesen. Aber sie kannte meine Nummer.

Es war Zeit. Als das Licht draußen allmählich den Himmel zu erhellen begann, zwang ich mich dazu, aufzustehen und den Brief aus meiner Tasche zu holen. Dann schlüpfte ich rasch wieder unter die Decke, ehe meine Füße Zeit hatten, kalt zu werden.

15. Juni 2013

Salām, Karima
Alles, alles Gute zum Geburtstag, mein Mädchen! Ein herzliches Selamat für Dich!

Wie alt Du schon wirst! Ich warte jedes Jahr, doch inzwischen sind schon neun vergangen, und Du bist noch immer nicht nach Hause gekommen. Ich hoffe, dass Du diesen Brief eines Tages lesen kannst, so dass Du weißt, dass ich Dich nicht vergessen habe. Wir vermissen Dich, sogar Dhanyal. Und besonders deine Mutter. Jedes Jahr an Deinem Geburtstag herrscht hier eine Stimmung wie bei einem Dschanāza, nur dass niemand offen vor den anderen weint. Ich sage immer Selamat zu Deiner Mutter, und sie erwidert immer »Danke, Mama«, auch wenn sie bei anderen Gelegenheiten betont, wie altmodisch es sei, den Eltern eines Kindes zu dessen Geburtstag zu gratulieren. Sie geht an diesem Tag immer früh ins Bett, ohne wie sonst zusammen mit mir fernzusehen.

Es ist traurig, wenn ich daran denke, wie stolz sie früher auf Dich war. Leicht ist es nicht, Kinder ohne Vater zu erziehen, das kann ich Dir sagen. Ich musste es auch machen, nachdem Dein Opa starb. Und ich hatte nur Deine Mama, um die ich mich kümmern musste. Aber Deine Mama, sie hatte Dich und Dhanyal, und gleichzeitig arbeitete sie so schwer. Sie wollte Euch alles geben. Sie sagte immer, sie würde eines Tages ihren eigenen Arzt und ihre eigene Anwältin haben und bräuchte dann gar keinen Mann mehr.

Alle meine Duas wurden beantwortet, meinte sie früher immer zu mir. Dhanyal war nicht nur Arzt geworden und hatte eine nette Frau geheiratet, er war außerdem ein guter Muslim – immer in der Moschee und stets wohltätig. Sie war auch auf Dich stolz, selbst wenn Du es ihr nicht immer einfach gemacht hast. »Diese Karima, sie hat ihren eigenen Kopf, ich kann ihr nichts sagen«, erklärte sie mir oft. Der Apfel fällt nicht weit vom Stamm, antwortete ich ihr. Sie wollte, dass Du Dein Studium abschließt, ehe Du heiratest. Doch sie fand es dann so besser, als darauf zu warten, dass Du etwas mit irgendwelchen Jungs anfängst. Obwohl Rafiq nicht ihre erste Wahl für Dich gewesen wäre – weil er ungebildet war und nur einen Lieferwagen hatte –, so war er doch ein richtiger Muslim. Er würde einen guten Ehemann und Vater abgeben. Selbst wenn Du etwas kritisiert hast, was der Imam sagte, so würde Dich Rafiq immer auf den rechten Weg bringen, glaubte Deine Mama. Du würdest schon ruhig mit ihm werden und eine glückliche Familie gründen.

Dann änderte sich alles schlagartig an jenem Morgen. Ich erinnere mich nicht an alles, und Deine Mama hat mir auch nur Teile davon erzählt, was damals zwischen Euch genau vorgefallen ist.

Wie Dhanyal Dich auf diesem Bild in der Cape Times entdeckte.

Wie Deine Mama sofort wusste, dass Du das warst und nicht irgendjemand anderes, obwohl man nur Deinen Rücken sah. Es waren Deine langen Haare, Deine Hand auf Deiner Tasche, Dein goldenes Armband mit dem Herzanhänger, das Rafiq Dir zu Deinem Geburtstag geschenkt hatte. Es waren Du und Lily, die gemeinsam in diese Klinik gingen.

Deine Mama sagte, Dhanyal habe Dich gefragt, ob es Du oder Lily gewesen sei, die ein Baby getötet habe. Sie meinte, sie habe gewusst, dass Du es warst, noch ehe Du geantwortet hast. Dann klingelten Rafiq und seine Mutter an der Tür, wobei Tante Sadia sogar noch im Morgenrock war. Deine Mama sagte, dass das Ganze sowieso schon schrecklich gewesen und dann noch schlimmer geworden sei, weil die beiden da waren. Sie lasen nie Zeitung, aber Onkel Fuad hatte das Bild offenbar gesehen und Tante Sadia angerufen. Sie sagte, das könntest unmöglich Du sein, aber Rafiq wusste gleich Bescheid. Deine Mama meinte, er habe wie ein Kind geweint, noch bevor Du ihm gesagt hast, dass es wahr ist und ihm den Ring zurückgegeben hast.

»Was kann man da noch sagen?«, antwortet Deine Mama immer, wenn ich ihr vorschlage, dass sie mir Dir reden muss. »Eines Tages wird alles gut sein und Karima zu uns zurückkehren. Allah allein weiß es am besten, und wir müssen Sabr haben.«

Ich weiß nicht. Ich bin geduldig gewesen. Vielleicht hätten wir uns stärker bemühen sollen, miteinander zu reden. Wenn ich gewusst hätte, wie alles wird, hätte ich versucht, Dich zum Bleiben zu überreden und alles auf der Stelle mit Deiner Mama zu regeln. Es hätte damit zu einem Ende kommen, klar sein können.

Der Schock war einfach groß. Vor allem für Deine Mama. Einmal, als ich sie dazu brachte, mit mir zu reden, meinte sie, die Schwangerschaft hätte sie Dir verzeihen können. Rafiq hätte Dich trotzdem geheiratet, und alles wäre in Ordnung gewesen. So etwas passiert vielen Mädchen. Aber sie konnte es nicht fassen, dass Du Dein eigenes Baby umgebracht hast. Was für eine Muslima seist Du? Welche Muslima wäre zu so etwas fähig? Sie sah das als ihre größte Niederlage.

Ich habe im Laufe der Jahre viel über ihre Fragen nachgedacht. Ich habe mehr Duas gebetet, als Du Dir vorstellen kannst, aber ich weiß noch immer keine Antwort. Was für eine Muslima bist Du? Welche Art von Muslima kannst Du sein? Vielleicht will ich die Antworten gar nicht wissen. Es ist eine Sache, wenn Leute betonen, wie wichtig es ist, tolerant zu sein und zu vergeben. Es ist eine ganz andere, wenn es deren eigene Tochter betrifft.

Ich wünschte, die Dinge wären anders gekommen. Aber Allah weiß, was das Beste ist.

Allah urteilt, nicht ich.

Wie Du siehst, komme ich in meinem Brief vom Hundertsten ins Tausendste – genauso sieht es heutzutage in meinem Kopf aus. Ich weiß nicht, wie viel Zeit mir bleibt. Ich mache mir Gedanken darüber, was ich noch nicht erledigt habe. Ich habe mein ganzes Leben lang zu meiner Tochter gestanden, Karima. So ist das immer gewesen, selbst zu den Zeiten, als ich nicht fand, dass sie recht hat. Ich wünschte, ich hätte nach Dir suchen können. Aber so ist es nun mal.

Ich weiß nicht, wann Deine Mama aufhört, traurig und wütend zu sein. Sie sagt, Du habest uns alle weggeworfen und es nie bereut. Ich erklärte ihr, dass Du vielleicht Angst hast und Dich dafür schämst, was Du getan hast. Ich will Dich nicht anlügen: Ich verstehe, wie es Deiner Mama geht. Auch ich werde nie nachvollziehen können, was Du getan hast. Ich werde nie froh darüber sein, dass Du Dein Leben nicht in der richtigen Weise führst. Aber ich bin schon alt und habe viel Zeit zum Nachdenken, und allmählich frage ich mich, ob das überhaupt wichtig ist. Geht es denn darum, dass ich froh bin, was Du getan oder nicht getan hast? Wir müssen alle unsere eigenen Wege wählen, Karima. Wir alle wählen, womit wir leben können und was uns letztlich glücklich macht.

Am Ende ist es Allah, der ein Urteil über Dich fällt, und nicht ich.

Karima, mein Mädchen, ich weiß nicht, wo Du bist und ob Du jemals wieder hier mit Deiner Mama und Dhanyal leben willst oder nicht. Aber ich habe Dir jetzt geschrieben, und ich habe auch ein Testament aufgesetzt, weil ich Dich wissen lassen wollte, dass Du ein Recht hast, hier zu sein, wenn Du das möchtest.

Es ist nicht typisch für uns Muslime, auf diese Weise ein Testament zu machen und meinen Anteil Dir zu hinterlassen. Ich weiß, dass Dhanyal wütend sein wird, und ich bete ein paar Duas, dass Allah mir vergeben möge. Aber Du sollst wissen, wer Du bist. Du bist Karima Essop, Enkelin von Alia und Yussuf Allie, Tochter von Amina und Farouk Essop, Schwester von Dhanyal Essop. Wenn Du das willst, dann ist hier der Ort, wo Du hingehörst.

Es wird immer einen Ort für Dich geben.

In Liebe,

Ouma

Ein Formular von Walton's Last Will & Testament befand sich ebenfalls im Umschlag. Ich las nicht alles, aber so viel verstand ich: Sie hatte mir ihre Haushälfte vermacht. Am Ende hatten Ouma und Rafiq unterschrieben. Die dritte Unterschrift war von einer oder einem F. Mkize.

Ich starrte aus dem Fenster und beobachtete, wie sich die Bäume im Wind hin und her bewegten.

Dreißig

Die Mädchen waren in Freitagmorgenfreude, als ich sie an der Schule absetzte. Bereits auf der Rückfahrt fühlte sich das Auto zu still an. Ich genoss es gar nicht, meinen Gedanken nachhängen zu können. Als ich das Haus betrat, sah ich die Blumen auf dem Tisch. Kleine weiße Rosenknospen, die aus einer rauchig grauen Glasvase quollen. Die Vase hatte die Form – jetzt kommt's – eines hochhackigen Pumps aus Glas. Dadurch wirkten die Blumen wie ein zusammengesackter Nylonstrumpf, den eine Dame irgendwo achtlos in ihrem Boudoir hatte fallen lassen. Es war irgendwie schön und zugleich so grotesk kitschig, dass ich laut lachen musste.

Hatte jemand vergessen, Aschenputtel mitzuteilen, dass etwas für sie abgegeben worden war?

Noch herrschte die richtige Stille im Haus, die ich brauchte, nachdem ich Oumas Brief am Morgen zuvor gelesen und am Abend dann all die Emotionen beim Gebet miterlebt hatte. Die Donnerstagabende waren inzwischen einfacher, weil ich wusste, was ich zu tun, was ich aufzutischen, mit wem ich zu reden und wie ich mich zu verhalten hatte. Ich musste nicht mehr groß nachdenken. Dennoch hatte ich immer wieder an Ouma gedacht.

»Auf der Karte steht, dass die Blumen für Kari du Toit sind«, begrüßte mich Dhanyal, als er sah, wie ich die Blumen betrachtete. Die Karte hielt er in der Hand. Geöffnet.

Mama saß neben Dhanyal am Tisch beim Frühstück. Beide hatten ihre leeren Müslischüsseln beiseitegeschoben, um Platz für die Cape Times zu machen. Offenbar war Florence noch nicht eingetroffen. Da Mama und Shireen nicht einsatzfähig waren, gab es keine andere Fee, die den Tisch abräumte, wenn ich nicht da war. Mama blickte nicht von ihrer Lifestyle-Seite auf, ihrer bevorzugten Zeitungslektüre.

Dieser Anblick war neu. Gewöhnlich verließ Dhanyal das Haus, sobald ich von der Schulfahrt zurückkehrte, und Mama schien den ganzen Tag mehr oder weniger in ihrem Zimmer zu verbringen.

Hier kom 'n ding.

Etwas kam ins Rollen. Langsam wie eine Zeitlupenszene aus einer Seifenoper – und zwar einer höchstens zweitklassigen – rollte es heran, und ich konnte es in allen Knochen deutlich spüren.

»Im Kühlschrank steht auch ein Kuchen, der ist zusammen mit den Blumen geliefert worden«, fuhr Dhanyal fort und musterte mich finster.

»Jetzt stell dir das vor. Einen Kuchen liefern lassen! Wer macht denn so was? Ich meine, man weiß ja nie, in wessen Küche der gebacken wurde und wer ihn berührt hat. Vielleicht haben sie im selben Ofen Speck gebraten oder etwas Ähnliches. Ich gebe ihn Florence, wenn sie kommt«, mischte sich Mama mit einem abfälligen Schnalzen ein. Dann wandte sie sich wieder dem Abschnitt *Was dieses Wochenende so los ist* zu, obwohl niemand in diesem Haus jemals etwas von dem unternommen hätte, was dort vorgeschlagen wurde.

»Ich habe dem Lieferanten erklärt, dass es niemanden mit diesem Namen hier gibt. Daraufhin rief er in seiner Firma an, und dort wurde ihm bestätigt, es sei eindeutig die richtige Adresse. Also ließ er alles da«, sagte Dhanyal. »Es kommt von einem Dirk«, fügte er hinzu und starrte mich erwartungsvoll an.

»Das ist für mich. Damit bin ich gemeint.«

Nun schaute auch Mama mich an. Sie wirkte verwirrt.

»Ich bin Kari du Toit.«

Dhanyal lehnte sich auf seinem Stuhl zurück und verschränkte langsam die Arme über seinem blauen Polohemd. Mama richtete sich auf und machte sich bereit. Ich blieb stehen, obwohl ich mich am liebsten hingesetzt hätte. Also hielt ich zumindest den Lederriemen meiner Handtasche etwas fester als zuvor.

Ich holte tief Luft und ließ dann alles kommen. Einfach so.

»Ich habe geheiratet. Mein Name lautet jetzt du Toit.« Ich wich Dhanyals Blick nicht aus. Am liebsten hätte ich nichts anderes getan, aber der einzige andere Mensch im Raum war Mama, und sie wollte ich nicht ansehen. Dazu war ich noch nicht bereit. »Dirk ist mein Ehemann. Er nennt mich Kari. Die meisten nennen mich Kari.«

Das Nächste traf mich völlig unvorbereitet.

Als ich sagte »Ich bin Kari du Toit«, schlug meine Mutter die Hände vor ihr Gesicht. Und weinte.

Einunddreißig

Ich wartete. Wenn es eine zweitklassige Seifenoper gewesen wäre, würde nach meinem »Ich bin Kari du Toit«-Einsatz der Abspann folgen. Doch es war ein erstklassiges Epos, das sich mein Leben nannte, weshalb es keine lange Wochenendpause gab, wo ich etwas zur Ruhe kommen konnte, ehe es am Montag weiterging. Das echte Leben kann in dieser Hinsicht fies sein. Ich hatte geahnt, dass es irgendwann herauskommen würde. Ich konnte mir zwar nicht vorstellen, wie oder wann oder wo (eigentlich wollte ich es mir gar nicht vorstellen), aber natürlich würde eines Tages Kari aus Eden gezwungen sein, neben Karima aus Walmer zu treten. Dann würde ich alles von mir zeigen müssen, und nicht nur jene Teile, die meine Familie zu sehen bereit war. Nun ging es darum, den Schleier zu lüften und all das.

Was ich mir vorgestellt hatte, war ihre Wut auf mich, wenn sie davon erfuhren. Es gab die Option der herausgebrüllten Wut wie in einem Film, aber ich ging eher von Option zwei aus, der stillen Wut. Mit Tränen bei meiner Mutter hatte ich nicht gerechnet. Die Ellbogen auf die nun uninteressant gewordene Zeitung gestützt, bebten ihre Schultern ein wenig, während Tropfen auf die lächelnden Celebritys fielen. Ihr Tuch rutschte ihr vom Kopf. Sie gab ein paar undeutliche Laute von sich, wie Marsh als Kätzchen, als er um Futter gebettelt hatte.

Wenn ich allerdings schon auf Mamas Reaktion nicht vorbereitet war, dann war ich es noch viel weniger auf Dhanyals.

Sobald Mama die Hände vors Gesicht schlug, legte er seine Arme um sie und vergrub seinen Kopf an ihrem Nacken. Ihre Haare hatten beinahe die gleiche Farbe, bloß dass Dhanyal bisher nur graue Strähnen hatte, während Mamas Haare graue Wurzeln aufwiesen.

Mama nahm Dhanyal jedoch gar nicht wahr. Seine Umarmung schien sie nicht im Geringsten zu beruhigen. Ich fragte mich, ob sie wohl so miteinander umgingen, wenn niemand zusah.

Nachdem ich eine Weile auf meine violetten Nike-Swooshes gestarrt hatte, vernahm ich eine Stimme.

»Bei Allah, Karima, was hast du getan? Wie konntest du heiraten, ohne uns auch nur ein Wort zu verraten? Was für ein Mensch ist das, den du da geheiratet hast? Woher kommt er? Wer sind seine Eltern? Ist er zumindest Muslim? Sag mir, wer hat ein *Nikah* für dich geschrieben?«

Meine Swooshes verschwammen vor meinen Augen. Als ich weder aufblickte noch antwortete, fuhr Mama fort: »Karima, mein Kind, wie konntest du mir das antun? Wie können wir das alles jemals wieder ins Lot bringen?«

In meinem Kopf herrschte gähnende Leere. Ich vermochte kein Wort darin zu finden, obwohl ich die Antworten auf all ihre Fragen genau kannte. Es waren nur nicht die Antworten, die sie hören wollte. Okay, ein Wort fiel mir schon ein, aber es begann mit ›F‹ und war nun wirklich nicht dazu geeignet, es in diesem Moment laut auszusprechen.

»Super, Karima.« Das kam von Dhanyal, der nun Mama losgelassen hatte und stattdessen anfing, mich ebenfalls anzugreifen. »Oder muss ich dich jetzt Kari nennen?«

Zu Mama gewandt meinte er: »Du weißt, dass Dirk kein muslimischer Name ist. Und ich gehe auch nicht davon aus, dass es ein *Nikah* gab. Wir wissen doch, wie sie ist.« Dann schaute er wieder zu mir. »Ouma wäre echt stolz auf dich gewesen. Darauf kannst du wetten.«

Treffer.

Das ›F‹-Wort hallte laut in meinem Kopf wider, kam mir aber nicht über die Lippen. Zumindest ärgerte ich mich derart über Dhanyal, dass ich wieder zu Leben erwachte. Ich trat zum Tisch und nahm Dirks Karte, die dort inzwischen lag. Die gehörte schließlich mir, verdammt.

»Dirk ist kein Muslim. Wir hatten auch kein *Nikah* bei unserer Hochzeit, wir haben nur im Standesamt geheiratet. Vor beinahe fünf Jahren.« Ich redete einfach drauflos, da ich mir dachte: jetzt oder nie. »Sein Vater ist tot, aber seine Mutter und seine Schwester leben noch immer in Pretoria. Von dort stammt er. Sie sind Christen, Dirk nicht. Er besucht seine Familie, wenn er wegen der Arbeit nach Joburg fährt. Er ist Rechtsanwalt, aber in keiner Kanzlei. Er arbeitet als Dealmaker für eine Privatfirma. Und er reist ziemlich viel.«

Ich plapperte und plapperte, während ich versuchte, die Karte in meine Tasche zu stopfen. Wer hätte gedacht, dass Multitasking so schwer sein konnte? Der Wind hatte sich endlich gelegt, und jetzt war es verdammt heiß. Meine Hände waren schweißnass, als ich es endlich geschafft hatte, die Karte zu verstauen. Deshalb rutschte mir auch die Tasche aus den Fingern, und ihr Inhalt ergoss sich vor mir auf den Boden.

Dirks Bild, das ich immer bei mir trug, fiel heraus. Als ich ihn so vor mir liegen sah, hielt ich inne. Ich starrte meinen großgewachsenen, blauäugigen, blonden Mann an. Er lächelte. Seine Augen waren weit offen und hatten beinahe die gleiche Farbe wie das Meer. Ich hatte das Foto im letzten Jahr in Eden gemacht, und ich liebte es, dass seine Haare golden leuchteten, weil er mit dem Rücken zum Sonnenuntergang stand, neben sich sein neues Mountainbike. Ein Heiligenschein, hatte ich gescherzt. *Eine seltene Art, mein Mann,* sagte ich damals. *Er kann Lycra-Hosen tragen wie sonst kaum einer.* Er war schüchtern, als ich das Bild LSD zeigte. *Viel zu viel Licht hinter mir, dadurch verschwimmt alles, und deshalb findest du mich auch so gutaussehend,* meinte er. Ich fand das Bild perfekt.

Meine Mutter und mein Bruder fanden das nicht.

Ich bückte mich und hob Dirk vom Boden auf.

»Du würdest ihn mögen, Mama. Er ist liebenswert und ehrlich und klug. Er ist immer gut zu mir gewesen.«

Ich wollte ihr das Bild reichen, damit sie ihn sehen konnte. Sie warf einen raschen Blick darauf. Aber sie nahm es nicht, so dass Dirks lächelndes Gesicht einen Moment lang zwischen uns schwebte, ehe ich die Hand zurückzog.

»Ich liebe ihn sehr.« Das stimmte. »Er war ursprünglich ein Freund von Lily. So haben wir uns kennengelernt.«

Ich steckte Dirk wieder in meine Tasche.

Mama schwieg. Dhanyal hingegen legte jetzt erst richtig los.

»Nun, wenn es kein *Nikah* gab, zählt das sowieso nicht. Um als Muslima richtig verheiratet zu sein, muss das unter muslimischem Recht geschehen. Nichts anderes ist gültig. Hier wird dich also keiner als verheiratet betrachten. Du lebst einfach in Sünde. Außerdem: Wenn du ihn so liebst und er so gut zu dir ist – wo ist er dann jetzt?« Dhanyal sah sich höhnisch um. »Wo? Ich sehe ihn nicht. Was für eine Art Ehemann ist er, wenn er dich einfach ausziehen und hier leben lässt? Und diese Karte …« Er zeigte auf meine Tasche. »Darin steht, dass es ihm *so leid* tut, was zwischen euch beiden passiert ist.« Dhanyal lachte auf. »Klingt nicht so toll in meinen Ohren.«

Ich klammerte mich erneut an meinen Lederriemen. Ich spürte, wie es unter meinen Achseln immer feuchter wurde.

»Wir haben momentan gewisse Probleme. Das geht dich nichts an.«

»Nichts, was diese Kari du Toit betrifft, geht uns was an«, gab Dhanyal ohne zu zögern zurück. »Aber kannst du mal Karima Essop fragen, welche Pläne sie hat? Mir ist dein restliches *Harām*-Leben total egal. Ich will wissen, was du hinsichtlich Oumas Brief machen willst. Das ist das Einzige, was hier zählt.«

Jetzt meldete sich Mama wieder zu Wort. »Dhanyal, bringst du mich bitte in mein Zimmer? Ich will mich hinlegen. Ich bin erschöpft.«

Dhanyal gehorchte, und die beiden ließen mich stehen. Ich klammerte mich noch immer an meine Tasche und schwitzte. Was hatte der Tag noch auf Lager für mich? Es war erst halb zehn. Ich musste an die Redewendung *Der frühe Vogel fängt den Wurm* denken. Gut für den Vogel.

Nur dass ich der verdammte Wurm war.

Zweiunddreißig

Erst hinterher fielen mir unzählige Erwiderungen ein. Ich verbrachte den Rest des Vormittags damit, mir vorzustellen, wie ich Dhanyal scharf zurechtwies: »Nur meine Freunde nennen mich Kari.« Oder: »Nenn mich, wie du willst, du kennst mich eh nicht.« Oder etwas anderes Kluges und Tiefsinniges. Ich hätte auch eine weitere Bombe hochgehen lassen können. Ein paar weitere. »Außerdem leben Dirk und ich in Gütergemeinschaft. Wir sind nun also drei Besitzer, was dieses Haus betrifft.«

Aber irgendwo tat mir Dhanyal auch leid, als ich daran dachte, wie er Mama umarmt und keine Reaktion von ihr erhalten hatte. Selbst bei den Mädchen nahm er nur die zarten Küsse und Umarmungen entgegen, die sie ihm mit ihren *Salāms* boten. Ich hatte nie miterlebt, dass er Shireen umarmte. Bei Mama hingegen war er es auf einmal gewesen, der problemlos jemanden umarmte. Dhanyal! Doch er hätte genauso gut einen Baum umarmen können, so gering fiel Mamas Reaktion aus. Ich konnte nur hoffen, dass die anderen Male, wenn er Mama umarmte – und es gab sicher unzählige Male, so selbstverständlich, wie er es jetzt getan hatte –, eine liebevollere Reaktion von ihr kam. Ich hoffte, dass sie seine Umarmung erwiderte. Selbst Dhanyal sollte so etwas erleben dürfen.

Das Mittagessen am Freitag fiel sehr stumm und unterwürfig aus. Ich hatte die Rolle der Unterwürfigen übernommen, Dhanyal und Mama hingegen waren die Stummen. Wenn

Rafiq nicht da gewesen wäre, hätte keiner auch nur ein Wort verloren. Aber Rafiq hatte schon immer ein Händchen mit meiner Familie gehabt. Er und Ouma. Sie vermochten uns aus der Reserve zu locken, bis sich alles fast normal anfühlte. Doch an diesem Tag war eindeutig, wie schwer es selbst Rafiq fiel. Mir wurde bewusst, welche Anstrengung es ihn gekostet hatte, als er anfing, mir zu helfen, die Teller und die Essensreste wegzuräumen. Gewöhnlich blieben die Männer nämlich sitzen und warteten, bis der Tee serviert wurde.

»*Sjoe*, Karima, die beiden waren heute ja mal wieder besonders gesprächig. Was hast du angestellt?«, meinte Rafiq, nachdem Dhanyal zur Praxis aufgebrochen war und sich meine Mutter in ihr Zimmer zurückgezogen hatte. Er lächelte mich an, als würde er einen Witz reißen. Wie oft hatte er mich früher so angelächelt, wenn ich eine Auseinandersetzung mit Dhanyal und Mama gehabt hatte und er versuchte, die Dinge wieder ins Lot zu kriegen.

Das reichte diesmal, um mich zusammenklappen zu lassen.

Jetzt war ich es, die in der Küche die Hände vors Gesicht schlug und zu schluchzen begann.

Rafiq nahm mich in die Arme.

Doch im Gegensatz zu meiner Mutter war ich froh um die Umarmung.

»Komm schon, so schlimm kann es nun auch wieder nicht sein«, flüsterte er mir ins Ohr. »Sie sind glücklich, dass du zurück bist. Ehrlich. Sie können es nur nicht zeigen. Lass ihnen Zeit. Vielleicht haben sie Angst, dass du wieder weggehen könntest.«

Als ich noch heftiger weinte, schloss er mich fester in die Arme. Sein Atem fühlte sich warm an meinem Ohr an, und ich hatte mein Gesicht an seinem Nacken vergraben. Ich kannte sein Aftershave nicht mehr. Wie war das, jemanden zu umarmen, den man früher einmal geliebt und lange nicht gesehen hatte? Als hätte man etwas wiedergefunden, was man verloren und von dem man ganz vergessen hatte, dass es weg war. Es fühlte sich überraschend gut an. Obwohl ich es schon seit langer Zeit nicht mehr vermisst hatte, erinnerte ich mich sofort daran, dass es mir irgendwann einmal gefehlt hatte. So war das. Unsere Körper passten auf eine Weise perfekt zusammen, wie das eben nicht möglich ist, wenn der eine den anderen deutlich überragt.

»Und selbst wenn sie nicht glücklich sein sollten – ich bin es. Sehr glücklich. Ich habe nie aufgehört, an dich zu denken.«

Ich legte den Kopf ein wenig zurück. Es wurde offenbar nötig, mich von ihm zu lösen. Und in diesem Moment.

Küsste er mich.

Und.

Ich erwiderte den Kuss.

Ich wollte es. Keine Ahnung, warum. In dem Augenblick fühlte es sich richtig an. Mit Rafiq. Bei ihm musste ich nie etwas erklären. Er verstand immer, wie die Dinge hier liefen, mit Mama und Dhanyal. Und mit Ouma. Er wusste, wie ich zu ihnen stand. Er kannte mich auf eine Weise wie niemand sonst – nicht einmal Dirk. Vor allem nicht Dirk. Irgendwo, tief in meinem Inneren, hatte mir das wohl gefehlt.

Ich wünschte, ich könnte sagen, dass es ein rascher Kuss wurde und dass ich mich dann endgültig von ihm löste, sobald mir klar wurde, was wir da taten. Aber es geschah wie damals, als wir Teenager waren und scheinbar gerade erst das Küssen erfunden – und perfektioniert – hatten. Vielleicht lag es daran, dass wir uns zehn Jahre nicht mehr geküsst und einfach vergessen hatten, wie das war. Küssten wir uns lange? Keine Ahnung. Wir hörten auf und lösten uns voneinander, weil Florence aus dem Bügelzimmer kam. Zum Glück ging sie die Treppe hinauf und nicht zu uns in die Küche. Sie hätte sonst gleich etwas bemerkt. Jeder hätte das.

Rafiq hielt meine Hand, als wir ihren Schritten lauschten. »Ich arbeite heute Nachmittag nicht. Warum gehen wir mit den Mädchen nicht ein Eis essen und spazieren mit ihnen die Promenade entlang, wenn sie aus der Schule zurück sind?«

Warum nur war ich einverstanden?

Dreiunddreißig

Später tranken Rafiq und ich am Küchentisch einen Tee – Florence war als Anstandswauwau im Hintergrund –, bis es Zeit wurde, die Mädchen zu holen. Wenn Florence uns den Rücken zudrehte, berührte er jedes Mal rasch meine Hand unter dem Tisch, wie er das auch früher immer getan hatte. Damals, als Ouma noch der Anstandswauwau gewesen war.

Ich erfuhr, dass Gigi ihre Schwestern in Joburg besuchte und drei Wochen lang weg sein würde. »Es war zwar nicht das Richtige«, meinte er, »streng genommen, aber ich konnte sie nicht aufhalten.« Das sei immer das Problem, fuhr er fort. Er wollte, dass sie zu Hause blieb, bis er alle drei *Talāqs* ausgesprochen hatte. Oder zumindest, bis er entschieden hatte, ob er die erste wieder zurückzog oder doch alle drei aussprach. Sie hätte ihm mehr Respekt zollen sollen. Bevor er nicht alle drei *Talāqs* ausgesprochen hatte, würde es keine Scheidung geben, weshalb sie auch bis dahin nicht frei war. Außerdem konnte sie nicht einfach Amarah bei ihm zurücklassen. Was für eine Mutter tue denn so etwas, wollte er von mir wissen. Selbst wenn sie geschieden waren, sollte sie zudem ihre *Iddah* abwarten, ehe sie das Haus verließ, um sich zu amüsieren, von einer Reise nach Joburg ganz zu schweigen. Er erklärte, dass Gigi nie verstanden habe, wie die Dinge liefen. Woher sollte sie das auch wissen?

»Weil sie konvertiert ist, muss ich ihr ständig alles erklären. Sie will dann wissen, wieso sie nicht fahren darf. Schließlich könne sie ja niemanden heiraten, wie ich das kann. Sie will einfach nicht verstehen, wie das läuft. Die drei Monate sind zu ihrem Schutz gedacht, um sicherzustellen, dass sie nicht schwanger ist und um uns die Möglichkeit zu geben, uns wieder zu vertragen. Für einen Mann ist es anders. Ein Mann braucht diese Dinge nicht.« Er hielt einen richtigen Vortrag. Ich hatte den Eindruck, als ob er diese Rede schon mehrmals zuvor gehalten hätte. Vermutlich vor Gigi.

Ich stimmte nicht allem zu, was er sagte. Aber es schien mich letztlich nicht zu betreffen, weshalb ich es bald sein ließ. Um ehrlich zu sein, hätte ich auch nicht gewusst, wie ich widersprechen sollte. Ich war in diese Welt hineingeboren worden und verstand ihre Regeln immer noch nicht ganz. Wie lauteten diese wirklich, und welche waren hinzuerfunden worden? Es ist furchtbar, wenn man nicht gewohnt war, Fragen zu stellen. Und bisher war es mir nie sonderlich konstruktiv erschienen, einfach nur *Ich will nicht* zu verkünden und sich querzustellen.

Also saß ich, mit meiner Hand in der seinen, am Küchentisch in meiner eigenen merkwürdig unklaren Welt.

Rafiq ging nach Hause, um Amarah frische Wechselklamotten zu holen, während ich nach Shireen sah, um sie zu fragen, ob wir mit den Mädchen einen kleinen Ausflug machen könnten. Ich setzte mich ans Bett und sah ihr zum ersten Mal seit Tagen direkt in die Augen. Ich zwang mich dazu. Zu lange war ich ihr ausgewichen.

Vierunddreißig

»In diesem Haus ist es zu schwer und zu düster für Kinder«, sagte Shireen und sah mich nickend an, als ich sie fragte. »Und ja, es sind noch Kinder, und sie brauchen ihren Spaß.« Sie hatte recht. Die Mädchen waren stille und effiziente kleine Maschinen. Ich hatte mich um sie gekümmert, so gut es ging, aber sie waren verschlossen geblieben, wodurch ich nicht wirklich wusste, ob ich sie eigentlich kannte. Vermutlich vermissten sie ihre Mutter, die in ihrem Bett gefangen war. Shireen hatte hier wahrscheinlich alles etwas leichter und fröhlicher gemacht. Ich hörte sie laut in Shireens Zimmer lachen, wo sie sich oft aufhielten, ehe Dhanyal nach Hause kam. Er hatte ihnen verboten, viel Zeit bei ihrer Mutter zu verbringen. Sie würden Shireen erschöpfen, behauptete er.

Das Leben nach Oumas Tod war für uns alle anders geworden.

Aber es lag nicht nur daran, dass es im Haus zu schwer und zu düster zuging. Shireen hatte dunkle Augenringe. Sie sah völlig übernächtigt aus und nicht wie jemand, der sich nicht aus dem Bett bewegt hatte.

»Es sind nicht nur die Mädchen, die ihren Spaß brauchen, oder? Kann ich irgendetwas für dich tun? Vielleicht etwas Bestimmtes bringen?«, fragte ich und nahm ihre Hand. Ihr Ehering schnitt in den angeschwollenen Finger, der angeblich Blut in ihr Herz pumpte. Besser jetzt als nie, dachte ich, als mir der Punkt ›Sei nett zu Shireen‹ auf meiner Liste einfiel.

Es überraschte mich immer wieder von Neuem, welch

unterschiedliche Dinge Menschen zum Weinen bringen konnten. Bei Mama war es offenbar der Schock. Bei Shireen und mir bedurfte es bloß ein wenig Freundlichkeit.

»Ich benehme mich dumm.« Sie wischte mit dem Rand ihrer geblümten Bettdecke die Tränenflut ab und schwieg eine Weile. Ich wartete, was nun kommen würde.

»Es ist schwer, hier herumzuliegen und nur auf das Kind zu warten, während das Leben draußen weitergeht. Es lässt sich nicht ändern. So ist es nun mal«, sagte sie und seufzte tief. Sie zögerte einen Moment, entschied sich aber doch, mich zu fragen. »Wenn du weggehst, könntest du dann vielleicht nach einem hübschen Kopftuch für mich schauen? Vielleicht mit einem Muster. Nicht zu viel und in Rosa oder einer ähnlich weichen Farbe. Ich will nicht wie ein Weihnachtsbaum aussehen. Und ein Lippenstift, der farblich dazu passt. Nicht zu knallig. Vielleicht gibt es ja was bei Woolworths?« Jedes Mal, wenn sie sich die Tränen wegwischte, stiegen ihr sofort wieder neue in die Augen.

»Okay, ich suche etwas für dich. Ich bin mir sicher, dass wir an einem Woolworths vorbeikommen.« Ich war erleichtert, dass sie mich um etwas Konkretes gebeten hatte. Dieser niemals enden wollende Freitag könnte vielleicht doch noch gut werden.

»Willst du dich für deinen nächsten Frauenarzttermin hübsch machen?«, scherzte ich. Mir war es unverständlich, wie man sich über ein neues Kopftuch freuen konnte, aber ein neuer Lippenstift war etwas, was auch ich mochte. Vielleicht ein neuer Schal für Shireen wie neue Schuhe für mich, vermutete ich.

Jetzt liefen die Tränen in Strömen. Rotz tropfte auf die Bettdecke.

»Ich brauche es nicht sofort. Donnerstag reicht. Ich möchte

einfach am Donnerstagabend hübsch aussehen. Dhanyal meinte, sie würden es direkt nach der *Jamia* für Ouma machen. Dann sei schon der Imam da, und sie könnten gemeinsam zur Moschee gehen. Ich vermute, dass sie ein paar ihrer Familienmitglieder mitbringen wird. Dhanyal sagt, das sei auch besser so. Dann wirkt es so, als hätte niemand ein Problem damit. Aber alle werden mich beobachten, wie ich reagiere. Also möchte ich da zumindest einigermaßen nett aussehen. Nicht wie ein gestrandeter Wal in meinem Bett.«

Donnerstagabend also. Dhanyal wollte Anthea am kommenden Donnerstagabend heiraten.

»Es tut mir so leid.« Ich reichte ihr die Schachtel Kleenex, die auf dem Nachttisch stand. Wieso hatte ich das nicht schon lange gemacht, anstatt sie einfach nur schweigend zu beobachten? »Dhanyal hat es mir erzählt, aber ich wusste nicht, ob ich mit dir darüber sprechen soll. Wie kannst du ihn damit durchkommen lassen? Und jetzt will er sie nach alldem auch noch heiraten? Bist du nicht wütend?« Ich merkte, wie kleine Speicheltropfen aus meinem Mund flogen. »Das würde ich nie akzeptieren.« Weiterer Speichel.

»Natürlich war ich wütend. Sehr wütend.« Sie schnäuzte sich und schien meine Spucke nicht weiter zu bemerken. »Aber ich habe viel Zeit in diesem Bett, um nachzudenken. Was passiert ist, ist passiert. Wenn man so lange zusammen ist wie Dhanyal und ich, dann muss man sich der Tatsache stellen, dass sich die Dinge nicht immer ideal entwickeln.« Shireen schaute auf das zerknitterte Kleenex in ihrer Hand. Ich schämte mich für meine Wut.

»Man bleibt nicht nur glücklich bis ans Ende der Tage. So ist das Leben nicht. Und weißt du, ein Mann langweilt sich schneller als eine Frau. Aber wenn man Kinder hat, die einen glücklich machen, ist ein gelangweilter Mann nicht das

Schlimmste, was einem passieren kann.« Sie atmete aus und zuckte dabei mit den Schultern. Der dicke braune Haarzopf, der auf einer Seite ihres Körpers herabhing, hüpfte ein wenig. Es war seltsam, ihre Haare zu sehen.

»Ich wusste, dass es nicht gut zwischen uns war. Ich wusste, dass sich Dhanyal immer einen Sohn gewünscht hat, und ich dachte, dass ihn das vielleicht glücklich machen und bei mir halten würde. Obwohl Sara eigentlich unser letztes Kind werden sollte, fragte ich ihn, ob wir es noch mal versuchen könnten.« Sie gab ein seltsames Lachen von sich. »Ich hatte nur keine Ahnung, dass auch Anthea versuchte, Dhanyal zu halten.«

»Aber wie kann er sie dann jetzt heiraten? Wieso lässt du das zu? Wieso verlässt du ihn nicht? Das würde dir doch niemand vorwerfen in einer solchen Situation«, erregte ich mich und versuchte, sie zumindest etwas mit meiner Empörung anzustecken.

Sie sah mich aus tränenerfüllten Augen an.

»Ich will ihn nicht verlassen. Ganz einfach. Ich liebe ihn immer noch. Er ist der Vater meiner drei Kinder. Er kümmert sich um uns und sorgt für uns. Ich will nicht ohne ihn sein. Ich mag mein Leben mit ihm.«

»Aber er hat Anthea geschwängert, und jetzt will er sie sogar heiraten.« *Bist du wahnsinnig geworden oder was? Wie kannst du nur so bescheuert sein?* Es war mir egal, ob meine Stimme meine Gedanken verriet.

»Ich will nicht lügen. Das hat mir sehr, sehr wehgetan. Aber jetzt ist es nun mal passiert. Ich kann es nicht ändern, dass sie schwanger ist. Dhanyal wird sein Verhalten mit sich ausmachen müssen. Nicht ich habe ihn zu verurteilen, selbst wenn es nicht für so etwas gedacht ist, weißt du, dass ein muslimischer Mann mehr als eine Ehefrau haben kann. Solange er in der Lage ist, sich um sie zu kümmern und für sie aufzukommen, darf er das. Obwohl eine weitere Frau nicht jünger, hübscher oder schwanger sein sollte. Es war eigentlich dafür gedacht, dass älteren Frauen damit geholfen wird. Oder geschiedenen. Oder Witwen. Frauen, die Hilfe brauchen. Aber es ist keine Regel, dass sie alt, hässlich und nicht schwanger sein müssen.« Shireen sprach leise, als ob sie das Schreien in meinem Kopf hören konnte.

»Ich sehe dir an, dass du das für verrückt hältst, Karima. Aber so ist es am besten. Ich will ihn nicht verlassen. Auf diese Weise bewahren wir alle unsere Würde. Wenn er sie heiratet, ist er kein bloßer *Joller*, der gedankenlos ein Mädchen schwängert, sondern zieht daraus seine Konsequenzen. Ich werde nicht wie die dumme Ehefrau aussehen, deren Mann sich anderweitig vergnügt. Das Kind wird kein weiteres *Loskind* werden, sondern eine Familie und einen angesehenen Namen haben. Dhanyal kann es muslimisch erziehen. Und auch Anthea ist versorgt, obwohl sie es eigentlich nicht verdient, nachdem sie sich mit einem verheirateten Mann eingelassen hat.« Ihr Mund verzog sich, als sie den Namen Anthea aussprach. »Es ist so wirklich für alle das Beste.«

Shireen blickte auf und richtete den Blick hinter mich. Als ich mich umdrehte, entdeckte ich Rafiq, der unter der Tür stand.

»*Salām*, Shireen. *Maaf*! Ich wollte nicht lauschen. Ich wollte nur Karima abholen. Geht es in Ordnung, wenn wir heute Nachmittag etwas mit den Mädchen unternehmen?« Rafiq blieb vor dem Zimmer stehen.

»*Salām*, Rafiq. Ja, natürlich. Ich habe Karima gerade gesagt, dass das eine schöne Idee ist. Es wird den Mädchen gefallen.« Sie bedeckte ihre Haare mit dem Kopftuch, das auf ihren Schultern ruhte.

Rafiq zögerte. Dann erklärte er: »Ich will mich nicht einmischen oder so. Aber ich habe gehört, was du gesagt hast, und ich finde, dass du dich hinsichtlich Dhanyal und Anthea richtig verhältst. Dhanyal hat mir erzählt, wie gut du dich verhalten hast.«

Ich hätte am liebsten seine Stimme blockiert, damit sie nicht bis zu mir durchdringen konnte. Dachte er darüber wirklich ganz anders als ich? Das war doch früher nicht so gewesen, oder?

Shireen schienen seine Worte erleichtert zu haben. Das zumindest war gut. Wesentlich besser als bei mir, die ich sie zum Weinen gebracht hatte.

Und unser gemeinsamer Spaziergang? Ich wusste, wie es aussah, als wir beide mit den Kindern Alia, Sara und Amarah dort entlangliefen. Wir schlenderten gemächlich dahin und hielten an jedem kleinen Park an der Promenade, um dort zu spielen. Wir sahen so aus, als würden wir zusammengehören. Nicht wie Dirk und ich. Mein Mann und ich waren kein Paar, das in den Augen der Welt gut zueinanderpasste. Rafiq erklärte mir zweimal, dass er es sehr genoss, mit uns allen unterwegs zu sein. Ich konnte ihm nur zustimmen. Es war extrem entspannt und einfach.

Wir gingen beinahe den ganzen Weg bis zum Leuchtturm Mouille Point, so dass letztlich nicht genügend Zeit blieb, um rasch bei Woolworths vorbeizuschauen, ehe Dhanyal heimkam (unsere persönliche Ausgangssperre). Wir planten für den nächsten Tag einen ausführlicheren Einkaufsbummel an der Waterfront.

Es lief alles viel zu einfach. Ich konnte kaum glauben, was passiert war. Mir zog es die Brust zusammen, wenn ich an Dirk dachte. War es so mit Eva gewesen? So einfach?

22:30 Kari: Danke für die Blumen. Viel los heute. Schreibe am Montag eine Mail.

Mehr ließ mich mein Gewissen nicht machen.

22:32 Dirk: Mit dem größten Vergnügen. Liebe dich, freue mich auf die Mail. xx

Hochzeiten & andere Dinge

Fünfunddreißig

Am Sonntagabend wusste ich, dass ich es gewaltig vermasselt hatte. Ich hatte drei Wochen gebraucht, um bis zu diesem Punkt zu kommen. Aber in den letzten zwei Tagen hatte ich das Ganze auf eine neue Ebene gehoben. *Hüte dich vor den Iden des März,* hätte mich jemand warnen sollen. Ich fragte mich, welche bedeutende Zahlenkombination affinitynumerology für mich parat gehabt hätte, wenn ich unter ›2. März 2014‹ nachgesehen hätte. Wahrscheinlich etwas in der Richtung: *Passen Sie auf, wenn Sie Ihren Ex küssen. Es wird Sie total aus dem Gleichgewicht bringen und tief in den Sumpf Ihrer Gefühle führen.*

Ich litt nur leicht unter schlechtem Gewissen, während ich mich durch das Wochenende hangelte. Dhanyal hingegen schien endlich Schuldbewusstsein und Mitgefühl für seine Frau entwickelt zu haben. Am Samstag bot er sogar an, bei ihr und Mama zu bleiben, damit wir die Einkäufe erledigen konnten, um die Shireen uns gebeten hatte. Die Mädchen und ich – benommen von Freiheit – machten aus einem kurzen Vormittagseinkauf einen ganzen Tag samt Mittagessen, einem Besuch im Aquarium und einem nachmittäglichen Kinobesuch. Natürlich mit Rafiq. Wir kamen erst kurz vor *Maghrib* zurück, wobei Dhanyals Geduldsfaden fast riss. Er wollte dringend das Haus verlassen.

»Du kommst morgen mit Amarah zum Mittagessen«, rief er noch über die Schulter Rafiq zu, als wäre das sowieso schon klar. Vermutlich wollte er nur schnell zu Anthea.

Ein gemeinsames Mittagessen am Sonntag war keine schlechte Idee, das musste ich Dhanyal lassen. Es herrschte eine andere Stimmung, wenn Rafiq hier war. Er hatte eine Umgangsart mit Dhanyal, Mama und mir, die uns auf eine Weise miteinander in Verbindung brachte, welche ohne seine Hilfe nicht möglich war. Irgendwie schaffte er es, die Unterhaltung leicht zu gestalten, fernab jeglicher Gefahrenzonen. Oder fernab von der tödlichen Stille, eine weitere beliebte Variante bei uns zu Hause.

Wir waren also alle froh, als die beiden bereits um halb zehn bei uns waren und meine Lieblings-*Koeksisters* von der nahen Bäckerei mitbrachten. Ich aß gleich fünf Stück. Eines der Dinge, die einen Sonntagmorgen in meinem alten Zuhause zumindest erträglich machten. Sie waren nicht mit den *Koeksisters* zu vergleichen, die Dirk so mochte – in Sirup getauchte Zöpfe aus frittiertem, harten Teig. Meine waren noch warm, klebrig, weich und mit einem Hauch von Anis gewürzt.

Rafiq schaffte es, Mama aus ihrem Zimmer zu locken, und überredete Dhanyal sogar, Shireen auf das Sofa im Wohnzimmer zu lassen, wo sie sich gleich neben dem Tisch befand. Er brachte die Mädchen dazu, mir beim Kochen des Mittagessens zu helfen, während Shireen mir ihre Anweisungen hinüberrief. Es gab Lammschlegel, gelben Reis, Gemüse und als Nachtisch Scheiterhaufen. Es wurde ein Festessen. Wir aßen alle zusammen und lachten selbstvergessen über Dinge, die vor langer Zeit passiert waren.

Das gemeinsame Mittagessen am Sonntag bedeutete, dass Rafiq und ich bis auf die Nächte fast das ganze Wochenende zusammen verbrachten. Wir küssten uns nicht noch einmal. Da wir nie allein waren, konnte ich nicht einschätzen, was geschehen wäre, wenn es anders gewesen wäre. Aber mit oder ohne Küssen – etwas hatte sich geändert. Seine Art mir gegenüber machte es offensichtlich. Es kam mir so vor, als ob er uns beide als Team verstand, auf irgendeine Weise miteinander verbunden. Als wären wir wieder ein Paar.

Auch wenn ich immer wieder an schlechtem Gewissen litt, wurde es doch das beste Wochenende, das ich seit langem mit meiner Familie verbracht hatte. Ganz einfach. Ihn an meiner Seite zu haben, machte es für mich zu einer schönen Erfahrung. Und nichts hätte mich darauf vorbereiten können.

Sechsunddreißig

Ich erwachte am Montagmorgen mit einem Gefühl, als litte ich nach einer durchzechten Nacht unter einem schrecklichen Kater. Wie dann, wenn man reumütig ist und sehr genau weiß, dass man etwas auf keinen Fall hätte machen dürfen.

Mir war nicht so übel, dass ich mich hätte übergeben müssen, doch etwas konnte nicht stimmen, eindeutig. Ich versuchte mich daran zu erinnern, wann diese Übelkeit in letzter Zeit nicht da gewesen war. Nur leicht, aber immerhin. Mein Mund schien ständig einen seltsamen, metallischen Geschmack zu haben, so dass ich am liebsten ununterbrochen Süßes aß. Ich war allerdings nicht so krank, dass es den anderen aufgefallen wäre. Doch ich vermutete, dass man es bemerkte, wenn man genau genug hinsah und mich gut kannte – was wahrscheinlich der Grund war, warum es hier niemandem auffiel. Ich war auch etwas langsamer als sonst. Mein Magen stand jetzt schon seit so langem kurz vor dem Kippen, dass es mir inzwischen fast normal vorkam. Vielleicht seit dem Valentinstag? Das Seltsame war, dass dagegen nur Essen half. Nur wenn ich aß, war mir nicht übel.

Meine Jeans waren enger geworden. Ich vermutete auch, mein Hintern sah größer aus, aber als ich Lily am Mittwoch danach fragte, meinte sie, dass sie keinen Unterschied feststellen könne. Nur an den Rändern sei er vielleicht etwas weicher. *Keine Sorge, Frustessen ist total üblich. Du wirst wieder wie immer essen, sobald alles geregelt ist,* meinte sie. *Dann kommst du mit ins Fitnessstudio, da bist du alles schnell wieder los.* Daraufhin erklärte ich ihr, dass allein der Gedanke an Sport bei mir den Wunsch auslöste, mich sofort hinzulegen, mehr zu essen oder in Tränen auszubrechen.

Ich hoffte, dass es irgendwann wieder besser werden würde – dass es mir irgendwann wieder besser gehen würde. Aber der heutige Morgen war besonders schlimm gewesen. Ich musste einen Schluck Wasser trinken, ehe ich überhaupt aufstehen konnte. Und am liebsten hätte ich einfach weitergeschlafen.

Aber es passte, dass mir so übel war.

Mein Magen verkrampfte sich jedes Mal von Neuem, wenn ich an Rafiq und den Kuss dachte. Und als Rafiq dann noch um die Mittagszeit vor unserer Tür stand, drehte mein Magen vollkommen durch.

»Im Büro ist nicht viel los«, sagte er. »Wie wäre es, wenn wir die Mädchen abholen und irgendwo zusammen Mittag essen? Danach kann ich ja wieder ins Büro zurück.«

Er wartete meine Antwort gar nicht ab, sondern nahm meine Tasche, die auf dem Tischchen im Flur lag, und drängte mich zum Gehen. Während wir in die Schule fuhren, legte er seine Hand auf mein Bein, als wäre es das Normalste der Welt. Für mich allerdings fühlte sich das so normal an wie vermutlich für eine Kuh, wenn ihr ein Zeichen eingebrannt wird – und ähnlich unangenehm war mir auch seine Hand.

Er schien nicht im Geringsten zu bemerken, dass ich nervös herumrutschte, und begann über Amarah zu reden. Wie sehr er dagegen gewesen sei, dass Gigi wegfuhr, jetzt aber geradezu erleichtert darüber sei. Amarah warf ihrer Mutter die Scheidung vor, weshalb sie sich ständig mit ihr gestritten habe, solange sie noch da war. Ohne Gigi sei zu Hause alles friedlich. Und er glaube, dass Amarah sich mit mir wohler fühlen würde, als sie das seit Monaten getan hatte. Vielleicht solle Gigi doch noch länger bei ihrer Schwester bleiben, vielleicht die ganze *Iddah* hinweg.

Er redete und redete. Ich wollte ihn immer wieder unterbrechen, tat es dann aber doch nicht. Die Fahrt war kurz, und er füllte sie mit seinem Reden. Er erzählte, dass Dhanyal ihn und Amarah eingeladen habe, jeden Abend zu uns zum Essen zu kommen, solange Gigi weg sei. Denn ein Mann wie Rafiq solle nicht nach Hause kommen und nach einem langen Arbeitstag auch noch kochen müssen. Das wäre nicht richtig.

Ich sagte nichts über die Dinge, über die ich mit Rafiq hätte reden sollen:

Oumas Testament.

Diese Küsse.

Diese Abtreibung.

Meinen Mann.

Dann hielten wir vor der Schule, und es schien keine Zeit mehr zu sein. Ehe die Mädchen ins Auto stiegen, drückte Rafiq ein letztes Mal mein Bein. Danach kehrte seine Hand endlich zum Schalthebel zurück.

»Ich habe ihm gesagt, dass ich gerne jeden Tag zu euch komme. Ich freue mich, dich dann jeden Tag sehen zu können.« Er lächelte.

Ich erwiderte sein Lächeln.

Was zum Teufel tat ich da?

Doch Rafiqs und Amarahs Gegenwart machten einen Riesenunterschied. Beim Abendessen redeten sie zum Beispiel miteinander. Sie lachten auch miteinander, und sie redeten und lachten mit mir, Dhanyal, Mama und den Mädchen. Auch Shireen, die in ihrem neuen rosafarbenen Tuch im Hermès-Stil und mit passendem Lippenstift deutlich strahlender als zuvor aussah, durfte dabei sein. (Ich hatte drei verschiedene Sets gekauft, weil ich es nicht mehr richtig fand, wie ich mit ihr geredet hatte. Ich fand, dass Kopftücher und Lippenstifte das Geringste waren, was ich für eine Schwangere tun konnte, deren Mann eine andere heiratete.) Seit dem erfolgreichen Sonntagsessen durfte Shireen auf der Couch teilnehmen, und auf einmal wurde das Abendessen zu einem Fest. Ihre Töchter strahlten und kümmerten sich rührend um sie, denn sie wollten Dhanyal offenbar unbedingt zeigen, wie gut sie zu ihrer Mama waren und dass sie diese nicht im Geringsten anstrengten.

Es war fast so, als würden wir eine Party veranstalten. Vor den Fenstern schien sich die Stadt um uns herum wie das Kleid einer Prinzessin auszubreiten. Mir war der nächtliche Anblick der Stadt abgegangen, und an diesem Abend wirkten die gelben Lichter fast noch heller und funkelnder als sonst.

Ich vermute, nicht nur mir erging es so. Auch in anderer Hinsicht war vieles ungewohnt. Bisher war es Dhanyals bevorzugter Kommunikationsstil gewesen, uns zuzutexten. Rafiq und seiner Tochter dabei zuzusehen, wie sie miteinander redeten, war eine wahrlich willkommene Abwechslung. Ich hatte Rafiq nun schon seit einigen Tagen als Vater erlebt. Er war gut darin. Liebevoll und lustig und sanft. Dhanyal versuchte es ihm nachzutun, aber für Rafiq war so ein Verhalten selbstverständlich, für Dhanyal nicht. Ich war mir nicht sicher, von wem Rafiq das gelernt hatte.

Zum ersten Mal seit meiner Rückkehr nach Walmer Estate genoss ich unser gemeinsames Abendessen.

Doch wie mich der Montagmorgen-Blues nach dem Wochenende kalt erwischt hatte, so hielt auch das Glück des Abendessens nicht lange an. Als ich ins Bett ging, war Dirk auf einmal wieder präsent, so dass ich kaum zur Ruhe fand.

Dirk. Ich sah jedes Mal sein lächelndes Gesicht, wenn ich die Augen schloss.

Wie konnte ich nur so dumm sein?

Wie konnte das geschehen?

Es war ja schließlich nicht so, als ob ich Rafiq lieben würde. Oder doch?

Die langen Nachtstunden führten es mir deutlich vor Augen: Alles, wofür ich Dirk verurteilt hatte, war mir nun mehr oder weniger auch passiert. So viel zu meinem bisherigen Selbstmitleid. Dirk war betrunken und bescheuert gewesen – ich hingegen nur bescheuert. Stocknüchtern und bescheuert. Wie sollte ich ihm das in einer Mail bloß alles erzählen?

Was hatte ich getan?

Siebenunddreißig

Dirk war schneller als ich. Seine Mail wartete bereits auf mich, als ich am nächsten Morgen meinen Laptop anwarf. Er hatte sie um zwei Uhr morgens geschickt. Ich fragte mich, ob ich so sehr an ihn gedacht hatte, dass ich ihn dadurch wachgehalten hatte.

Liebe Kari,
geht es Dir gut? Ich habe den ganzen Tag darauf gewartet, von Dir zu hören, und nehme nicht an, dass es irgendjemanden sonst auf der Welt gibt, der so oft in seinen Posteingang geschaut hat wie ich. Ich weiß, dass der Glasschuh und der Kuchen unglaublich kitschig und eigentlich geschmacklos waren, aber ich fand, dass momentan eh schon alles so schwer ist, dass ich Dich zur Abwechslung auch mal zum Lachen bringen könnte. Selbst wenn es nur für eine Minute war und ich nicht dabei sein durfte.

Hier haben sich ein paar Dinge getan. Ich werde jetzt vermutlich am Freitag erfahren, ob ich für eine Woche nach London fahre oder nicht.

Ich wünschte, es wäre nicht alles so ungewiss. Ich habe das Gefühl, als würde ich darauf warten, dass das Schwert über meinem Kopf endlich herunterfällt. Sandra, meine Therapeutin vom Green Cross, meint, ich solle eines nach dem anderen angehen.

Ich sagte, dass ich mich zuerst um uns kümmern wolle. Aber es ist so schwer, einfach nur abzuwarten. Es kommt mir vor, als würdest Du mir durch die Finger gleiten, und ich kann nichts dagegen tun. Ich war so glücklich, als Du geschrieben hast, dass wir uns vielleicht treffen könnten, denn ich hatte Angst, dass Du mich nie mehr wiedersehen möchtest. Ich habe einen Flug nach Kapstadt für den Freitagabend gebucht. Wir könnten uns also jederzeit am Samstag oder Sonntag treffen, wenn Du da kannst.

Wo immer Du möchtest.

Mein Kopf ist so wahnsinnig voll. Ich habe überlegt, ob das nicht vielleicht eine Chance für uns ist, noch einmal ganz neu anzufangen, und ich will wirklich unbedingt, dass wir jeweils die Familie des anderen kennenlernen. Wie findest Du die Idee? Sandra ist darauf gekommen. Sie meint, dass unsere Leben nicht erst begonnen haben, als wir uns kennenlernten. Das brachte mich zum Nachdenken.

Du weißt, wie wir uns hinsichtlich unserer Familien verhalten haben. Beide wurden feinsäuberlich in eine Schublade geräumt und dort weggesperrt. Und weißt Du was? Es sind eigentlich seltsame Gründe, weshalb ich Dich meiner Familie nicht vorgestellt habe. Es ist nämlich nicht so, dass ich sie nicht lieben würde und sie mir egal wären. Sie können überaus direkt, ehrlich, herzlich und großzügig sein. Ich weiß nicht, ob die anderen Dinge, die verkrampte Dinge, Dir den Blick auf ihre guten Seiten verstellen würden. Ich will nicht, dass sie Dich verurteilen. Sandra meint, es sei wichtig für den Partner zu wissen, woher man kommt, denn dadurch kann er Dich auf eine wortlose Weise verstehen. Sie meint, Du würdest mich dann ganz sehen können. Und ich möchte Dich auch so sehen.

Sandra ist wie ein Wurm in meinem Kopf. Es ist

schlimmer als der schwierigste Deal, mit dem ich jemals zu tun hatte.

Meine Therapeutin therapiert mich gewaltig. Lily meint, ich sei offiziell jetzt in der Midlifecrisis und hätte den anderen viel zu viele Oprah-Momente mitzuteilen. Jetzt müsste ich nur noch ein neues Auto wollen. Sie will wissen, ob ich untendrunter immer noch ein Mann sei oder vielleicht doch eher ein verkleideter Teenager oder ein Kleinkind.

Was soll ich sagen? Ich fühle mich nicht wie ein Kleinkind. Aber ich habe daran gedacht, dass ein neues Auto keine schlechte Idee ist.

Lässt Du mich wissen, wann Du Zeit hast? Ich kann es kaum mehr erwarten.

In Liebe
Dirk

Zur Abwechslung einmal schrieb ich sofort zurück, noch ehe ich die Mädchen weckte. In den letzten Wochen hatte ich fast nichts auf der Stelle getan, doch nach dem Wochenende fand ich, dass Dirk es verdient hatte.

Lieber Dirk,
es tut mir sehr leid, dass ich gestern nicht mehr geschrieben habe. Irgendwie scheint sich hier immer das eine oder andere Drama für mich abzuspielen, so dass ich kaum je den Kopf frei habe. Der Schuh mit den Blumen und der Kuchen haben mich tatsächlich zum Lachen gebracht. Es war genau das, was ich brauchte. Du hast das perfekt ausgesucht.

Es ist viel zu verdauen, was Du alles schreibst. Deine Therapeutin hat wirklich einige echt interessante Ideen.

Es ist ein richtiger Zwei-für-den-Preis-von-einem-Deal, denn sie bringt auch mich zum Nachdenken. Vielleicht sollte ich mir ebenfalls ein neues Auto zulegen?

Lass uns weiterreden, wenn wir uns sehen. Ich komme am Sonntag um zehn nach Beach View.

In Liebe

Kari

Nach dieser Mail ging es mir besser. Ich tat endlich etwas, um vorwärtszukommen. Mir fiel Lilys letzte Bemerkung bei dem Dinner in der Woche zuvor ein – ein Zitat aus irgendeinem Selbsthilfebuch, nach denen sie süchtig war. Oder es stammte von Pinterest, wo sie angeblich mehr Zeit verbrachte, als das normal war.

»Es heißt, das Leben ist eine Mischung aus dem, was man daraus macht und was man daraus machen lässt«, sagte sie, während sie mich und Owen bedeutungsvoll über den Tisch hinweg anschaute. »Aber ich glaube, dass das Passive nur eine andere Form des Aktiven ist.«

Owen hatte hinzugefügt: »Aber manche Dinge sind einfach so vom Schicksal vorherbestimmt.« Sie hatten mit ihren Kristallgläsern angestoßen, ohne dabei den Blickkontakt zu verlieren – ganz wie es sich gehörte.

Alle waren in letzter Zeit so unglaublich tiefsinnig geworden.

Anstrengend.

Wie auch immer – jedenfalls fühlte ich mich besser, nachdem ich Dirk geschrieben hatte. Das zählte als ein erster echter Schritt nach vorne. Das Nächste, worum ich mich kümmern musste, war Oumas Erbe. Mir war klar, dass ich das Lesen ihres Briefs und Testaments bis zum letzten Moment hinausgeschoben hatte. *Typisch Kari,* würde Lily sagen, *warum heute was erledigen, wenn man es auch auf den nächsten Monat verschieben kann?*

Aber ich durfte es nicht länger ignorieren, denn Dhanyal ließ mir keine Ruhe. Rafiqs und Amarahs Eintreffen am Abend zuvor hatte ihn nur in seiner Befragung unterbrochen, aber sicher nicht davon abgebracht.

»Wie willst du es mit dem Testament halten?«, hatte er ausdruckslos entgegnet, nachdem er aus der Praxis nach Hause gekommen war. Ich stürmte auf Rafiq und seine Tochter zu, die hinter ihm durch die Haustür traten, während ich mir innerlich den Auftrag gab: *Reiß dich zusammen und kümmere dich endlich darum – und zwar morgen!*

Nachdem ich also die Mädchen zur Schule gebracht hatte, schrieb ich eine Nachricht an Owen. Ich schickte ihm über WhatsApp Fotos des Testaments und fragte ihn, was er davon hielt. Owen hatte im Laufe seines Berufslebens viele derartige Dokumente zu Gesicht bekommen und konnte mich mit einem seiner Anwaltsfreunde verbinden. Er konnte auch Lauren fragen (seltsamerweise hatte er sie schon eine ganze Weile nicht mehr erwähnt), denn sie mochte zwar nicht die beste aller Freundinnen sein, aber auf jeden Fall war sie eine gute Anwältin.

Owen antwortete rasch, wenn auch nicht so schnell, wie das wahrscheinlich mein ganz persönlicher Anwalt getan hätte – wie er meinte. Aber Dirk war mit seiner Arbeit beschäftigt, und ich sei mir sicher, dass er keine Zeit habe, entgegnete ich Owen. Oh Mann, was für einen Mist man doch von sich geben konnte.

Letztlich erfuhr ich nichts Neues. Das Testament war ein vorgedrucktes Formular, das man nur auszufüllen brauchte und in jedem Schreibwarenladen bekam. Bewusst einfach gehalten und schwer zu vermasseln. Alles sah so aus, als sei es richtig gemacht und unterschrieben worden. Der letzte Wille von Ouma war also vermutlich gültig.

Ich hatte die Hälfte des Hauses geerbt.

Das bedeutete, dass mir das Haus nun zusammen mit Dhanyal gehörte. Und mit Dirk, der schließlich mein Ehemann ohne Gütertrennung war.

Ich hatte es. Aber was tat ich nun damit?

Achtunddreißig

Diese Frage wirbelte mir durch den Kopf, und ich nahm fast nichts anderes mehr wahr. Ich wusste, dass Dhanyal nicht gemeinsam mit mir das Haus haben wollte. Und ich wollte nichts zusammen mit Dhanyal besitzen. Weiter kam ich allerdings in Gedanken nicht. Er und ich würden immer Bruder und Schwester sein, aber die Wahrscheinlichkeit, dass wir jemals wieder friedlich unter einem Dach wohnen konnten, war ziemlich gering. Ich wollte natürlich auch nicht, dass er tot wäre. Ich bevorzugte es einfach, nicht mit ihm zusammenzuwohnen. Ouma gab mir das Recht, mir zu überlegen, wo ich leben wollte, und ich wusste, dass ich nicht in Dhanyals Haus leben wollte. Ganz gleich, was Ouma dachte: Es würde immer eher sein Haus sein als das meine, selbst wenn ich mich entschlossen hätte, hier zu wohnen.

Owen meinte, es gebe durchaus die Möglichkeit, meinen Anteil auf jemand anderes zu übertragen. Aber ich wollte ihn nicht einfach Dhanyal überlassen. Das würde ihn zwar glücklich machen, aber er würde vermuten, dass er mich genügend eingeschüchtert und gewonnen hätte. Was sollte ich also damit tun?

Die Frage schoss mir immer noch unbeantwortet durch den Kopf, als ich mich auf den Sessel neben Shireens Bett setzte. Ich hatte Blumen für ihr Zimmer besorgt, und eine frisch aufgebrühte Kanne Tee stand auf dem Nachttisch. Es fiel mir leichter, mit ihr zu reden, seitdem die Sache mit Dhanyal und Anthea nicht mehr wie ein Monster war, das unter ihrem

Bett lauerte. Nun ja, so leicht es eben sein konnte, wenn mir das Ganze weiterhin unglaublich unfair erschien und ich vor Wut fast zu zittern begann. Shireen sah prall aus, als komme das Kind jeden Moment heraus, und weder Kopftuch noch Lippenstift verbargen, wie unwohl ihr war. Beim Einschenken des Tees vermochte ich mich nicht länger zurückzuhalten.

»Es ist schon Dienstag! Ich fasse es nicht, dass er sie bereits in zwei Tagen heiratet und du damit einverstanden bist. Das ist alles so unfair.« Ich seufzte und verschüttete etwas Tee auf die Untertassen, als ich das Tablett auf der Matratze abstellte. Meine Bewegungen waren zu heftig.

Shireen schwieg, während ich mich tiefer in den Sessel drückte.

»Ich weiß, dass du das nicht verstehst. Aber letztlich mache ich genau das Gleiche, was du tust. Du willst deine eigenen Entscheidungen treffen, dein eigenes Leben führen, deinen Willen haben dürfen. Das tun, was du für richtig hältst. Und du möchtest, dass ich deine Entscheidungen akzeptiere. Du willst nicht, dass ich dich verurteile. Du willst, dass ich dein Recht akzeptiere, das zu wählen, was du wählen möchtest, ohne dir ein schlechtes Gefühl zu vermitteln.« Sie hielt inne und blies vorsichtig auf ihren Tee. Dann nahm sie einen Schluck. »Gestehst du mir das Gleiche zu?« Sie sah mich aus ihren großen, traurigen Augen an.

»Ja. Aber hast du denn eine Wahl? Könntest du dich wirklich für etwas anderes entscheiden, als Dhanyal das will?« Ich war noch nicht bereit, sie so einfach davonkommen zu lassen.

»Es ist nicht alles nur schwarz und weiß, Karima. Ich habe mich entschieden zu bleiben, weil wir verheiratet sind. Ich liebe ihn. Er ist nicht perfekt – Allah weiß, dass er das nicht ist –, aber ich habe mich mit den Dingen abgefunden, die ich nicht ändern kann. Ich bin auch nicht perfekt, weißt du. Ich bin keine perfekte Ehefrau. Dhanyal ist ein guter Ehemann und Vater. Er kümmert sich um seine Familie. Er darf eine weitere Ehefrau haben, er tut also nichts Falsches. Und dass ich das zulasse, ist ebenfalls nicht falsch. Es ist erlaubt. Ich halte es auch nicht für falsch.« Shireen klang geduldig und sprach so langsam, als wollte sie etwas ihren Töchtern erklären. *Warum ist der Himmel blau, Mama?*

»Aber hast du wirklich eine Wahl? Ich meine, könntest du ihn verlassen, wenn du das wolltest?« Ich kam mir tatsächlich fast wie ein Kind vor, das eine Antwort nicht verstand. »Finanziell, meine ich.« Es musste doch mehr Möglichkeiten geben.

Shireen sah aus dem Fenster. »Ich habe Geld, wenn es das ist, was du meinst. Ich habe keinen Job, aber ich habe Geld. Dhanyal weiß nichts davon. Mein Vater hinterließ mir etwas, als er starb. Das war lange vor unserer Ehe, und ich habe es ihm nie erzählt. Meine Mutter meinte, ich solle immer genügend davon aufbewahren, um mich im Notfall über Wasser zu halten, und es in einem muslimischen Investmentfonds aufbewahren. Ich bin froh, dass ich auf sie gehört und es nie benutzt habe. Inzwischen ist es eine größere Summe. Nicht genug, um für immer davon leben zu können, aber doch genug, um ein eigenes Haus zu kaufen. Ich müsste etwas kaufen, wenn ich mich trennen würde, denn ich habe offiziell kein Recht hierzubleiben. Ich könnte es schaffen. Ich könnte arbeiten. Viele Frauen backen Kuchen und Pasteten und verkaufen sie dann. Dhanyal würde weiterhin für die Mädchen zahlen. Aber vielleicht müsste er mir auch nichts zahlen, denn wir sind nur durch ein *Nikah* verheiratet und nicht standesamtlich. Wie auch immer. Es wäre jedenfalls nicht einfach, doch ich könnte gehen. Wenn ich wollte.«

Sie sah mich direkt an. »Ich habe mich entschieden, es nicht zu tun.«

Der Himmel ist blau, weil er blau ist. Das ist doch nicht so schwer zu verstehen.

»Und was willst du jetzt mit Oumas Testament und dem Haus machen?« Sie wollte offenbar das Thema wechseln.

Als sie an ihrem Tee nippte, leuchtete in meinem Kopf etwas wie eine Lampe auf, und ich hatte die zündende Idee.

»Ich werde es dir geben.«

»Das kannst du nicht tun.«

Es dauerte eine Weile, bis sich Shireen mit meiner Idee anfreunden konnte. Bei ihr war es allerdings einfacher, als es bei Dhanyal sein würde. Er war nicht der Typ Mensch, der jemals etwas einsah oder sich mit etwas anfreunden wollte. Sondern der sofort wütend wurde. Und meine Idee machte ihn so zornig, wie ich mir das vorgestellt hatte. Nachdem die Mädchen am Abend im Bett waren, eröffnete ich ihm und Mama meinen großen Plan. Ich hatte mir nicht vorgestellt, dass Shireen und Dhanyal genau dasselbe auf diese Neuigkeit sagen würden – nur dass sie flüsterte und er brüllte.

»Das kannst du nicht tun!«

Meine Idee brachte ihn dazu, mit der flachen Hand so heftig auf den Küchentisch zu schlagen, dass ich schon befürchtete, eines der Mädchen würde im Stock darüber aufwachen.

Neununddreißig

»Was zum Teufel ist nur los mit dir? Du bist noch viel schlimmer, als ich dachte!« Seine Stimme wurde lauter. »Reicht es denn nicht, dass Ouma dir das halbe Haus vermacht hat? Sie war immer zu nachgiebig dir gegenüber. Sie dachte ja sogar, wir sollten dich zurückkommen lassen und dir vergeben. Aber dieser letzte Wille, der hat dem Fass wirklich den Boden ausgeschlagen.« Er wurde noch schriller. »Was hast du denn gemacht, um das zu verdienen?«

Erst als er sah, wie Mamas Blick zur Treppe und nach oben wanderte, riss er sich zusammen und wurde leiser. Wenn auch nur kurzfristig. »Ouma wollte bloß, dass du dich besser fühlst. Verstehst du das nicht? Dann könntest du jetzt zumindest das einzig Richtige tun und es Mama überschreiben. Aber doch nicht Shireen! Warum sollte sie es haben?«

»Was ist so schlimm daran, es Shireen zu geben? Sie ist schließlich keine Fremde. Sie ist deine Frau, und auf diese Weise seid ihr beide rechtmäßige Besitzer. Ihr sollte ein Teil des Hauses gehören, in dem sie wohnt. Und sie wohnt seit vielen Jahren hier, zieht deine Kinder groß, kümmert sich um Mama und früher Ouma. Es ist mehr ihr Haus als meines. Deshalb soll sie es auch zur Hälfte besitzen.« Ich war ganz ruhig. Mir wurde immer klarer, dass Dhanyal nicht vor allem wütend, sondern vielmehr verzweifelt war. Und seine Verzweiflung machte mir keine Angst. Fürchtete er sich wirklich so sehr davor, dass Shireen das halbe Haus gehören konnte?

»Überschreib es Mama. Das wäre das einzig Richtige in

diesem Fall.« Mein Bruder und ich besaßen beide das Gen, das uns stur an dem festhalten ließ, was wir für richtig erachteten.

»Wenn ich es Mama überschreibe, wirst du es kriegen. Dann wird dir das ganze Haus gehören.«

»Und? Ich bin der Mann. Mir sollte das ganze Haus gehören. Frauen kommen nur auf dumme Ideen, wenn sie Geld und eigene Häuser besitzen. Schau dich an. Kaum hattest du Papas Geld, wolltest du urplötzlich ein neues Leben.« Ich konnte ihm in seiner wirren Logik nicht folgen, was mir allerdings auch egal war.

Auch Mama schien ihre Schwierigkeiten mit dem zu haben, was Dhanyal da von sich gab. »Warum sollte das ganze Haus dir gehören, nur weil du ein Mann bist?« Ihre Stimme klang leise, ihre Worte aber umso klarer. »Dhanyal? Während dein Vater noch lebte, gehörte dieses Haus zwei Frauen, und er hatte nichts dagegen einzuwenden. So war das auch bis noch vor wenigen Wochen, wenn du dich erinnerst. Dein Vater und ich konnten es uns damals nicht leisten, aber vielleicht ist es nicht falsch, dass endlich einmal ein Mann und seine Frau dieses Haus gemeinsam besitzen.«

Unter diesem Kopftuch, das meine Mutter trug, entdeckte ich zum ersten Mal wieder etwas, was ich von mir selbst kannte. Ich war überrascht. Vermutlich hätte es mich nicht überraschen müssen, denn schließlich können Mutter und Tochter mehr miteinander teilen als bloß die Augenfarbe.

»Karima hat recht, wenn sie ihren Teil des Hauses nicht behalten will. Es kann nichts Gutes daraus werden, wenn ihr zwei so weitermacht. Und warum sollte ich es haben? Ich bin nicht mehr die Jüngste. Und wenn Ouma das gewollt hätte, dann hätte sie es mir vermacht. Aber sie wollte, dass Karima entscheidet, und ich finde, Shireen ist eine gute Wahl. Sie ist deine Frau und lebt hier seit fast sechzehn Jahren. Sie ist die Mutter deiner Kinder und kümmert sich um deine Familie. Sie liebt dich, und sie hat Ouma geliebt. Wieso willst du ihr das also nicht gönnen? Ich habe dich nicht so erzogen, dass du dich deiner Frau gegenüber so benimmst.«

»Aber, Mama, ich will nicht …«

Ehe er weiterreden konnte, unterbrach Mama sein unreifes Jammern. Sie klang beinahe wie Shireen, als diese mit mir geredet hatte.

»Du willst was nicht? Das Haus mit Shireen teilen? Mit deiner eigenen Frau? Das musst gerade du sagen, gerade jetzt? Wir alle wissen doch, dass du nicht nach einer zweiten Frau auf die Weise gesucht hast, wie es sich für einen ehrenwerten Muslim gehört hätte. Du hast die *Dīn* benutzt, um die Dinge für dich zurechtzurücken. Ich weiß, wie so etwas funktioniert. Du bist nicht der erste Mann, der die Regeln dazu benutzt, um etwas hinzubiegen, was er nicht hätte tun sollen. Von meinem eigenen Sohn hätte ich allerdings mehr erwartet. Und weißt du was?«

Mama machte eine Pause, in der sie darauf wartete, dass Dhanyal sie anschauen würde. Was er aber nicht tat. »Ich bewundere Shireen dafür, wie sie das Ganze akzeptiert. Ich weiß nicht, ob ich dasselbe für deinen Vater getan hätte. Wenn Shireen meine Tochter wäre, dann würde ich sehr stolz auf sie sein.«

Jetzt war es an mir, den Blick zu senken. *Ich kann leider nicht auf die Tochter stolz sein, die ich habe.* Das sagte sie zwar nicht laut, aber ich vermutete, dass sie es zumindest dachte.

»Lass Karima ihre Entscheidung. Das ist das Wenigste, was du tun kannst.«

Es war das erste und einzige Mal, an das ich mich erinnerte, wo sich Mama gegen Dhanyal stellte. Wir saßen alle drei stumm vor Schreck da. Dauerte die Stille ein paar Minuten oder eine Stunde? Irgendwann sprach Dhanyal. Seine Stimme klang heiser, und er hielt den Blick starr auf mich gerichtet. Es war eine Pattsituation, aber irgendwie musste es einen Gewinner geben.

»Bisher konnte doch noch nie jemand Karima davon abhalten, ihren Willen durchzusetzen. Wieso sollte ich das also auch nur versuchen wollen?« Beleidigt zog er die Mundwinkel nach unten.

»*Alhamdulillah*. Dann haben wir uns geeinigt. Karima wird sich darum kümmern, dass Shireen ihren Anteil des Hauses bekommt.« Sie legte eine Hand auf Dhanyals Arme, die dieser eng verschränkt vor der Brust hielt. »Du wirst sehen. So ist es das Beste für alle.« Er rückte von ihr ab, und sie ließ ihre Hand sinken.

Ich hatte ähnliche Szenen früher oft beobachtet, als Dhanyal ein junger Mann und über irgendetwas wütend gewesen war. Mama tat meist den ersten Schritt, um sich wieder zu versöhnen, egal, wer den Streit angefangen hatte. Er wandte sich dann meist ab, was sie verletzte, aber dazu brachte, ihn nicht weiter zu bedrängen. Wenn ich die beiden das nächste Mal zusammen sah, wirkten sie noch enger verbunden als zuvor – keine Ahnung, wie sie das hinbekommen hatten. Jedenfalls hörte ich dann nur noch »Dhanyal, hast du Hunger?« oder »Dhanyal, kann ich dir einen Tee machen?«, und er wich nicht mehr von ihrer Seite.

Heute Abend brauchte Mama allerdings mich, um aus der Situation mit Dhanyal rauszukommen.

»Karima, ich bin müde. Hilfst du mir bitte in mein Zimmer?« Mamas Knöchel war fast völlig verheilt. Es war Dhanyal, der weiterhin darauf bestand, dass sie diesen Stiefel trug. Mehr als zwei Wochen, sagte er. Sie ließ sich schwer auf ihr

Bett fallen. Anstatt mich wie sonst sofort zu verabschieden, sobald ich ihr den Stiefel ausgezogen hatte, begann sie diesmal zu reden. Ich war mir nicht sicher, ob sie wirklich mit mir sprechen wollte. Aber ich blieb trotzdem da.

Vierzig

»*Ya Allah*, warum muss das Leben so kompliziert sein? Man ist jung, hat eine Mutter, einen Ehemann, einen Sohn und eine Tochter. Man macht Pläne, wie es laufen soll, und lebt so, wie man es für das Beste hält. Alles ist in Ordnung, und dann – mit einem Mal – ist dein Mann weg. Du akzeptierst es als Allahs Wille und bist froh um die Mutter und die Kinder, die dir bleiben. Wieder gibst du dein Bestes, um alles richtig zu machen. Aber wie kommt es, dass es dann so läuft? Jetzt ... wo ich fast am Ende meines Lebens bin?«

Sie erwartete nicht, dass ich antwortete. Tränen liefen über ihre Wangen. In den letzten drei Wochen hatte ich zweimal erlebt, dass meine Mutter weinte. Öfter als je zuvor.

»Niemand glaubt, dass seine Familie eines Tages eine sein wird, in der keiner mehr mit dem anderen redet. Wo man sich jahrelang nicht sieht. Wo sie sich wegen eines Testaments streiten. Niemand glaubt, dass das in der eigenen Familie passieren könnte.« Sie sah mich an. Oh, sie redete doch *mit mir*.

Ich setzte mich neben sie. Legte ihr meinen Arm um die Schultern. Es war das erste Mal, dass ich meine Mutter berührte, ohne dass ich ihr bei etwas half. Es war sogar das erste Mal seit Oumas *Dschanāza*, dass wir nebeneinandersaßen. Und uns berührten.

»Es tut mir leid.« Auch meine Wangen waren tränenüberströmt, und es war gerade das Einzige, was ich sagen konnte.

»Es tut mir leid, dass ich dir so viel Kummer bereitet habe. Es tut mir leid, dass ich nie zurückgekommen bin, um euch zu besuchen und alles wieder besser zu machen. Ich wollte dir nie wehtun. Ich hätte natürlich zurückkommen können, um euch zu besuchen, aber je länger das Ganze anhielt, desto leichter wurde es, einfach wegzubleiben.« Es klang bescheuert, als ich es laut ausgesprochen hatte.

Wenn wir in einer Seifenoper mitgespielt hätten, wäre das nun der Moment gewesen, in dem wir uns lachend in die Arme gefallen und dann gemeinsam in ein Wellness-Wochenende gefahren wären. Aber wie es sich für mein Leben gehörte, saß ich einfach steif neben Mama und starrte in den offen stehenden Schrank, wo Mama ihre Kleider alle nach Farben sortiert hatte, als würden wir uns immer noch in Südafrika vor dem Jahr 1994 befinden.

Hatte sie mich gehört? Sie redete jedenfalls weiter.

»Mir fehlt Ouma so sehr. Mehr, als du jemals verstehen wirst, Karima. Als dein Vater starb, war das schrecklich. Es kam so plötzlich, und wir waren noch so jung. Aber ich hatte Ouma. Ich hatte Kinder. Ich durfte mich nicht gehen lassen, sondern Pläne für die Zukunft machen. Er fehlte mir. Er fehlte mir sogar sehr. Das Leben stellte mir seine Aufgaben. Eine Weile lief alles gut. Ich begann stolz darauf zu sein, wie gut ich das mit dir und Dhanyal hinbekam. Doch dann passierte das mit dir, und wieder traf mich das bis ins Mark. Ouma stand mir die ganze Zeit bei, sie half mir, sie gab mir Ratschläge, sie unterstützte mich. Nicht ein Mal verurteilte sie mich für etwas. Nie hörte ich von ihr, dass ich eine schlechte Mutter sei, weil das mit dir passiert war. Oder dass ich eine schlechte Mutter sei, weil ich dich gehen ließ. Ouma war immer für mich da.«

Mama fasste nach einer *Tasbih*, die auf einem Hocker neben ihrem Bett lag. Darunter befand sich, ordentlich gefaltet, ihr Gebetsteppich. Wie viele Stunden hatte sie wohl darauf im Gebet verbracht? Ich fragte mich, ob es etwas geholfen hatte. Sie begann die Perlen der Gebetskette hin und her zu schieben.

»Ich wusste, dass sie alt war und eines Tages sterben würde. Das passiert schließlich irgendwann, wenn deine Mutter alt ist. Man glaubt, man sei darauf vorbereitet, und das würde es einfacher machen, es zu akzeptieren. Aber dem ist nicht so. Gerade noch war sie hier mit mir, und schon am nächsten Tag haben wir sie begraben. Ich dachte, ich sei vorbereitet, aber jetzt ist mir klar, dass ich nie darauf vorbereitet sein konnte. Es ist das erste Mal in meinem Leben ohne Ouma. Ich weiß nicht, wie ich mein Leid ohne sie lindern soll.«

Mama lehnte sich nicht an mich, aber rückte auch nicht von mir ab. Sie starrte einfach nur auf die *Tasbih*, während sie die Perlen vor und zurück schob. Ich hielt meinen Arm um sie gelegt und war froh, dass wir einander nicht in die Augen sehen mussten.

Irgendwann.

Irgendwann.

Sie hörte auf, mit den Perlen zu spielen.

»Es geht schon wieder, Karima. Ich komme zurecht. Ich werde jetzt das *Ischagebet* sprechen und dann bald schlafen.« Sie griff nach dem Gebetsteppich und begann ihre Kleidung für das letzte Gebet des Tages zurechtzuzupfen.

Als ich auf die Zimmertür zusteuerte, sprach sie noch einmal mit mir. »Ich weiß, ich habe es bisher nie gesagt, aber ich bin froh, dass du hier bist. Jeden Tag spreche ich ein *Dua*, dass du bleibst.«

Ich konnte ihr nichts antworten.

Einundvierzig

Das Gespräch am Abend mit Mama bedeutete, dass ich eine weitere schlaflose Nacht verbrachte. Der nächste Tag war ziemlich übel. Ich meine damit nicht übel im Sinne von ›schlimm‹ oder ›schrecklich‹, wie das die Surfer in Eden gerne nennen, sondern ich meine wirklich übel – im Sinne von zum Kotzen. Ich kam kaum aus dem Bett, so mies ging es mir.

Selbst Dhanyal bemerkte, wie schlecht ich aussah, und schlug vor, dass ich mich einen Tag ausruhen solle. Einen Moment lang glaubte ich, er sei freundlich geworden, was ein Schock gewesen wäre, vor allem nach seinem Shireen-bekommt-das-Haus-auf-keinen-Fall-Auftritt. Außerdem war Freundlichkeit nichts, was Dhanyal für mich charakterisierte. Als er dann noch hinzufügte, dass sich Florence um Mama und Shireen kümmern und er etwas zum Abendessen holen und mitbringen würde, weil er vermeiden wolle, dass ich alle vor dem morgigen Tag anstecke, war ich umso verwirrter.

Was war mit morgen?

Dann klickte es bei mir. *Whose Wedding is it Anyway?* war nicht nur eine Fernsehsendung auf Kanal 120. Es sollte direkt hier vor meinen Augen stattfinden. Dhanyal und Anthea heirateten. Da konnte sich doch eigentlich niemand darüber beschweren, dass mir übel war, oder? Dennoch nahm ich mir tatsächlich den Tag frei.

Rafiq erfuhr offenbar, dass ich nicht auf der Höhe war. Inzwischen vermutete ich, dass Florence ihn über unseren Haushalt informiert hielt, denn merkwürdigerweise wusste er immer, wann ein guter Zeitpunkt war, um vorbeizuschauen. Seitdem ich die Unterschriften der beiden unter Oumas Testament gesehen hatte, fiel mir auch auf, dass Rafiq immer ein freundliches Wort für Florence Mkize hatte. Er erkundigte sich nach ihren Kindern oder fragte, wie die Fahrt mit dem MyCiti-Bus am Morgen gewesen sei. Florence nannte ihn Rafiq, während sie Dhanyal als *Meneer* ansprach.

Es lag also vermutlich an dieser Verbindung, dass Rafiq und Amarah überraschend am Frühstückstisch saßen, als ich endlich mit den Mädchen herunterkam. Ob ich etwas dagegen habe, dass er an diesem und am nächsten Tag die Schulfahrten übernehme? Sein neuer Manager brauche die Chance, die Firma ein Weilchen allein zu verwalten, und Amarah habe gebettelt, doch auch mal mit den Mädchen zur Schule gebracht zu werden. Sei das in Ordnung?

Grundgütiger, natürlich war das in Ordnung. Ich war so erleichtert, dass ich ihm beinahe einen Kuss gab.

Na ja, nicht ganz.

Eigentlich gar nicht. Es hatte keine weiteren Küsse seit jenem Freitag gegeben. Ich musste mir eingestehen, dass ich ihn gerne um mich hatte, denn alles schien viel einfacher zu sein, wenn er da war. Aber es kam mir auch so vor, als seien wir seit dem Kuss plötzlich wieder ein Paar. Ein Kuss konnte doch nicht bedeuten, dass ich wieder sein Mädchen war. Ich war schließlich nicht mehr zwölf, verdammt noch mal.

Wir mussten wirklich dringend miteinander reden.

Zweiundvierzig

Mittwoch war der Tag, an dem es mir schlecht ging, und Donnerstag war der Tag der Hochzeit. Im Grunde also kein Unterschied, nur der Tag war ein anderer – jedenfalls schätzte ich das so ein.

Der Abend begann wie alle anderen Donnerstagabende seit drei Wochen. Ich bereitete nach Shireens Angaben alles vor. Das heißt, ich stellte die Teetassen, die Teekannen und die Teller für die Samosas und Pasteten heraus, welche Tante Asa am anderen Ende der Straße für diesen Abend immer schickte. Jede Woche waren weniger Leute zum Gebet erschienen. Shireen meinte, das sei normal. Zum Traueressen nach den ersten vierzig Abenden würden viele kommen, und dann würden es wieder weniger, bis es so wie immer war. Mehr oder weniger jedenfalls.

Der Imam und die *Jamia*-Jungs trafen ein, um sich auf die Laken zu setzen, die auf dem Teppich im Wohnzimmer lagen, wo alle Sofas weggeschoben waren, um Platz zu machen. Sie beteten so laut, dass es einen Widerhall zu geben schien. Die alten Tanten und Onkel, deren Gesichter mir bekannt vorkamen, deren Namen ich aber meist nicht kannte, lasen in ihren kleinen Gebetsbüchern mit, die vom vielen Gebrauch ganz eingerollt waren. Währenddessen wippten sie leicht mit dem Oberkörper vor und zurück. Gewöhnlich dauerte das eineinhalb Stunden, vielleicht auch zwei. Dann war alles wieder vorbei bis zur nächsten Woche.

An diesem Abend blieb der Imam (den ich schon immer

gemieden hatte) noch da, nachdem die Jungs gegangen waren. Dhanyal kümmerte sich um Shireen. Sie lag in einem schwarzen langen Kleid und mit einem neuen Schal geschmückt auf dem Bett. Den Lippenstift hatte sie weggelassen, denn der sei erst angebracht, wenn der Imam weg war. Dhanyal bedeutete dem Geistlichen, Rafiq und zwei alten Männern, die ich nicht kannte, zu ihnen ins Zimmer zu kommen. Auch Mama wurde von meinem Bruder hineingeführt.

Ich war nicht eingeladen, der Zeremonie beizuwohnen, hatte das aber auch nicht erwartet. Also begann ich aufzuräumen, um das Haus wieder in Ordnung zu bringen, wie ich das jeden Donnerstagabend machte.

Shireen erzählte mir später, das Ganze sei eine sehr ernste Angelegenheit gewesen. Alle Männer standen mit strenger Miene um ihr Bett. Mama saß neben ihr, während sie sich wie ein gestrandeter Wal fühlte. Der Imam habe sie gefragt, ob sie wisse, dass Dhanyal eine weitere Ehefrau nehmen wolle. Er fragte sie, ob sie damit einverstanden sei, auch wenn ihr Einverständnis eigentlich nicht nötig sei. Er sei freundlich und sehr höflich gewesen und habe sie vor allen Anwesenden als gute Ehefrau gelobt. Dann sprach er ein *Dua* für Dhanyal und seine Familie.

Was hattest du nur gegen Imam Allie, wollte Shireen mehrmals von mir wissen. Er sei so liebenswert und gebildet und ein guter Mann. Sie verstand nicht, warum ich auf ihn reagierte wie Supergirl auf Kryptonit. Ich aber wusste, dass ich mit einem Imam, der jede Antwort im Voraus kannte, niemals reden konnte.

Ich erlebte also nur, wie alle ins Zimmer gingen und dann eine Stunde später alle wieder herauskamen – außer Mama, die bei Shireen blieb. Sie verließen das Haus durch die Haustür. Rafiqs WhatsApp-Nachricht zufolge gingen sie daraufhin zur Moschee für das *Nikah*. Er wusste auch nicht genau, was dann passieren sollte. Falls man vorhatte, wieder zu uns zurückzukommen, würde er es mich rechtzeitig wissen lassen.

Ich hatte keine Ahnung, ob Shireen und Mama noch allein miteinander reden wollten. Also wartete ich, bis ich Stimmen hörte – von Alia und Sara –, die aus Shireens Zimmer kamen. Ich schaute hinein. Shireen hatte Lippenstift aufgelegt und eine Tochter in jedem Arm. Mama versuchte gerade die Bettdecke glattzustreichen, indem sie an der Seite zog, die sich ihrem Sessel am nächsten befand.

»Also, Alia«, sagte Shireen und schaute zu ihrer Rechten, »und Sara…« Damit blickte sie nach links. Es wirkte so, als würde sie die Engel grüßen, von denen die Muslime glaubten, dass sie auf jeder Schulter saßen, um ihre guten und ihre schlechten Taten aufzuschreiben. »Ihr wisst doch noch, wie Papa und ich vor ein paar Tagen mit euch über Anthea gesprochen haben. Dass sie niemanden hat, der sich um sie kümmert, und dass Papa sie vielleicht heiratet, damit sie auch eine Familie haben kann?«

Die Mädchen nickten zustimmend, ohne zu begreifen, wie wenig sie mit ihren sieben beziehungsweise neun Jahren von solchen Dingen verstehen konnten.

»Nun, Papa hat beschlossen, Anthea tatsächlich zu heiraten. Anthea wird also eine Muslima, und von jetzt an heißt sie Aysha. Ist das nicht schön?« Liebevoll redete Shireen mit ihren beiden Engeln.

Weiteres Nicken. Kein Lächeln.

»Papa ist gerade in der *Masjid*, um Aysha zu heiraten, damit sie jemanden hat, der sich um sie kümmert, und dass sie eine eigene Familie hat.« Shireen lächelte die beiden mit ihrem rosa geschminkten Mund an. Ihre Stimme klang nicht ganz so glücklich, wie sie sich den Anschein zu geben versuchte.

Mit neun hatte Alia ihren Selbsterhaltungstrieb schon gut entwickelt. In dieser Hinsicht war sie im Grunde gar nicht so anders als Dis Töchter.

»Aber, Mama, müssen wir unsere Zimmer mit ihr teilen? Das will ich nicht. Hier ist kein Platz für sie. Sie muss woanders leben.«

Sara nickte zustimmend und sichtlich zufrieden über ihre schlaue ältere Schwester.

»Nein, Mädchen. Wir leben weiterhin hier. Das ist unser Zuhause.« Shireen sah mich über die Köpfe ihrer Tochter hinweg an. »Das wird immer unser Haus bleiben. Aysha wird woanders wohnen. Papa wird manchmal dorthin gehen, aber wir bleiben auf jeden Fall hier.«

Mit dieser Antwort schienen die beiden zufrieden zu sein. Ich fragte mich, ob ich in ihrem Alter so tolerant gewesen war. Ich konnte mich nicht erinnern.

Inzwischen war es halb zehn geworden und schon lange Schlafenszeit für die Mädchen. Ich half ihnen also aus Shireens Bett und brachte sie nach oben. In ihre Zimmer, die sie mit niemandem teilen mussten.

Dreiundvierzig

Perfektes Timing. Als ich wieder nach unten kam, spazierte Rafiq durch die Haustür, gefolgt von Dhanyal. Direkt hinter Dhanyal befand sich ein Mädchen; zumindest sah sie in meinen Augen wie ein Mädchen aus. Ich hielt sie für höchstens zweiundzwanzig, und so wirkte sie vermutlich auch erst, wenn sie mehr Make-up getragen hätte. Sie hatte einen langen hellgrünen Chiffonrock mit einer dazu passenden Bluse an, unter der ein weißes Unterhemdchen zu erahnen war. Offenbar war sie mit einem der niedrigen weißen Absätze ihrer Schuhe an ihrem Rock hängen geblieben, denn der Stoff war an einer Stelle zerrissen, und ein langer grüner Faden klebte auf ihrem Schuh. Ein weißer Chiffonschal lag ihr um den Hals und die honigfarbenen Haare. Ihre runden braunen Augen wirkten wie unter Schock. Sie berührte ihren Bauch, obwohl man nicht sehen konnte, was es da überhaupt zu berühren gab.

Ich merkte, dass alles in mir auf Hass eingestellt gewesen war. Doch bei ihrem Anblick kam ich mir wie eine Verräterin Shireen gegenüber vor. Ein solches Mädchen konnte nie im Leben wissen, worauf sie sich da eingelassen hatte. Ebenso wenig wie ihre Eltern, die ihr auf dem Fuß folgten. Die Mutter war eine ältere, grauere Version der Tochter in einem identisch geschnittenen, aber hellblauen Outfit. Der Vater sah in einem schweren karierten Anzug, der seit mindestens zehn Jahren außer Mode war, seltsam geschrumpft aus. Der Hemdkragen war ihm viel zu weit, und die braunen Schuhe an seinen Füßen waren spiegelglatt poliert.

Damit begann meine Rolle in diesem Schauspiel. Ich gab Dhanyals Schwester, die Gastgeberin, und servierte ihnen Tee und ein paar übrig gebliebene Pasteten, während alle in Shireens Zimmer gingen. Nicht gerade ein Hochzeitsfest. Später erfuhr ich allerdings, dass Dhanyal für Anthea (ich konnte mich noch nicht an den Namen Aysha gewöhnen) und ihre Eltern ein Abendessen im Mount Nelson bezahlt hatte, während er in der Moschee gewesen war, um zu heiraten. Muslimische Frauen mussten bei der Zeremonie nicht anwesend sein, sie brauchten nur einen Vertreter, und das war der eine ältere Mann gewesen, den ich zuvor in Shireens Zimmer hatte gehen sehen.

Alle waren nun zu uns gekommen, um Mama und Shireen zu begrüßen, und dann wollten sich die Eltern verabschieden. Dhanyal und Anthea – oder Aysha – wollten die Nacht im Mount Nelson verbringen.

Ich musste also gar keinen Tee und keine Pasteten servieren. Keiner hatte Hunger. Stattdessen lächelte ich gequält und gab meiner neuen Schwägerin und deren Eltern die Hand. Ich beobachtete, wie Antheas runde Augen noch runder wurden beim Anblick von Shireens Zustand. Beinahe stürzte sie Dhanyals erster Frau in die Arme, als sie sich vorbeugte, um diese auf dem Ehebett ihres neu angetrauten Mannes zu begrüßen. Wenn es jemals einen merkwürdigen Moment gegeben hatte, dann war der das. Antheas Eltern versuchten, Mama zu umarmen. Auch sie wirkten geschockt, als ihnen klar wurde, dass sie bald ein Enkelkind mit dieser grimmig dreinblickenden Frau in schwarzem Kleid und Kopftuch teilen würden.

Rafiq schaffte es natürlich wieder einmal, alles zusammenzuhalten.

Er stellte die Leute einander vor, während Dhanyal seltsam still war. Ich fragte mich, ob ihm gerade erst bewusst wurde, wie kompliziert er sein Leben mit dieser Ehe gemacht hatte. Rafiq schob Stühle heran, offerierte Tee, hielt Smalltalk.

Es stellte sich heraus, dass der Vater langfristig krankgeschrieben war und deshalb zu Hause blieb. Die Mutter war immer Hausfrau gewesen, Anthea das einzige Kind. Sie lebte noch bei ihren Eltern. Ihr Vater bezog eine Invalidenrente, erzählte aber, dass Anthea – »Ich heiße jetzt Aysha, Dad«, unterbrach ihn seine Tochter – sie finanziell unterstützt habe, seitdem sie vor vier Jahren die Schule abgeschlossen habe. Sie sei die beste Tochter, die man sich wünsche könne. Beide Eltern nickten.

Dhanyal blieb im Hintergrund stehen. Vermutlich wusste er nicht, wohin er sich setzen sollte. Der einzige freie Platz war auf dem Bett direkt neben Shireen, und irgendwie schien der falsch für ihn zu sein.

So plötzlich sie gekommen waren, so plötzlich begleitete Rafiq sie auch wieder zur Tür.

Die Haustür fiel ins Schloss, und Shireens Schal mit dem Hermès-Print rutschte ihr vom Kopf, während sie sich auf die Kissen zurücksinken ließ. Der rosa Lippenstift war kaum mehr zu sehen.

»Ich bin noch nie im Mount Nelson gewesen«, meinte sie zu Mama, als ob darin der unfairste Teil des Abends bestanden hätte.

»Karima, hol mir bitte meine Sachen aus meinem Zimmer. Ich werde heute Nacht hier bei Shireen bleiben. In diesem Bett ist genug Platz für uns beide«, sagte Mama zu mir.

Shireen schwieg. Sie begann nur an ihrer Bettdecke zu ziehen, um sie für Mama aufzuschlagen. Mama hatte bereits begonnen, ihren Stiefel auszuziehen.

Ich tat, worum man mich gebeten hatte.

Ehe ich Shireens Tür schloss, sah ich noch, wie Mama

Shireen in die Arme nahm. Selbst durch die geschlossene Tür hörte ich Shireen weinen und die tröstenden Worte meiner Mutter.

Rafiq wartete in der Küche auf mich.

»Für uns wird es nicht so sein«, sagte er.

Vierundvierzig

Nach dieser Aussage Rafiqs war ich total fertig. Am liebsten hätte ich mich irgendwo verkrochen. Alles im Schlaf vergessen: aus den Augen, aus dem Sinn. Aber am nächsten Morgen musste ich Lily schildern, was passiert war. Ich war wirklich froh, sie zu sehen, auch wenn es mich überraschte. Allerdings war das die einzige Überraschung in letzter Zeit, die mich wirklich freute.

»Oh Mann, Kari, und was hast du ihm geantwortet?«, wollte Lily wissen. Sie war nie eine Freundin gewesen, die mich so leicht ungeschoren davonkommen ließ.

Ich war froh, sie zu sehen. Dhanyals Schuldgefühle wegen der Hochzeit hatten ihn dazu veranlasst, die Miniflitterwochen im Mount Nelson zu unterbrechen und stattdessen den Tag mit Shireen und Mama zu verbringen. Er wollte sie alle zum Nachmittagstee ins Hotel ausführen, worum Mama ihn gebeten hatte (»Du musst dich fair verhalten, Dhanyal«, hatte sie ihn ermahnt). Ich hatte also die Stunden bis zum Abholen der Mädchen für mich, und Lily war sofort bereit gewesen, sich mit mir zu treffen. Dhanyals Schuldgefühle nützten mir in diesem Fall.

Schon um neun Uhr saßen meine Freundin und ich draußen vor dem Caffe Neo am Mouille Point, eingeklemmt zwischen zwei Yummy Mummys in engen Lycrahosen, die hektisch ihre Kinderwagen hin und her schaukelten. Sie sahen nicht schlecht aus, aber auch nicht großartig.

Das Café war gewöhnlich Lilys bevorzugter Ort für die

morgendliche Männerjagd, doch an diesem Morgen hatte sie nicht einmal ihre Sonnenbrille von ihrer Nase nach oben auf die Stirn geschoben. Sie war zuerst in ihrem Analysemodus. Ich wusste, dass sie alles analysieren würde, was ich ihr erzählte, und das war auch bitter nötig. Da ich einen Moment lang von den Mandelcroissants in dem Glaskasten hinter ihr abgelenkt war, antwortete ich nicht sofort. Sie nutzte die Gelegenheit.

»Warte, lass mich raten. Du hast nichts unternommen. Du hast einfach nur wie ein Wackeldackel mit dem Kopf genickt und bist dann zu Bett gegangen.« Die Worte hätten harsch klingen und mich wütend machen können. Aber wie immer bei Lily musste ich lachen – als hätte sie einen unglaublich guten Witz gerissen. Was sie vermutete, entsprach der Wahrheit.

»Oh Mann, du kennst mich eben. Wenn ich dort bin, vergesse ich manchmal, den Mund aufzumachen. Ich renne einfach weg und hoffe, dass es schon irgendwie verschwindet.« Ich winkte den Kellner heran. Zumindest wollte ich eines dieser Croissants genießen. Sobald ich bestellt hatte, würde ich mich voll und ganz auf die Unterhaltung mit Lily konzentrieren können. So war das immer bei mir: Wenn ich etwas bestellte, was ich dringend wollte, kam mir das so vor, als hätte ich meinem Körper etwas unglaublich Gutes getan – wie die Zufuhr von Vitaminen –, und ich fühlte mich gleich besser. Damit war das Thema vom Tisch, und im Gegensatz zu Vitaminen würden diese Croissants (im Plural, denn es gab sowohl Schokoladen- als auch Mandelcroissants, und ich konnte mich nicht entscheiden) auch garantiert gegessen werden.

»Mein Gott, Kari, du musst echt was sagen. Wenn es jemals den richtigen Zeitpunkt gegeben hat zu sprechen, dann jetzt. Sonst rutscht du nur immer weiter und tiefer hinein.«

»Ja, ich weiß, ich weiß.« Wie lange brauchte dieser Kellner eigentlich, um zwei Croissants zwei Meter weit zu transportieren?

»Lass mich kurz zusammenfassen, damit ich sehe, ob ich alles verstanden habe.« Lily war gnadenlos, und nicht einmal das Eintreffen ihres Sahnejoghurts mit sandig aussehenden Samen und Körnern als Belag konnte sie unterbrechen. War es ein arbeitsloser Schauspieler oder Schriftsteller, der hier bediente? Jedenfalls hörte er einen Moment lang fasziniert zu. Wer konnte es ihm übelnehmen? Es war ja auch eine spannende Geschichte.

»Seitdem ich dich also letzte Woche gesehen habe, hast du herausgefunden, dass dir deine Großmutter das halbe Familienhaus vermacht hat. Es gehört dir jetzt zusammen mit deinem fundamentalistischen Idiotenbruder, der gerade eine weitere Frau geheiratet hat, während seine erste Frau kurz vor der Geburt seines dritten Kindes steht?«

»Er ist kein Fundamentalist, nur ein Idiot. Und ich werde meine Haushälfte meiner Schwägerin überschreiben, seiner ersten Frau Shireen, nicht der neuen. Erinnerst du dich? Das habe ich dir doch erzählt«, erwiderte ich, während ich fasziniert auf ihren Joghurt starrte.

Wo waren meine verdammten Croissants?

»Okay, also kein Fundamentalist, sondern nur ein Idiot. Dann …« Sie hielt den Zeigefinger in die Luft und begann den Wahnsinn aufzulisten, der sich in letzter Zeit bei mir abgespielt hatte. »… erzählst du deiner Mutter und diesem Idioten von Dirk. Weil – und das ist jetzt wirklich etwas zu groß für mein kleines Hirn – niemand wusste, dass du in der Zwischenzeit geheiratet hast.«

Endlich schob sie ihre Sonnenbrille nach oben, damit sie mir in die Augen blicken konnte. Das war eine typische Geste für Lily, die bedeutete, dass es jetzt ernst wurde. »Wie soll das möglich sein? Kapstadt ist so ein kleiner, übersichtlicher Ort.« Sie lehnte sich zu mir, als ob ich ihr ein Geheimnis verraten sollte.

»Stimmt. Vielleicht ist das auch typisch für Kapstadt. Jeder kennt nur seine Leute, und über diese Leute weiß man dann alles.«

Die Croissants trafen endlich ein. Sie halfen mir in meiner Rede, auch wenn dabei einige Brösel durch die Luft gewirbelt wurden.

»Wie viele Muslime kennst du denn zum Beispiel? Richtige, nicht halbe wie mich. Wie viele Leute, die nicht hauptsächlich so wie du sind? Vielleicht gibt es einen Teil der Stadt, wo sich die Menschen wirklich alle kennen. Aber Eden on the Bay und Eden in Walmer Estate? Ich weiß nicht. Ich hab mich jedenfalls so viele Jahre in derselben Stadt aufgehalten und bin kein einziges Mal einem Mitglied meiner Familie begegnet. Und für mich schauen sie nicht alle gleich aus.«

Fünfundvierzig

Croissant Nummer eins war sicher in meinem Bauch gelandet. Das reine Glücksgefühl. Ich widmete mich also Croissant Nummer zwei, und Lily wusste, dass nun ihre Chance gekommen war weiterzureden.

»Okay, das ist eine tiefreichende Einsicht. Du klingst schon ganz nach Dirk. Bei ihm dreht sich momentan auch alles um den Sinn des Lebens. Ich weiß nicht, ob Kapstadt anders tickt, aber die Menschen sind überall gleich. Wir wollen alle mit Leuten zusammen sein, die wie wir sind, was auch immer dieses ›wie wir‹ heißen mag. Was mich zum nächsten Punkt bringt. Dein Ex hat sich also wieder an dich rangemacht? Und du hattest nichts dagegen?« Als ich die Stirn runzelte, fügte sie hinzu: »Okay, du hast nicht mit ihm geschlafen. Aber du hast seinen Kuss erwidert. Und du hast noch nicht gesagt: ›He, übrigens heiße ich jetzt Kari du Toit. Du solltest unbedingt meinen Mann kennenlernen.‹ Klingt das besser?«

Lily hatte aufgehört, Pointen zu machen. Es war kein Witz mehr. Das wussten wir beide.

»Ich werde mit Rafiq reden. Morgen. Es ist alles so kompliziert. Wir sind nie allein, alles spielt sich irgendwie im Dunstkreis des Hauses ab, und wir haben nie genug Zeit, um miteinander zu reden. Ich kann es schwer erklären, aber er schafft es, das Leben dort für mich einfacher zu machen. Er versteht die Dinge. Er weiß, wie ich mich in Anwesenheit meiner Familie fühle, und dann versucht er, es mir und den anderen zu erleichtern. Ich wollte nie, dass wir uns küssen oder so.«

Ich starrte auf ihre Stirn. Das Runzeln wirkte jetzt weniger streng. Vielleicht lag das auch an der Botoxinjektion, die sie sich vor sechs Monaten hatte geben lassen.

»Nach dem Streit mit meiner Mutter war ich einfach so fertig. Und ich fühle mich weiterhin schlecht, weil meine Großmutter gestorben ist, ohne dass ich vorher versucht habe, mich mit ihnen zu versöhnen. Sie alle mögen es, wenn Rafiq da ist. In dieser Welt dort fühlt es sich für mich richtig an, mit ihm Zeit zu verbringen. Es scheint normal. Fast normal.«

Ich starrte aufs Meer hinaus, während ich sprach. Der Ozean direkt dem Café gegenüber lag flach da, und in einiger Entfernung schossen Kajakfahrer durchs Wasser. In einer anderen Welt.

»Aber was wirst du ihm dann sagen? Rafiq, meine ich.« Lily wirkte jetzt sanfter. Sie war noch von früher an jene Bereiche meiner Welt gewöhnt, die sie nicht verstand. Sie mochte manchmal harsch klingen, tatsächlich verurteilte sie aber nie.

»Ich werde ihm von Dhanyal erzählen. In gewisser Weise werde ich Rafiq immer lieben, weißt du? Er kennt mich und meine Familie auf eine Weise, wie das Dirk nie tun wird. Rafiq muss ich nie meine Vergangenheit erklären. Diese ganze Hausgeschichte hat mir klargemacht, dass ich nie mehr dort leben kann. Ich bin nicht mehr dieselbe wie früher. Selbst mit Rafiq nicht. Ich meine, er hilft mir, da besser reinzupassen. Aber er passt nicht mehr zu mir.« Während ich das noch sagte, wusste ich, dass es der Wahrheit entsprach. Bis zu dem Moment war ich dieser Wahrheit aus dem Weg gegangen.

»Was glaubst du, was stellt sich Rafiq vor?«, wollte Lily wissen. Sie schob mir liebevoll eine Papierserviette hin. Ich hatte gar nicht gemerkt, dass mir Tränen in den Augen standen.

»Er hat noch nichts klar ausgesprochen. Aber er lässt immer wieder so ein paar kleine Bemerkungen fallen. Ich weiß nicht, ob er möchte, dass wir heiraten und ich mit ihm und seiner Tochter in sein Haus ziehe. Vielleicht plant er, sich richtig von seiner Frau scheiden zu lassen. Vielleicht denkt er, ich könnte seine zweite Ehefrau werden. Vielleicht meint er, ich würde eine gute muslimische Frau abgeben. Keine Ahnung. Aber er kennt mich nur von früher. Er versteht nicht, wie ich jetzt bin. Ich will hören, was er zu sagen hat. Vielleicht bilde ich mir das ja alles bloß ein, und er will nur nett sein.«

»*Sjoe*, Kari. Es gibt normales Nett, und es gibt Zungenkuss-Nett. Du musst bald mit ihm sprechen. Und vielleicht solltest du dir auch einen Therapeuten suchen. Denn schließlich gibt es doch immer noch Dirk. Das mit dem Kuss kann man vergessen. Ich meine, darüber dürfte er sich nun wirklich nicht aufregen, nach dem, was er sich geleistet hat. Aber er tut mir leid. Er bemüht sich. Es ist nicht richtig, ihn zappeln zu lassen, während du einen Zeitsprung in deine Vergangenheit machst.«

Lily erlag dem Sog der Kohlenhydrate und schnappte sich das letzte Stück des Schokoladencroissants, das auf meinem Teller lag. Wer sonst war so unhöflich? Aber sie hatte recht mit dem, was sie sagte.

»Ich weiß. Ich treffe Dirk am Sonntagvormittag. Noch weiß ich nicht genau, was ich sagen werde. Aber irgendwo muss ich ja mal anfangen.« Mein Tee traf ein. Kaffee verursachte mir seit einiger Zeit Übelkeit.

Nachdem die Highlights meines Lebens unter die Lupe genommen worden waren – endlich –, war es für Lily Zeit, mir die neuesten Entwicklungen bei LSDo mitzuteilen. Ich hatte den regelmäßigen Chats in letzter Zeit kaum Beachtung schenken können, da so viele Nachrichten hin und her gegangen waren. Klatsch und Tratsch, der nur Platz im Hirn verstellt, würden vermutlich einige jetzt sagen, aber ich wollte einmal etwas anderes hören als die Dinge, die meine Familie und mich betrafen. Also erfuhr ich die harten Fakten meines Lebens zu Hause. Es gab mir das Gefühl, normaler zu sein.

Ich erfuhr, dass Di und Alan im Juni zweite Flitterwochen in Italien planten. Die Mädchen sollten während dieser Zeit bei Dis Schwester in Durban bleiben. Es würde das erste Mal seit der Geburt der Kinder sein, dass die beiden zehn ganze Tage für sich sein würden. Shelley hingegen hatte mit ihrer fünften künstlichen Befruchtung begonnen. Jerry hatte ihr die Injektionen mit der Begeisterung eines Kindes gegeben, das endlich Arzt spielen durfte – bis Shelley drohte, für jeden blauen Fleck, den er ihr verpasste, eine neue Tasche zu kaufen. Shelley bevorzugte Louis Vuitton, weshalb sich Jerrys *Pulp-Fiction*-Attacken mit der Spritze danach sogleich besserten.

»Und Owen?«, fragte ich. Lily hatte mir ein paar Papiere gebracht, die ich von Owen brauchte. Ich war zwar nicht in der Laune zu arbeiten, aber ich fand es nett, dass sie sich die Mühe gemacht hatte und sie für mich abholte – vor allem da wir uns erst am Morgen verabredet hatten.

»Owen?« Nun nahm sie die Sonnenbrille ganz ab und legte sie auf den Tisch. Ihr Stimme klang ein wenig höher als sonst. Sie räusperte sich. »Also, da gibt es einige Neuigkeiten.«

Sechsundvierzig

Ich wartete darauf, dass Lily erzählte. Gewöhnlich war ich es, die Lily das Neueste von Owen erzählte. Das würde also eine Abwechslung bedeuten. »Oh Gott, hat es wieder mit Lauren zu tun? Ich wünschte, er würde sie in die Wildnis zurückschicken. Er verbringt echt mehr Zeit damit, sie zu entwirren als seine eigenen Haare. Und das heißt in seinem Fall ja einiges.«

»O-w-e-n«, dehnte sie seinen Namen, »und ich sind seit einiger Zeit irgendwie zusammen.«

»Bitte?« Ich wurde laut. Eine der Lycra-Mummys sah mich finster an und begann sofort wieder ihren Kinderwagen zu schaukeln. »Du und Owen? Und was ist mit Lauren?« Lauren war mir nie auch nur ein Croissant wert gewesen. Aber die Sachlage änderte sich, wenn man betrogen wurde. Wie konnte Owen Lauren betrügen – und dann auch noch mit Lily?

Jetzt war es an Lily, sich zu erklären. »Ich weiß nicht, wie es passiert ist. Ich meine, Owen und ich, wir kennen uns ja nur durch dich und in der Gruppe. Aber dann traf ich ihn zufällig am Valentinstag vor dem Pick n Pay in Eden, und es ging mir nicht so gut, weil … Ach, du weißt schon.« Sie rollte mit den Augen. Sie wusste, dass ich wusste. »Wegen dieses ganzen Und-ich-habe-niemanden-bla-bla-bla. Alle um mich herum verkündeten über WhatsApp und Facebook, wie sie den Tag verbringen wollten, und ich tat mir, ehrlich gesagt, leid. Er selbst fühlte sich auch nicht toll, denn er gestand mir, dass Lauren ihre gemeinsamen Pläne abgesagt hätte, weil sie, wie sie meinte, zu arbeiten hätte. Wir beschlossen also spontan, ein Antivalentinsessen zu veranstalten, und zwar direkt bei ihm zu Hause, um dieser Romantiksülze überall zu entkommen.«

Dirk hatte also recht. Diejenigen, die sich mies fühlten, versteckten sich so lange, bis der verdammte Valentinstag vorüber war.

Ich wusste, wie die Geschichte weitergehen würde. Aber wie bei meinen Lieblings-Romcoms wollte ich auch hier das Ganze bis zum Schluss sehen, um zu erfahren, ob am Ende der Junge das Mädchen kriegte. Oder umgekehrt. Ich wollte am Drama eines anderen teilhaben.

»Einzelheiten, Lily.«

»Es war kein romantisches Abendessen mit Kerzen und Blumen und sexy Unterwäsche. Wir gingen direkt zu seiner Wohnung. Ich trug immer noch meine Arbeitsklamotten, und es fühlte sich alles sehr häuslich an. Er kochte – Nudeln mit Hühnchen und Salat –, und wir aßen draußen auf dem Balkon.«

Lily schien nicht weiterreden zu wollen, was seltsam für sie war. Gewöhnlich erzählte sie jedes Detail über jede Begegnung mit einem Mann. Sie war zu jener Frau geworden, über die man sich in Filmen gerne lustig machte – diejenige, die von der Toilette aus Nachrichten schickte, weil sie Rat brauchte, was sie als Nächstes tun sollte. Manchmal konnte ich nicht ganz glauben, dass es dieselbe wilde Lily war, mit der ich durch Europa getourt war. Jene Lily damals tat, was sie wollte, und plante nie. Aber sie meinte, es sei anders geworden. Denn nun wollte sie einen Partner und nicht mehr eine kurze Affäre. In dieser Formulierung verstand ich sie sofort. Auch wenn es aus ihrem Mund immer noch irgendwie lustig klang, wäre ich die Letzte gewesen, die ihr widersprochen hätte.

»Ihr habt also Nudeln gegessen, und jetzt seid ihr irgendwie zusammen?« Ich hatte nicht vor, es ihr so einfach zu machen. Sie hatte mich schließlich auch dazu gebracht, mit allem in meinem Leben herauszurücken.

Lily wirkte zu meiner totalen Fassungslosigkeit ein wenig schüchtern. Das war das erste Mal in unserer langen Freundschaft, dass ich sie so erlebte. Grundgütiger, es musste ernst sein.

»Wir tranken etwas Wein. Nicht viel. Okay, wir haben getrunken, aber wir waren nicht betrunken. Ich war überhaupt nicht nervös, mit ihm allein zu sein, wie ich das inzwischen sonst meistens bei Männern bin. Es war entspannt, und wir redeten über die Arbeit und so. Dann schickte Di eine Nachricht, was mit Dirk los war und dass du bei ihr bist. Also wurde unser Gespräch ein wenig ernster, und wir redeten über Beziehungen.« Lily schaute über meine Schulter. Sie suchte mit den Augen nach dem Kellner. Offenbar war es jetzt sie, die etwas Zeit schinden wollte. Ich wartete weiterhin auf die Einzelheiten, wusste aber, dass ich nicht noch einmal nachbohren durfte.

»Letztlich wurde es immer ernster. Du weißt schon, nach dem Motto ›Was willst du eigentlich von einer Beziehung‹ und so. Ich meine, du und Dirk, ihr habt immer wie das perfekte Paar gewirkt. Sehr in den anderen verliebt und von ihm begeistert, obwohl ihr diese merkwürdigen Dinge mit euren Familien hattet.« Lily zuckte mit den Achseln. »Keiner von uns konnte glauben, dass gerade bei euch so etwas geschehen würde.«

»Ich freue mich, dass Dirk und ich für euch guter Gesprächsstoff waren.« Es fühlte sich seltsam an zu wissen, dass Lily und Owen über mich geredet hatten. Fast so, als ob sie mich hintergangen hätten.

»Tut mir leid, Kari. Ich weiß, dass es nach Tratsch klingt. Aber …« Sie schaute in ihre leere Kaffeetasse. »… es war unmöglich, nicht über dich zu reden, nachdem Di diese Nachricht geschickt hatte.«

»*Ag* ja, okay, sorry. Ich bin's nur noch nicht gewöhnt, mir dich und Owen zusammen vorzustellen.« Es tat mir wirklich leid. Lily war meine beste Freundin, ich wollte nicht fies ihr gegenüber sein.

»Viel mehr gibt es eigentlich gar nicht zu erzählen. Am Ende des Abends küssten wir uns unter der Tür wie ein altmodisches Pärchen. Seitdem haben wir uns mehr oder weniger jeden Abend gesehen. Wir haben es bisher noch nicht gemacht, wenn es das ist, was du mich als Nächstes fragen wolltest.«

Sie sah mich an und schien auf die Überraschung in meinem Blick zu warten. Das war das Unglaublichste an der Geschichte, so ganz untypisch für Lily. Gewöhnlich erkannte sie den Mann, den sie gerade kennenlernte, im biblischen Sinn meist bereits nach dem zweiten Treffen.

»Und was ist mit Lauren?« Das war wirklich seifenopernwürdig.

»Er meint, ich habe ihm geholfen, sich zu entscheiden und den Absprung zu schaffen. Er hat sich am nächsten Tag von ihr getrennt. Angeblich fand sie es nicht so tragisch. Owen vermutet, dass sie vielleicht sogar erleichtert war, weil sie es dadurch nicht selbst machen musste.«

Lily wartete auf eine Reaktion von mir. Sie hatte mir das wahrscheinlich bereits seit drei Wochen erzählen wollen. »Ich kann verstehen, wenn du das Ganze nicht supertoll findest.« Als ich nicht sofort antwortete, zog sie die Augenbrauen hoch. »Ich weiß, Owen und du seid wirklich gute Freunde; aber das wird sich wegen mir nicht ändern. Ich kann das nachvollziehen. Vergiss nicht, ich war zuerst mit Dirk befreundet, und dann seid ihr beide zusammengekommen. Und okay – es ist etwas seltsam, dass Owen und ich uns geküsst haben, während er noch mit Lauren zusammen war, aber sie waren schließlich nicht verheiratet oder so.«

Im Gegensatz zu Dir und Dirk. Mit anderen Worten: Es ist etwas völlig anderes als das, was bei euch mit Dirk und Eva passiert ist.

Warum musste ich nur immer alles sofort interpretieren und Dinge hineinlesen, die so vielleicht gar nicht gemeint waren?

Ich wollte endlich runter von diesem Karussell. Warum konnten die Dinge nicht stillstehen? Dieser ganze Mist in puncto Wandel und dass er gut für einen wäre – ich wollte einfach nur, dass alles so blieb wie zuvor: Dirk und ich. Meine Freunde: Lily und Shelley und Di und Owen. LSDoK. Jetzt würde es LilOwen geben und den Rest von uns.

Doch als ich Lily betrachtete, die angespannt auf meine Reaktion wartete, konnte ich nicht wirklich sauer sein. Nur weil für mich gerade eine verrückte Zeit herrschte und ich mich nach früher zurücksehnte, bedeutete das noch lange nicht, dass ich Lily gegenüber fies sein musste. Sie hatte eine ganze Menge Frösche ohne Erfolg geküsst, und wenn es einen Prinzen gab, den ich für sie ausgesucht hätte, dann wäre es garantiert Owen gewesen. Lily und Owen waren nicht mit Dirk und Eva vergleichbar. Wie sich doch der Blickwinkel ändert, je nachdem auf welcher Seite man steht, dachte ich. Laurens Freunde waren höchstwahrscheinlich in diesem Moment dabei, Owen einen langsamen, qualvollen Tod zu wünschen. Während wir feierten.

»Ich freue mich für euch«, sagte ich schließlich. »Owen ist ein toller Mann, und du bist meine beste Freundin. Ich habe nur wegen Lauren ein etwas seltsames Gefühl, weil ich mich in dem Fall ein wenig mit ihr identifiziere. Aber du und Owen, ihr passt perfekt zusammen. Ich kann eigentlich gar nicht verstehen, warum das nicht viel früher passiert ist.« Ich lächelte sie an. Lily wirkte erleichtert.

»Also, wann änderst du deinen Facebook-Status? Von ›Es ist kompliziert‹ zu ›In einer Beziehung‹?«

Wir kreischten wie zwei Teenager zu ihrem ersten Valentinstag.

Die besten Absichten

Siebenundvierzig

Das Treffen mit Lily lenkte mich ein Weilchen von meinem eigenen Leben ab. Gleichzeitig hatte es mir auch neue Energie verliehen – oder mir vielmehr einen Tritt in den Hintern verpasst. Zu hören, wie sie und Owen zusammenkamen, erinnerte mich daran, dass ich mich zwar momentan in einer Art Niemandsland befinden mochte, aber das Leben trotzdem weiterging. Nur eben ohne mich. Ich musste mich um ein paar Dinge kümmern. Jetzt oder nie. Es war an der Zeit, mit Rafiq zu sprechen.

Ich war überrascht, wie schnell und problemlos ich die Chance bekam, meinen Vorsatz durchzuführen. Er kam am nächsten Morgen zu uns und fragte Shireen und Dhanyal, ob die Mädchen mit ihm und Amarah nachmittags in einen Film an der Waterfront gehen wollten. Die Mädchen waren immer scharf auf die Waterfront und schrien »Ja!«, ehe ihre Eltern auch nur überlegen konnten.

Mich fragte er nicht, ob ich mitkommen wolle, aber sowohl die Erwachsenen als auch die Kinder setzten das sowieso voraus. Ich hatte eigentlich keine Lust. Ein Kinobesuch am Samstagnachmittag an der Waterfront gehörte zu den Lieblingsbeschäftigungen von Dirk und mir. Es würde sich nicht richtig anfühlen, mit jemand anderem dorthin zu gehen, vor allem mit Rafiq. Aber ich wusste, dass mir das die Möglichkeit geben würde, mit ihm zu reden.

Rafiq lächelte mich an, als Dhanyal im Namen aller zusagte. Seltsam, wie Dhanyals zweite Ehe ihn nun offenbar dazu brachte, mehr Zeit mit seiner ersten Frau zu verbringen. Gewöhnlich stürzte er an einem Samstag möglichst schnell aus dem Haus, weil angeblich immer etwas Dringendes in der Praxis auf ihn wartete. Doch nicht an diesem Tag.

Carpe diem.

»Glaubst du, die Mädchen könnten allein ins Kino gehen?«, fragte ich Rafiq, sobald wir an die Reihe kamen und die Kinokarten kauften. Beinahe wäre es zu spät gewesen. Rafiq zog fragend die Augenbrauen hoch. Doch dann trat er hastig neben die Schlange.

»Wir würden hier sitzen und auf sie warten«, fügte ich hinzu und zeigte auf ein paar runde kleine Tische und Stühle, die vor dem Eingang zum Filmsaal aufgebaut waren. »Von dort sehen wir sie, wenn sie rauskommen.«

»Ich habe Amarah noch nie allein hineingehen lassen. Keine Ahnung, ob Shireen das ihren Kids erlaubt. Warum? Willst du den Film denn nicht auch sehen?« Es war ein Kinderfilm, der von Prinzessinnen und einem Drachen oder so handelte. Die Mutter hinter uns trat an die Theke, kaufte Karten für den gleichen Film. Zwei kleine Jungen sprangen um ihre Beine. Sie hatte ihnen wahrscheinlich von dem Drachen und weniger von den Prinzessinnen erzählt.

»Nein. Ich dachte, wir könnten vielleicht die Chance nutzen und miteinander reden. Allein.«

»Oh.« Seine Stimme wurde weicher. Er berührte meine Hand und wandte sich dann an die Mädchen. »Amarah? Alia? Sara?« Drei Paar braune Augen schauten in seine Richtung. Die Mädchen warteten ungeduldig darauf, in den Saal zu kommen und so weit entfernt wie möglich von den Jungen Plätze zu ergattern.

»Karima und ich bringen euch zu euren Sitzen. Aber dann setzen wir uns eine Weile hier draußen hin. Nur kurz. Okay?

Wenn ihr etwas braucht, könnt ihr einfach zu uns rauskommen. Wir bleiben direkt hier. Einverstanden?« Er zeigte auf den Tisch, der neben dem Eingang stand, wo ein junger Mann die Karten kontrollierte. Der kleine Junge trat gerade noch den größeren, während ihre Mutter auf den Saal zumarschierte. Ich vermutete, dass auch sie dringend zu den Prinzessinnen und so weit entfernt wie möglich von den Jungs sitzen wollte.

Amarah sah mich an. »Nur du und Tante Karima?« Als Rafiq nickte, lächelte sie mich an. »Also gut. Aber können wir auch Slush-Eis kriegen und nicht nur Popcorn?«

Kinder. Immer auf das Wesentliche im Leben konzentriert.

Wir brauchten fast den halben Film, um die Mädchen mit Slush-Eis und Popcorn auf ihren Plätzen zu installieren. Zuvor hatte es noch den obligatorischen Besuch der Toilette gegeben. Endlich saßen Rafiq und ich an dem wackeligen Silbertisch, Cola und Popcorn zwischen uns. Im Vorraum des Kinos war es nicht leise, aber keine Menschen befanden sich in unserer direkten Nähe. Niemand konnte uns belauschen.

Wir waren so alleine, wie es die Umstände erlaubten.

Rafiq musste etwas in meiner Miene erkannt haben, denn er legte seine Hände um die meinen. Sie waren eiskalt, da sie die ganze Zeit die Cola festgehalten hatten.

»Wir hatten bisher keinerlei Zeit für uns, was? Eine gute Idee, die Mädchen allein ins Kino zu schicken. Gigi meinte immer, das sei unser Ruin gewesen, niemals Zeit für uns zu haben.«

Keine Ahnung, warum ich meine Hände nicht wegzog. Die Mädchen hätten schließlich jederzeit aus dem Kinosaal kommen können.

»Es gibt viel zu besprechen. Ich weiß, dass wir bisher noch nie über das ...« Ich stockte. »... über das gesprochen haben, was damals vor der Hochzeit passiert ist. Vor unserer Hochzeit.« *Seitdem ich eine Abtreibung hatte, unsere Verlobung auflöste und davonrannte.* »Und jetzt ist plötzlich Ouma tot, und wir sind hier, und es gibt ihr Testament, dessen Zeuge du warst, und du hast Gigi und Amarah, und ich habe …« Ich wollte gerade sagen *und ich habe ein anderes Leben und einen Mann*, als Rafiq mich unterbrach.

Er ließ meine Hände nicht los, sondern drückte sie nur noch fester. Dabei sah er mir tief in die Augen. »Ja, was mit uns passiert ist, war nicht schön.«

Ich hätte einfach weiterreden und endlich alles erzählen sollen. Aber ich hatte das Gefühl, dass ich ihm zumindest das schuldete: ihm zuzuhören, wenn er mir von den Folgen meines Handelns damals berichtete.

»Ich will nicht lügen«, fuhr er fort. »Lange Zeit konnte ich nicht mal deinen Namen hören, ohne am liebsten eine Tür einzutreten. Ich kann aber auch nicht so tun, als wäre ich froh gewesen, dass du nicht mehr wiederkamst. Du hättest bei mir bleiben und nicht mit Lily abhauen sollen. Wir hätten heiraten und das Baby bekommen können. Dann wären es wir drei gewesen – du, ich und das Baby. Und nicht ich, Gigi und ein Baby.«

Er machte eine Pause, aber ich war noch zu sehr mit dieser Was-wäre-wenn-nicht-Geschichte beschäftigt, um etwas zu sagen.

»Im Laufe der Jahre habe ich viele *Duas* gesprochen. Ich versuchte zu verstehen und zu akzeptieren. Wenn das nicht geschehen wäre, hätte ich zum Beispiel nie Amarah bekommen, und ganz gleich, was war – sie werde ich nie bereuen. Aber wir hätten nicht *Zina* machen dürfen, ehe wir verheiratet waren, das hat einfach alles verflucht. Danach war alles im Grunde kaputt. Wir hätten warten sollen. Deshalb halte ich auch jetzt ein wenig Abstand. Ich will nicht noch mal denselben Fehler machen. Diesmal müssen wir richtig handeln.«

Er wirkte ein wenig beschämt, wie er so nervös auf unsere Hände schaute.

Ich war etwas fassungslos. Was meinte er mit *diesmal* genau?

»Aber, Rafiq – sollen wir einfach so weitermachen? Wir beide führen jetzt andere Leben.«

»Meinst du Gigi?« Er lehnte sich vor und zog mich näher an sich. »Oder meinst du Dirk?«

Rafiq Dirks Namen aussprechen zu hören fühlte sich so falsch an, dass ich instinktiv meine Hände wegreißen wollte. Rafiq lächelte, ließ mich aber nicht los. Seine leicht hervorstehenden Zähne kratzten ein wenig über seine Unterlippe, wie sie das schon immer getan hatten.

»*Ai*, Karima. Mach dir keine Sorgen. Ich weiß von Dirk. Dhanyal hat es erzählt, aber das ist mir egal. Ich bin so froh, dass wir noch eine zweite Chance erhalten. Es ist nicht so, als ob ihr Kinder hättet, und du bist ja auch gar nicht verheiratet – jedenfalls nicht auf die Weise, die zählt. In den Augen Allahs bist du nicht verheiratet, ebenso wenig wie in den Augen deiner Mutter oder der Menschen, die wichtig sind. Dieses andere Leben, das du geführt hast, ist einfach nur ein Leben in Sünde gewesen. Das kannst du hinter dir lassen, und wir können neu beginnen. Ich weiß, dass du noch etwas für mich empfindest. Schau nur, wie wir dasitzen.« Er nahm nun eine meiner Hände in die seinen und begann mit den Daumen über mein Handgelenk zu streicheln. »Ich kann auch sehen, wie sehr du möchtest, dass die Dinge zwischen dir und deiner Mama wieder gut werden.«

Das ließ mich innehalten, denn ich verstand auf einmal, dass ich wegen Mama nicht schon länger Rafiq gegenüber klar gewesen war. Zwischen uns herrschte immer eine bessere Stimmung, wenn Rafiq da war. Nicht offen mit ihm zu sprechen, bedeutete auch, dass es zwischen Mama und mir besser lief.

»Und natürlich auch zwischen dir und Dhanyal.« Rafiq runzelte die Stirn. Er bemerkte gar nicht, wie ich innerlich immer weiter von ihm abrückte. »Okay, wegen Dhanyal machst du dir vielleicht nicht so viele Gedanken. Aber so kannst du alles haben, was du dir wünschst, und alle werden glücklich sein. Vielleicht hatte Ouma insgeheim genau das im Sinn, als sie dir das halbe Haus vermachte: dass du eine Chance hast zurückzukommen. Ich war Zeuge, als sie ihr Testament verfasste, so wie sie das gewollt hatte. Ich habe nie hinterfragt, warum sie das tat. Aber sie war eine kluge alte Dame. Sie hat dich zu uns zurückgeholt. Zu mir zurückgeholt. Nicht jeder hat das große Glück, eine zweite Chance im Leben zu bekommen.«

»Rafiq! So einfach ist das nicht. Ich will nicht …« Ich konnte den Satz nicht beenden, da er mich erneut unterbrach.

»Meine Familie zerstören?« Er wartete nicht auf meine Antwort. »Ich war mir nicht sicher, ob die Sache mit Gigi wirklich beendet ist. Ich habe einfach eine *Talāq* ausgesprochen, um sie etwas aufzurütteln, weil sie so *hardegat* sein kann. Aber als ich dich wieder traf, *sjoe*, da bin ich aufgewacht. Ich kann nie das für Gigi empfinden, was ich für dich empfinde. Auch wenn es bei uns so schlimm endete, habe ich dich doch immer vermisst. Mit Gigi ist es vorbei. Und Amarah mag dich bereits. Ich glaube, dass es mir gelingen würde, Amarah bei uns zu behalten. Ihre Mutter kann sie ja jederzeit besuchen.«

Rafiq hatte alles schon geregelt. Ich sollte zurückkehren und wieder hier richtig einziehen. Mit ihm erneut zusammen sein. Ich kam mir so vor, als würde das alles einer anderen passieren. Was war das nur mit meinem Leben? Wieso regelten immer andere so gerne meine Angelegenheiten?

Achtundvierzig

Ich saß wie eine dämliche, hohle Nuss da, den Mund halb offenstehend. Es war so dringend nötig, endlich Klartext zu reden, um Rafiq deutlich zu machen, dass er mit seiner Planung meilenweit von dem lag, was ich wollte. Doch wie damals, als ich zwölf war, verstand Rafiq mein verblüfftes Schweigen als ein Zeichen der Zustimmung. Er lehnte sich vor, um mich zu küssen.

Nur einen schnellen Kuss. Ich dachte seitdem sehr oft darüber nach, wie es ausgesehen haben musste. Ein Kuss auf die Lippen. Wie bei einem lange vertrauten Paar, ein schneller Kuss, während man sich an den Händen hielt und vor dem Kino wartete. Lange genug, um zu sehen, dass wir nicht nur gute Freunde waren. Ich hatte den Kuss nicht erwartet, weshalb mir auch keine Zeit blieb abzurücken. Und da es kein Kuss war, der mich dazu brachte, die Augen zu schließen, blickte ich hinter Rafiq, als er auf seinem Stuhl ein wenig zur Seite rückte. Ich schaute an ihm vorbei und in Dirks große, blaue, runde Augen.

Direkt in die Augen meines Mannes.

Neunundvierzig

Dirks Gesicht war blass. Regungslos starrte er uns an. Entsetzt riss ich meine Hand aus der von Rafiq. Dirk wirkte so, als ob ihn der Blitz getroffen hätte. Da er niemand war, der sich schwierigen Situationen mit mir entzog, kam er bereits eine Sekunde später in großen Schritten auf mich zu.

»Kari? Was zum Teufel tust du da? Und ich Hornochse habe ein schlechtes Gewissen, weil ich ohne dich hier ins Kino gehe. Ist es das, was du mir morgen sagen wolltest?« Dirk sprach leise. Seine Worte wirkten auf mich wie die eines Wolfs im Schafspelz. Zorn machte seine Wangen und sein Gesicht nun blutrot. Er stand groß vor unserem Tisch. Rafiq beachtete er nicht, sondern wartete nur auf meine Antwort. Mein Herz pochte so heftig, als ob er mich in voller Lautstärke vor allen Anwesenden angebrüllt hätte.

»Dirk, es ist nicht so, wie es aussieht. Ich kann das erklären …«, murmelte ich und stand auf. Rafiq sollte nicht Zeuge meiner Auseinandersetzung mit Dirk werden, also streckte ich die Hand aus, um Dirk am Arm zu berühren und ihm so zu bedeuten, dass wir woanders hingehen sollten. Doch in diesem Moment kamen die Mädchen an unseren Tisch gerannt. Sie erzählten lachend von den Prinzessinnen und dem coolen Drachen. Und auf einmal tauchten auch, scheinbar aus dem Nichts, Lily und Owen auf und eine blonde Frau, die mir vage bekannt vorkam, die ich aber sicher noch nie mit den beiden zusammen gesehen hatte. Meine Welten trafen aufeinander, und ich befand mich am Rande des Abgrunds.

»Es ist nicht so, wie es aussieht«, wiederholte ich.

Lily und Rafiq begannen gleichzeitig zu reden.

»Mädchen, wir müssen jetzt nach Hause. Tante Karima verabschiedet sich gerade von diesen Leuten. Mama wartet schon zu Hause.« Er ignorierte alle anderen, sogar Lily, die er ja kannte.

»Komm schon, Dirk«, sagte sie, »wir gehen. Du kennst noch nicht die ganze Geschichte. Rede morgen mit ihr, wenn es ruhiger ist.« Sie legte die Hand auf Dirks Arm und zog ihn zu sich und Owen. »Jetzt ist nicht der richtige Zeitpunkt. Hier sind Kinder.«

Dirk sah ganz so aus, als würde er jeden Augenblick losbrüllen, mit den Füßen aufstampfen und alles kurz und klein schlagen. Gewöhnlich war er kein Brüller, kein Stampfer und kein Schläger.

»Ja«, sagte ich zu ihm. Und zu Rafiq. Und zu Lily. Mein Gott, diese Frau hatte mir schon so oft den Hintern gerettet.

Lily führte Dirk weg, der wie ein übergroßes, trotziges Kind wirkte. Sie gingen die Rolltreppen hinunter und verließen den Gebäudekomplex. Owen und die blonde Frau folgten.

Ich wäre am liebsten mit ihnen gegangen. Doch stattdessen folgte ich Rafiq.

Die Fahrt nach Hause war laut, mit vielen Schilderungen der Prinzessinnen und des Drachens. Sobald wir angekommen waren, suchte ich mein Zimmer auf. *Es geht mir nicht gut*, sagte ich und überließ es Rafiq, mit Dhanyal zu sprechen und die Mädchen zu Mama zu bringen. Mama trug seit dem Abend der zweiten Hochzeit von Dhanyal den Stiefel nicht mehr, und sie war zwar noch nicht schnell, aber sie konnte sich wieder deutlich besser bewegen. Sie schien mich eigentlich nicht länger zu brauchen. Shireen hingegen hatte auf einmal Dhanyal als Unterstützung, der jederzeit bereit zu sein schien, ihr etwas zu bringen oder ihr zu helfen. Niemand in meiner Familie benötigte im Grunde noch meine Hilfe.

In meinem Zimmer – Oumas Zimmer – klingelte mein Handy wie verrückt, so viele Nachrichten kamen an.

17:00 Lily: Was zum Teufel war das denn? Bist du völlig bescheuert? Ich dachte, Dirk kriegt einen Herzinfarkt.

17:02 Lily: Bitte sag mir, dass du dich entschieden hast. Dirk wird eingeliefert werden müssen, wenn du dich nicht endlich klar äußerst.

Ich schrieb Dirk, ehe ich ihr antwortete.

17:03 Kari: Es tut mir so leid, was du da miterlebt hast. Das ist nicht das, wonach es aussah. Können wir uns trotzdem noch morgen um zehn treffen? Zu Hause. Ich erkläre dir dann alles. Geht das? Bitte. In Liebe Kari

Ich saß da und wartete. Zehn Millionen Minuten verstrichen, ehe mein Handy erneut hupte. Bescheuerter Klingelton. Ich musste den dringend ändern.

17:45 Dirk: Ja.

Ich machte mir nicht die Mühe, mein Zimmer zu verlassen, um zu sehen, was draußen passierte. Es war zwar noch hell, aber ich fiel dennoch so erschöpft ins Bett, als wäre es schon lange dunkel gewesen. Und weinte. *Das Leben ist eine Mischung aus dem, was man daraus macht und was man daraus machen lässt.* Ich hatte eindeutig zu viel daraus machen *lassen.*

Fünfzig

Ich schlief wie ein Stein. Eigentlich hatte ich erwartet, mich die ganze Nacht über unruhig hin und her zu wälzen, den Kopf voll von Dirk und Rafiq und dem Chaos, das ich angestellt hatte. Aber dem war nicht so. Ich schlief richtig tief und gut. Kein einziges Mal wachte ich auf – die drei Male, die ich zum Pinkeln musste, zählten nicht, denn das konnte ich auch im Schlaf. Vermutlich lag es daran, dass mein Hirn derart erschöpft vom vielen Nachdenken war, dass es sich ausgeschaltet hatte. Dort oben passierte nichts mehr. Mein Körper hatte sowieso schon seine Kraft verloren, und ich hatte ihn seit Wochen durch reine Willenskraft mit mir herumgezerrt. Nachdem sich nun aber beide verabschiedet hatten, blieb keine Wahl mehr: Jetzt übernahm mein Herz. Und das hatte bereits beschlossen, was es tun musste. Vielleicht hatte es das längst entschieden und nur darauf gewartet, dass die anderen beiden aufgaben. Als ich Dirk auf einmal im Kino sah, hatte schlagartig mein Herz die Führung übernommen. Jetzt brauchte ich bloß noch Schlaf. Irgendwann, um mein drittes Pinkeln herum, wurden die nächtlichen Schatten heller, und meine Sterne begannen zu leuchten.

Ich war bereit, Dirk zu begegnen. Ich konnte es eigentlich gar nicht mehr erwarten, denn ich wusste endlich, was ich sagen wollte.

Bitte. Lass uns zusammen sein.

Einundfünfzig

Es heißt, der Weg zur Hölle sei mit guten Vorsätzen gepflastert. Ich erwachte, weil Dhanyal mich an der Schulter schüttelte. Erst war ich so benommen, dass es mir schwerfiel, seinen Worten zu folgen. Er klang völlig panisch.

»Karima, du musst bei den Mädchen und Mama bleiben. Hörst du mich? Karima, du musst hierbleiben!« Er schüttelte mich weiter. »Karima, komm schon, hör zu! Ich meine es ernst.«

Trotz meiner Benommenheit wusste ich, dass er es ernst meinte. Dhanyal wäre niemals freiwillig in mein Zimmer eingedrungen, und noch weniger hätte er mich freiwillig berührt, wenn es kein Notfall gewesen wäre. Er sah auch nicht so aus, als würde er scherzen, sondern eher so, als müsse er jeden Moment in Tränen ausbrechen. Seine Stimme klang heiser. »Komm schon, Karima, steh auf, wir haben keine Zeit!«, rief er.

»Wie viel Uhr ist es? Was ist denn los?« Ich setzte mich auf und sah zu Oumas altem Wecker hinüber. Die Ziffern leuchteten schon lange nicht mehr im Dunklen, weshalb ich nie wusste, wie spät es war, wenn ich hier nachts wachlag. Aber es war bereits so hell im Zimmer, dass ich die Zeit problemlos ablesen konnte. Viertel nach neun. *Oh mein Gott, hatte ich so lange geschlafen?*

»Es ist Shireen. Irgendetwas stimmt nicht. Sie blutet«, sagte er. In seinen Augen spiegelte sich der Schock wider, und Tränen schimmerten in den Augenwinkeln. »Der Frauenarzt meint, sie soll sofort ins Krankenhaus. Aber ich will nicht auf den Krankenwagen warten, sondern sie selber fahren. Das ist garantiert schneller.«

Ich konnte mich eigentlich an kein einziges Mal erinnern, dass ich Dhanyal angstvoll erlebt hatte. Doch diesmal war es Angst, die ihm ins Gesicht geschrieben stand. Ich sprang aus dem Bett und zog meine gelben Hausschuhe an.

»Okay, okay, ich bin wach. Fahrt los.« Als ich den Morgenmantel über die Schlafshorts und das Tanktop zog, sah mich Dhanyal mit einem seltsamen Blick an. Er schien etwas sagen zu wollen. *Noch nie ein Tanktop gesehen?*, hätte ich am liebsten gespottet, hielt mich aber zurück. Man hätte annehmen sollen, dass er als Arzt die verschiedensten Körper kannte. Warum betrachtete er dann meinen, als hätte ich ein drittes Bein? Offenbar machte einen die Angst nicht unbedingt weniger unhöflich.

»Hat Shireen alles?«, fragte ich ihn, wobei er mich noch immer anstarrte.

Shireens Name katapultierte ihn endlich in die Gegenwart zurück.

Danach ging alles ganz schnell. Shireens Krankenhaustasche war bereits gepackt – sie hatte hier gewartet, seitdem ich zurückgekommen war. Die Mädchen waren aufgeregt und nervös. Sie wollten auch mitfahren, obwohl sie genau wussten, dass sie das nicht konnten. Die morgendlichen *Koesisters* und der Kaffee standen verschmäht auf dem Küchentisch. Mama hatte mich offenbar ausschlafen lassen. Es war ihr gelungen, sich allein einen Kaftan mit orangefarbenen Kringeln und einen seltsam passenden und unpassenden Turban um den Kopf zu wickeln. Es war das erste Mal, dass ich einen Turban auf ihrem Kopf sah, seitdem ich weggegangen war.

Sie saß auf der Couch neben einer sehr blassen Shireen, die

ihre übliche, alles verdeckende *Abaya* trug. Für mich war das zu ihrer persönlichen Version eines *Halāl*-Jumpsuit geworden, so oft hatte ich sie in den letzten Wochen darin gesehen. Der rosafarbene Turban auf ihrem Kopf und die rosafarbenen Hausschuhe an ihren Füßen vollendeten das Bild. Wie die beiden da so saßen, Mama mit dem Arm um Shireens Schultern, gaben sie ein seltsam gleiches und doch ungleiches Paar ab. Dhanyal mochte sich eine zweite Frau genommen haben, aber allen war klar, dass Shireen seine Mutter hatte.

»Ich möchte, dass Mama mitkommt. Sie setzt sich hinten neben mich auf die Rückbank, während du fährst. Und sie soll im Krankenhaus bei mir sein«, erklärte Shireen ihrem Mann, während sie eine Grimasse schnitt. Etwas unter dieser *Abaya* musste höllisch wehtun. Es war klar, dass Dhanyal Mama eigentlich nicht hatte mitnehmen wollen, aber Shireen und Mama hatten sich offenbar anderweitig verständigt.

Dhanyal nickte. Zu einer Diskussion würde es nicht kommen. Er und ich halfen Shireen und dann Mama aus dem Haus und ins Auto. Die ganze Zeit über rätselten die Mädchen laut, wie das neue Baby wohl heißen würde. Es ist muslimische Tradition, dass der Name eines Babys erst bei einer *Doopmaal* verkündet wird, gewöhnlich am siebten Tag nach der Geburt, wenn der Imam es sieht. Die Mädchen machten sich Sorgen, dass Dhanyal einen altmodischen Namen aussuchte, während sie einen coolen Namen für ihren Bruder wollten. *Wie wäre es mit Mika-eel*, wollten sie wissen. Als ich erneut Dhanyals angstvolles Gesicht sah, wurde mir klar, dass ihn deutlich anderes sorgte als der Name des neuen Kindes.

Um Viertel vor zehn verließen sie das Haus, und um fünf vor zehn wurde mir klar, dass ich nicht zu Dirk gehen konnte. Verdammt. *Dirk war sowieso schon stinksauer, und jetzt auch noch das?* Falls es einen Gott gab, und vielleicht gab es ihn ja tatsächlich, dann musste der gerade im vollen Strafmodus sein. Oder – und das hatte ich schon lange vermutet – Karma war ein echtes Miststück. Nur eine Frau konnte sich eine derart gemeine Rache ausdenken.

Ich wagte das Unvorstellbare und rief ihn an. Manchmal vergaß ich, wozu Handys in der Lage waren. Am anderen Ende der Leitung schaltete sich sofort die Voicemail an.

Zweimal.

Es konnte keinen Gott geben. Er hätte sonst Gnade walten lassen. Da war eindeutig Karma am Werk.

Ich schickte eine Nachricht.

09:57 Kari: Hi, Shireen blutet und wurde ins Krankenhaus gebracht. Ich kann nicht nach Hause kommen, weil ich mich um die Mädchen kümmern muss. Ich wollte wirklich heute mit dir sprechen, aber ich weiß nicht, wie lange das hier dauert. Hab versucht, dich anzurufen. Tut mir leid. Lass mich wissen, wann wir uns stattdessen treffen können. Kari xxx

Es dauerte eine und eine Dreiviertelstunde, ehe er antwortete. Ich frühstückte mit den Mädchen, räumte die Küche auf und schaute mindestens einhundertfünf Mal auf mein Handy, bevor er zurückschrieb.

11:42 Dirk: Ich weiß nicht, was ich von dir halten soll.

Zweiundfünfzig

Mein Herz klopfte wie wild, als ich auf Dirks Nachricht starrte. Ich verstand nicht, was er damit sagen wollte, aber ich wusste, dass es nichts Gutes war. Ehe ich antworten konnte, unterbrach auf dem Display Dhanyals Gesicht unseren Austausch. Die Mädchen rannten zu mir. »Ist das Papa?«, riefen sie aufgeregt durcheinander. »Ist er es?« Mein Handy klingelte, aber es waren vor allem die Fragen der Mädchen, die mich reagieren und abheben ließen.

»Karima, alles ist gut! Alles ist gut, *Alhamdulillah.* Alles ist gut.« Dhanyals Stimme klang glücklich und leicht. »Sie brauchte einen Notkaiserschnitt, aber jetzt geht es beiden gut. Mein Sohn ist schon so schwer, drei Kilo fünfhundertzwanzig Gramm! Und achtundvierzig Zentimeter lang. Er hat rabenschwarze Haare, viel mehr als damals Alia. Kein Wunder, dass Shireen so oft Sodbrennen hatte, angeblich kommt das vom vielen Haar eines Babys. Aber alles ist gut, *Alhamdulillah.* Mama meint, er sieht genauso aus wie ich als Baby.«

Seine Erleichterung und sein Stolz blubberten geradezu durch den Apparat.

»*Selamat*, Dhanyal! Ich freue mich so für dich und Shireen und kann gar nicht erwarten, das Baby zu sehen.« Ich war tatsächlich froh, und es war einfach, ihm zu gratulieren. Es tat gut, meinen Bruder zur Abwechslung einmal glücklich zu hören. Glücklich über etwas, das wir beide teilen konnten – das hatte es schon seit Ewigkeiten nicht mehr gegeben. Es war leichter, mit ihm zu reden, wenn wir nicht beide unterschwellig ständig zu knurren schienen.

»Du kannst kommen! Du kannst kommen und die Mädchen mitbringen, damit sie ihren Bruder kennenlernen! Wir sind in der Cape Mediclinic. Shireen ist etwas müde, aber sie hat keine Schmerzen. Und dem Baby geht es gut. Er isst bereits. Ich habe Rafiq schon von ihm erzählt, und er meinte, er würde dich und die Mädchen gerne ins Krankenhaus fahren. Shireen möchte, dass du ihren Lippenstift mitbringst. Sie sagt, du wüsstest schon, welchen.«

Dhanyal zögerte eine Sekunde lang. Dann fügte er hinzu: »Ich brauche Hilfe mit Mama. Sie will Shireen nicht alleinlassen und in der Klinik schlafen, aber hier erlauben sie nur den Vätern dazubleiben. Mama will aber nicht hören.« Die Worte sprudelten aus ihm heraus. Wie Bläschen in einem Glas Champagner – einem ohne Alkohol natürlich.

Es gab ein neues Baby! Ich war nicht da gewesen, als die Mädchen zur Welt kamen, und hatte verpasst, als alle nur glücklich waren. Die Mädchen wirbelten herum wie Derwische des Glücks. Es gelang mir, Dhanyal auf Lautsprecher zu schalten, so dass sie alles hören konnten, und mit jedem Detail über ihren Bruder wurden die Tänze immer wilder.

Glück!

Ich genoss es in vollen Zügen, daran teilhaben zu können.

Aber warum nur musste ich Rafiq heute schon wieder von Neuem sehen?

Er traf ein, als die Mädchen und ich uns gerade angezogen hatten. Den Kindern war es sehr schwergefallen, sich zu entscheiden, in welchen Outfits sie ihren neuen Bruder begrüßen wollten. Rafiq und ich erwähnten den Samstag mit keinem Wort, sondern verbargen uns hinter der allgemeinen

Aufregung und Begeisterung. Mit anderen Worten, wir vermieden es, über irgendetwas zu reden, worüber wir dringend hätten reden müssen. Wie immer. So war das auch damals gewesen, als wir noch zusammen waren. Letztendlich wurde meistens geschwiegen und nichts geklärt.

Dreiundfünfzig

Wenn das Verpassen von Dirk und seine seltsame Nachricht für mich das Schlimmste an diesem Tag waren, so stellte sich das Kennenlernen meines Neffen als das Schönste und Beste heraus. Ich war nicht darauf vorbereitet, wie magisch es sein würde. Dhanyal hatte zwar erklärt, dass es ein großes Baby sei, aber in meinen Augen war er winzig. Unvorstellbar winzig. Mit dünnen Fingern und Zehen, die dennoch funktionierten! Immer wieder spreizte er sie, und ich fragte mich, ob er das tat, um uns daran zu erinnern, was für ein perfekter kleiner Mensch er war. *Schaut mal, ich kann mich bewegen!* Er hatte ein ruhiges, ernstes kleines Gesicht mit langen schwarzen Wimpern, die auf seinen Wangen ruhten. Dichte schwarze Haare, wie Federn auf einer Kappe, standen ihm vom Kopf ab. Ich konnte meinen Blick nicht lösen.

Ich kannte niemanden persönlich, der ein Baby hatte. Natürlich hatte ich schon früher welche gesehen, auch Unmengen von schwangeren Frauen und ebenso viele junge Mütter. In Eden gab es sie wie Muscheln am Strand. *Das ist hier der reinste Brutkasten*, sagte Owen gerne, wenn er unfreundlich gelaunt war. *Toll für Familien*, lautete der Spruch, wenn er guter Dinge war.

Das stimmte wahrscheinlich. Überall auf der Promenade sah man Schwangere, die versuchten, in die Kinderwagen der jungen, erschöpft wirkenden Mütter zu spähen. Doch meist waren die Kinderwagen mit einem Tuch verdeckt, falls der Wind zu windig oder die Sonne zu sonnig war. Aber ich kannte niemanden persönlich, in dessen Bauch gerade ein Baby herangewachsen war. Ich hatte keine Frau erlebt, die zuerst einen riesigen Bauch und dann ein winziges Kind gehabt hatte.

Das Lebewesen in meinem Arm war erst ein paar Stunden alt. Ein paar Stunden! Vor einigen Stunden war er noch irgendwo unter Shireens *Abaya* gewesen, und jetzt konnten wir ihn alle halten. Als ich Di kennenlernte, waren ihre Töchter bereits Kleinkinder, keine Babys, also eine andere Spezies. Verzückt betrachtete ich meinen Neffen, und mir wurde klar, dass in Shireen die ganze Zeit über ein winziger Mensch herangewachsen war, und das kam mir unglaublich vor.

Im Grunde absurd. Ich meine, ich *wusste*, dass es sich jeden Tag mit unzähligen Frauen und Babys so ereignete, aber irgendwie war es etwas anderes, wenn man es aus derartiger Nähe erlebte. Seltsam, dass alles im Leben so selbstverständlich erscheint – bis zu dem Moment, wenn es einem selbst passierte.

Shireen erklärte, sein Gesicht und seine Haut seien wegen des Kaiserschnitts so hübsch glatt. Er war nicht gedrückt und gequetscht worden wie die anderen beiden, die auf die übliche Weise geboren wurden. Ich wusste nicht, was sie meinte. Für mich sah er einfach vollkommen aus, ganz egal, aus welchen Gründen.

Als Shireen mich fragte, ob ich ihn halten wolle, brachte sie meine schockierte Miene zum Lachen.

»Das ist bereits mein drittes Baby. Keine Sorge, das geht. Sie sind stabil genug.« Sie lächelte, als mir Dhanyal ihren Sohn reichte. Ich setzte mich breitbeinig auf den einzigen Sessel im Zimmer, die Arme auf Kissen gestützt, so dass sie eine perfekte Wiege bildeten. Dann wagte ich mich nicht mehr zu rühren. Alia und Sara und Amarah flatterten wie Schmetterlinge um uns herum, bis Dhanyal die Geduld verlor und sie ins Krankenhausrestaurant führte.

Als es dadurch etwas ruhiger wurde, konnten Mama, Shireen und Rafiq reden. Ich beteiligte mich nicht an ihrer Unterhaltung, sondern hielt nur das Baby in den Armen, bis es seine Augen öffnete (die wie braune Mandeln aussahen!). Ich starrte es noch faszinierter an. Als es sich zu winden begann, nahm Rafiq es mir wie selbstverständlich ab. Er war ein Mann, der wusste, dass Babys meist ihre Mutter wollten. Er gab den Kleinen also Shireen zurück, die ihre Arme nicht auf Kissen aufstützen musste, um sich sicher zu fühlen.

»Man kann es deutlich sehen, *nè*?«, sagte Mama zu Rafiq, nickte aber in meine Richtung. »Man kann deutlich sehen, was ein Baby auslöst. Die Uhr tickt wirklich laut. Ich war mir nicht sicher, ob ich es jemals selbst erleben würde, aber ich wusste, dass es eines Tages passieren würde.« Sie lachte. Sie klang nicht unfreundlich, trotzdem ärgerte es mich. Warum nur musste sie so etwas gerade zu Rafiq sagen?

»Ja«, erwiderte er und lächelte für mein Empfinden zu freundlich, während er mich betrachtete. »Babys können einiges. Pass nur auf, Mama, man weiß nie, wie sich die Dinge entwickeln.«

Mein verdammtes Leben.

Die Stunden vergingen. Wir alle starrten immer wieder bewundernd auf das Kind und waren begeistert, wenn es auch nur die kleinste Bewegung machte oder einen leisen Laut von sich gab. Dhanyals Männer aus der Moschee trafen nach und nach hintereinander ein, schüttelten ihm die Hand und küssten ihn auf beide Wangen. Sie kamen wegen Dhanyal und interessierten sich kaum für das Baby – im Gegensatz zu ihren Ehefrauen, die Essen brachten und allesamt Shireen und Mama beglückwünschten.

»Wann bist du so weit?«, fragten mich einige von ihnen und sahen mich unter ihren geblümten Kopftüchern lächelnd an. Ich antwortete nicht, sondern erwiderte nur stumm ihr Lächeln. Bis Rafiq einer der besonders aufdringlichen Blumen erklärte, dass er es sie wissen lassen würde, sobald es so weit sei. Das ließ mein Lächeln gleich gefrieren. Wieso gab dieser Kerl nicht auf?

Um sechzehn Uhr erklärte die zuständige Krankenschwester in einem strikten Tonfall, es sei nun Zeit für uns zu gehen (*Verzieht euch,* signalisierte uns ihre Miene). Nur Dhanyal durfte dableiben, wenn er wollte. Mama begann, ihren Plan darzulegen. Doch als ich sah, wie die Schwester die Schultern durchdrückte, fragte ich mich, ob Mama zur Abwechslung mal jemandem begegnet war, der es furchtlos mit ihr aufnahm.

Ich hätte es besser wissen müssen.

»Eine Frau braucht ihre Mutter, wenn sie ein Baby bekommen hat«, erklärte Mama vehement der Krankenschwester, die von Dhanyals Freunden abgelenkt war, welche den kleinen Wartebereich mit ihren lauten *Selamats* und *Alhamdulillahs* völlig belegten.

»Ihre eigene Mutter ist in Dubai und kann erst am Samstag hier sein«, fuhr Mama fort. Als sie bemerkte, wie die Krankenschwester stirnrunzelnd zusah, dass ein weiterer Freund Dhanyals mit Frau und Kind im Schlepptau eintraf, setzte Mama zum finalen Schuss an. »Ihr Mann kann auch nicht die ganze Zeit dableiben, und sie braucht jemanden, der sicherstellt, dass nicht noch *weitere* Besucher kommen und sie erschöpfen. Ich könnte ihnen immer mitteilen, dass sie warten müssen, bis sie wieder zu Hause ist.«

Weitere Besucher. Das waren die Zauberworte.

»Also gut, Sie können bleiben. Aber hier schlafen können Sie nicht. Sie müssen dann später nach Hause gehen.« Die Krankenschwester wusste, dass sie geschlagen war. Und wir alle wussten, dass Mama im Krankenhaus übernachten würde, ganz gleich, was die Frau jetzt sagte.

Ich dachte, dass auch Dhanyal bleiben würde. Er wirkte so begeistert von seinem Sohn, dass ich mir kaum vorstellen konnte, er wolle irgendwo anders sein. Doch bevor die Mädchen und ich uns zusammen mit Rafiq verabschiedeten, damit Shireen dem Baby um siebzehn Uhr die Brust geben konnte, räusperte er sich, um zu sprechen. Wir standen alle schweigend da, während die Krankenschwester noch unter der Tür wartete.

»Ich gehe jetzt auch. Ich muss Anthea alles erzählen. Ich meine Aysha«, verbesserte er sich. »Alles über das Baby. Ich muss bei ihr übernachten, solange du im Krankenhaus bist, Shireen, sonst ist es unfair, wenn ich nicht mehr zu ihr komme, sobald das Baby zu Hause ist. Ich muss meinen beiden Frauen gegenüber gerecht sein. Den Mädchen wird es mit Mama und Karima gut gehen. Ich melde mich morgen.«

Shireen nickte und lächelte gequält die Krankenschwester an, die ziemlich finster wirkte. Dhanyal hatte die ganze Zeit über Rafiq angeschaut, während er sprach. Nun verließ er das Zimmer und überließ uns der Obhut von Stellvertreter Rafiq, als ob er diesem allein durch seinen Blick die Dienstmarke übergeben hätte.

Vierundfünfzig

Es war einundzwanzig Uhr, als Rafiq zurück ins Krankenhaus fuhr. Er wollte Mama holen, damit sie eine Tasche packen konnte, um die Nacht im Krankenhaus zu verbringen. Die Krankenschwester hatte ihre Meinung sofort geändert, als sie Dhanyals Ankündigung hörte und ihn gehen sah. Während Mama packte, machte ich ihr einen Tee und blieb in der Nähe, für den Fall, dass sie mich brauchte. Ich hatte die Mädchen bereits ins Bett gebracht und wartete nur darauf, allein zu sein, damit ich versuchen konnte, noch einmal Dirk zu erreichen. Nervös drängte ich Mama zur Eile, aber sie ließ sich nicht aus der Ruhe bringen. Sie wollte mir vielmehr etwas sagen.

»Ich habe dich mit Dhanyals Kind beobachtet, Karima. Ich konnte es sehen. Ich meine, ich wusste es immer, aber heute konnte ich es eindeutig sehen. Dein Herz ist stets am rechten Fleck gewesen. Selbst wenn du nicht immer das Richtige tust.« Sie zuckte mit den Achseln. »Eines Tages wirst du eine gute Mutter sein, *Inschallah*. Ich bete jeden Tag ein *Dua*, dass Allah dir vergibt und dich noch mit Kindern segnen wird. Weißt du, es ist das Beste, was ich in meinem Leben getan habe – dich und Dhanyal zu bekommen. Ehrlich, es ist das Beste. Jeden Tag bete ich zu Allah, dass du noch eine Chance bekommst, so wie auch Dhanyal seine Chancen hatte.«

Die Augen meiner Mutter waren nass vor Tränen. Ich nickte und schluckte, den Kopf voller Worte, aber unfähig, diese laut auszusprechen.

Hatte sie mir vergeben?

Konnte ich wirklich eine gute Mutter sein?

Ich fragte nicht.

Sie ließ mich die Dinge holen, um die sie Shireen gebeten hatte, und dann waren sie bereit. Ich wartete nicht, sondern rief Dirk an, ehe sie auch nur im Auto saßen. Es gab so viel zu sagen, und ich wollte mich nicht auf eine kurze SMS oder auch eine Mail beschränken. Dreimal versuchte ich es, aber er nahm nicht ab.

Dann Plan B. Ich öffnete mein Mailprogramm, um ihm zu schreiben, doch er war schneller gewesen. Diesmal verlor er nicht lange unnötige (oder liebevolle) Worte.

Wer war das? Ich dachte zuerst, es sei Dein Bruder, aber dann küsste er Dich plötzlich. Sag es mir einfach. ›Stilbly is ook'n antwoord‹, *meinte meine Mutter immer, wenn ich sie ignorierte und nicht sofort antwortete. Ich will, dass du es laut aussprichst.*

Dié wat nie wil hoor nie moet voel. *Nicht nur du hast eine Mutter, die in deinem Kopf lebt. Sie hatte recht: Ich wollte nicht hören, und jetzt muss ich es fühlen.*

Scheiße. Ich weiß, dass ich es selbst verschuldet habe, aber es tut echt wahnsinnig weh. Ich will am liebsten alles zertrümmern, zum Beispiel gleich mal mit diesem Typen anfangen. Ich will alles kaputtmachen. Alles.

Idiot. Hab mich offenbar zu früh gefreut. Ich hatte sogar schon meine Schwester aus Joburg eingeladen, damit du sie kennenlernst.

Ich wäre hiergeblieben, um mit dir zu reden, aber ich fliege nach London. Das wollte ich dir heute Vormittag erzählen. Man möchte, dass ich das Londoner Büro aufbaue und für die ersten Jahre leite, vielleicht für drei. Ich habe ihnen erklärt, ich würde mir diese Woche alles einmal anschauen und mich dann entscheiden, nachdem ich mit dir gesprochen habe. Ich hatte mich schon gefreut, denn ich habe mir naiverweise vorgestellt, es könnte ein Neustart für uns sein. Idiot.

Was willst du, Kari? Mich? Ihn? Sag es einfach. Ich will nicht dieses Dazwischen. Ich will Bescheid wissen. Vielleicht war ich dumm anzunehmen, dass es für uns reichen würde, einfach zusammenzupassen, dass der Rest nichts bedeutete. Vielleicht sollte es bei uns nie für immer sein. Sandra, die Therapeutin, meint, dass es nie perfekt sein wird, wofür wir uns auch entscheiden. Es wird immer Auseinandersetzungen geben. Der Trick bestünde nur darin, sich die richtigen Auseinandersetzungen auszusuchen.

Wenn ich bis zum nächsten Montag nichts von Dir gehört habe, dann weiß ich Bescheid. Stilbly is ook 'n antwoord.

Dirk

Fünfundfünfzig

Dirks Mail erschütterte mich. Er war sich immer so sicher gewesen, was uns betraf. Selbst vor Eva war er derjenige gewesen, der an uns glaubte. Er zeigte nie auch nur den geringsten Zweifel, ob wir zusammenpassten. Ich konnte keine schnelle Antwort schicken. Sie musste in diesem Fall perfekt werden. Mir blieb eine Woche, um die richtigen Worte zu finden – eine Woche, um alles in Ordnung zu bringen.

Am Montagmorgen befand ich mich auf einer Mission. Ich hatte eine Liste von Dingen, die es zu erledigen gab und die mich dem näherbrachten, was ich wollte. Die Mädchen zur Schule – Haken. Kurzer Besuch im Krankenhaus – Haken. Ich machte einen Termin bei Lily aus in der Hoffnung, dass sie eine magische Mediziner-*Muti* hatte, die endlich meine ewige Übelkeit wegzauberte. Vielleicht würde mir mehr Energie die Kraft geben, die richtigen Worte für Dirk zu finden sowie den Mut für die harschen Worte an Dhanyal und Rafiq. Ich musste endlich diese verdammten Gespräche führen.

Lily hatte keine *Muti.* Stattdessen zog sie mir mit einem Ruck den Boden unter den Füßen weg.

»Du bist schwanger.«

Wie dämlich konnte man sein? Das war mein erster Gedanke. Ich meine, es war ziemlich offensichtlich. Wenn es eine Schlange gewesen wäre, hätte sie mich direkt und ohne Umschweife in den Hintern gebissen. Man musste eigentlich nicht Astrophysiker sein, um das zu erkennen. Oder vielleicht doch eine Astrophysikerin mit einer regelmäßigen Monatsblutung, denn die hatte ich seit mindestens vier Wochen nicht mehr gehabt.

Aber bei mir bestand offenbar nicht die leiseste Hoffnung, dass ich ein halbwegs funktionierendes Hirn hatte. Und als ich nun vor Lily saß – in ihrer Verkleidung als Dr. Lily de Angelo –, umgeben von ihrem schicken Praxiszimmer, verließ mich auch der Rest meiner grauen Zellen, und zwar in dem Moment, in dem sie das leise sagte.

»Du bist schwanger.«

Selbst Stunden später hörte ich noch ihre Stimme. Es passte alles zusammen. Die Übelkeit. Die Müdigkeit. Die Essattacken. Die schmerzenden Brüste (dämlich, wie ich war, merkte ich erst jetzt, dass sie schmerzten). Verdammt, ich war schon einmal schwanger gewesen und hätte es wissen müssen. Ich hätte das Malen-nach-Zahlen-Bild problemlos vervollständigen können, wenn ich nur nicht so sehr die Augen vor der Wahrheit verschlossen hätte.

Lily redete noch eine Weile weiter, aber ich konnte mich später nicht mehr an das erinnern, was sie gesagt hatte. Ich verließ ihre Praxis im Blouberg Hospital, ohne mich von ihr oder der Sprechstundenhilfe oder den anderen Patienten zu verabschieden, die sie wegen mir hatte warten lassen. Lily wusste sicher, was nun in meinem Kopf abging, und vermutete, dass ich einen Filmriss haben würde. Als ich nämlich auf dem Parkplatz eintraf, hatte sie mir bereits eine WhatsApp geschickt und mir vorgeschlagen, dass wir uns am nächsten Tag nach dem Abliefern der Mädchen an der Schule im Caffe Neo treffen und alles besprechen würden.

Vermutlich tat ich an diesem Tag noch andere Dinge – redete mit Leuten, kochte Abendessen, räumte auf. Aber ich erinnerte mich abends nur daran, Lily getroffen zu haben. Das und dass ich noch nie in meinem Leben so verzweifelt dringend hatte Dirk sprechen wollen. Doch wie? Ich konnte schließlich schlecht anrufen und sagen:

Okay, Dirkie, ja, stimmt, es ist alles Scheiße. Da war diese Geschichte mit Eva, die mich irgendwie aus der Bahn geschleudert hat. Dann starb Ouma, was mich fast ganz ausgeschaltet hat. Schließlich der Umzug hierher – das war's im Grunde mit mir. Ich verlor die Kontrolle über mich und mein Leben, und ich habe keine Ahnung, was zum Teufel mich so handeln ließ, aber da passierte diese seltsame Sache mit Rafiq. Es war nichts, und jetzt ist es auch vorbei, und ich will wirklich, dass wir es noch einmal miteinander versuchen. Oh, und übrigens, ich möchte dich ja nicht unter Druck setzen, aber laut Lily bin ich schwanger.

Kein geeigneter Anruf nach Übersee. Und garantiert nicht die perfekten Worte, die ich hatte schreiben wollen.

Sechsundfünfzig

Ich musste dringend mit Lily reden. So dringend, dass ich zum ersten Mal zu früh kam. Nicht zu sehr, aber doch früh genug, um darauf warten zu können, dass ein geeigneter Tisch frei wurde. Einer, der nicht direkt neben einer Lycra-Mummy stand.

»Ich habe nur eine Dreiviertelstunde Zeit. Zum Glück konnte ich ein paar Patienten nach hinten schieben«, sagte Lily, während sie ihre Tasche auf einen leeren Stuhl warf. Die Sonnenbrille hatte sie bereits hochgeschoben. Es musste sie mehr als eine Stunde im Verkehr gekostet haben, um vom Blouberg hierher zu mir zu kommen. Ganz bestimmt verfluchte mich die Sprechstundenhilfe. War ich auch eine so gute Freundin für Lily wie sie für mich? Ich hoffte es inständig.

Ich antwortete nicht, aber sie wusste, dass ich nicht einfach mies gelaunt war. Sie bestellte Cappuccinos – einen koffeinfreien für mich – und Croissants.

»Dieser Morgen verlangt geradezu nach Kohlenhydraten!«, stellte sie fest und drückte meine Hand.

»Deine Blutwerte kamen gestern Nachmittag spät noch zurück, und der Test hat's bestätigt: Du bist definitiv schwanger. Noch sehr früh, aber das hCG ist hoch. Sieht nach einer sicheren Sache aus.«

Ihre Miene verriet nichts. Ich fragte mich, ob man das bereits im Medizinstudium lernte oder ob sie sich das im Laufe ihrer Berufsjahre angewöhnt hatte. Vor zehn Jahren hätte ihr Gesicht wohl noch Schock signalisiert.

»Geht's dir gut?«, fragte sie stirnrunzelnd, weil sie merkte, dass ich nicht sofort nach dem Croissant griff, als dieses auf unseren Tisch gestellt wurde – letztes Mal hatte ich zwei mehr oder weniger inhaliert, ehe sie auch nur an ihrem Kaffee nippen konnte.

»Du wirst es vermutlich kaum glauben, aber mir geht's gut.« Das stimmte tatsächlich. Zwar fühlte ich mich weiterhin verwirrt und desorientiert, aber es ging mir dennoch gut. »Versteh mich nicht falsch. Es war ein gewaltiger Schreck. Ich kann es immer noch nicht glauben. Wann? Wie? Wenn ich mich recht erinnere, muss es das letzte Mal passiert sein, als Dirk zu Hause war, Ende Januar. Das war das letzte Mal, ehe alles total verrückt wurde. Zwei Wochen vor dem Valentinstag. Wir bemühten uns beide, haben uns von unseren besten Seiten gezeigt, und es war toll.«

Es fiel mir schwer weiterzureden, als ich an jenen Freitagnachmittag dachte. »Aber es lief dann doch wieder auf einen Riesenkrach hinaus, ehe er abfuhr. Das war das letzte Mal. Da muss es passiert sein.«

Lily wirkte erleichtert. Ihre Ärztinnen-Miene war verschwunden. »Gott sei Dank. Einen Moment lang hatte ich den verrückten Gedanken, dass du vielleicht …«

»Von jemand anderem schwanger bin?«, beendete ich den Satz für sie. Mir klappte die Kinnlade herunter. »Grundgütiger – nein! So weit ist das nie gegangen.« Ich war entsetzt. Seltsam, wie man sich manchmal als offen und entspannt einschätzte, bis jemand etwas sagte und man automatisch absolut feste Wertvorstellungen hatte. »Das wäre viel zu sehr *Zeit-der-Sehnsucht*-mäßig, selbst für mich. Allerdings war ich dämlich, was die Pille betrifft. Ich habe sie einige Tage lang vergessen, und dann nahm ich alle auf einmal. Als die Periode ausblieb, dachte ich, aus dem einfachen Grund, weil ich mit der Pille schludrig war. Ich habe nicht angenommen, dass das so einen Unterschied machen würde, nachdem er so viel weg war und wir uns ständig stritten. Da bin ich nicht davon ausgegangen, dass was passieren könnte. Schließlich waren wir schon lange nicht mehr im Flitterwochenmodus, wenn du verstehst.«

Ich sah sie an und versuchte, sie mit einem Blick dazu zu bringen, mir zu versichern, dass ich nicht unglaublich bescheuert, dämlich und dumm gewesen war. Und zwar so dämlich, dass man unter dem Wort ›dämlich‹ im Wörterbuch als Beispiel mein grinsendes Gesicht entdecken würde.

»Es war nicht gerade das Klügste, was du tun konntest«, meinte Lily nach einer kleinen Pause. »Denn wenn es jemanden gibt, der sofort schwanger wird, wenn er nicht höllisch aufpasst, dann du.« Sie musste die Verzweiflung in meinen Augen gesehen haben, weil sie hinzufügte: »Aber es ist nicht das Dümmste, was du hättest tun können. Schließlich ist es von Dirk.«

»Ja.«

»Tut mir leid. Ich weiß, dass du nicht dämlich bist, aber von dem Schwangerschaftstest allein konnte ich nicht erkennen, wie weit die Schwangerschaft schon ist, und malte mir das Schlimmste aus. Ich wollte dich sowieso fragen, wann du deine letzte Periode hattest.«

Ich war nicht total dämlich. Schon ziemlich, aber immerhin nicht total. Damit konnte ich leben.

Wir aßen die Croissants. Lily trank noch einen Cappuccino (Tee für mich, denn der Kaffeegeruch drehte mir den Magen um) und plauderte eine Weile über die anderen. Ich wusste, dass sie glaubte, die Ablenkung würde mir guttun, weil ich mich ansonsten von der nächsten Brücke stürzen würde. Was konnte sie außerdem noch sagen, was sie nicht bereits gesagt hatte? Ich hörte also die neuesten Nachrichten: Shelley wartete darauf zu erfahren, ob die letzte In-vitro-Fertilisation funktioniert hatte oder nicht (ja, ich hatte ein schlechtes Gewissen). Di trieb jeden in den Wahnsinn mit ihrer Begeisterung über die zweiten Flitterwochen, wobei man beim Erleben ihrer Aufregung durchaus nachvollziehen konnte, was Alan damals gemeint hatte, wenn er ein wenig stichelnd behauptet hatte, dass sie zu gerne ausflippte.

Lily und Owen hingegen planten, sich gegenseitig ihre Eltern vorzustellen. Das Ganze war also wirklich ernst, das wusste ich, denn ich hatte noch nie von Lily gehört, dass sie irgendeinen ihrer Männer ihrem Daddy vorgestellt hätte. Und dass Owen noch Eltern hatte, war uns allen bisher völlig unbekannt gewesen.

Aber Lily – Ärztin Lily und Freundin Lily – war noch nicht ganz fertig mit mir. Sie hatte noch eine Frage. »Willst du es behalten?«

Ich spuckte vor Schreck den Schluck Tee aus, den ich gerade getrunken hatte.

»Darüber hab ich noch gar nicht nachgedacht«, schwindelte ich und kippte auch den Rest des Tees aus der Tasse auf den Tisch. »Ich wollte erst mit Dirk reden und hören, was er dazu meint.« Das stimmte.

Danach gab es nichts weiter zu besprechen. Lilys Dreiviertelstunde war sowieso um. Sie ging, wobei sie einen blauen Hundert-Rand-Schein unter die Zuckerdose schob, um ihren Teil des Frühstücks zu bezahlen. Sie ließ mich nie etwas für sie übernehmen, selbst wenn sie spät dran war.

Ich hatte sehr wohl darüber nachgedacht. Offensichtlich. Meiner Meinung nach kann man nicht schon mal eine Abtreibung gehabt haben, ohne bei der nächsten Schwangerschaft daran zu denken. Als der Schwangerschaftstest das letzte Mal die rosafarbenen Pluszeichen angezeigt hatte, war ich sofort entsetzt gewesen, hatte sie mir weggewünscht und gehofft, ich würde bald aus diesem Albtraum erwachen. Diesmal war ich schockiert, aber hatte nicht dieses Das-ist-das-Ende-der-Welt-und-ich-will-mich-auf-der-Stelle-in-Luft-auflösen-Gefühl verspürt. Es war in diesem Fall eher ein Ich-kann-es-nicht-glauben-und-wo-zum-Teufel-ist-Dirk-ich-muss-sofort-mit-ihm-reden-Schock gewesen.

Ich wollte es Dirk sagen. Mehr als alles andere auf der Welt.

Aber wie? Wie sollte ich es ihm sagen? Immer und immer wieder überlegte ich das, während ich in die Cape Mediclinic fuhr, um Shireen, Mama und das neue Baby zu besuchen. An diesem Tag fühlte es sich geradezu surreal an, dort zu sein und das Neugeborene zu sehen. Das Wissen, dass ich, wenn ich alles einfach laufen ließ und Glück hatte, in etwa sieben Monaten oder so in der gleichen Situation sein würde wie Shireen. Mit einem winzig kleinen Baby im Arm. Mama behauptete früher immer, mein Gesicht könne ihr ganze Geschichten erzählen. Ich hätte ein offenes Gesicht, sagte sie. Seitdem war eine halbe Ewigkeit vergangen. An diesem Tag erkannte sie zwar nicht die ganze Geschichte, aber sie wusste sofort, als sie mich sah, dass etwas nicht stimmte.

»Alles in Ordnung, Karima? Du siehst verschreckt aus«, sagte sie, während sie im Sessel saß und ihren Enkel in den Armen hielt. Die Plastikwiege, die neben Shireens Bett stand, war vermutlich noch kein einziges Mal zum Einsatz gekommen.

»Ja, alles okay. Es ist nur morgens jetzt immer ziemlich still zu Hause.«

Wusste sie Bescheid?

»Keine Sorge, wir sind bald wieder alle zurück. *Inschallah*, dann wirst du überhaupt nicht mehr zur Ruhe kommen. Der

Kleine hier schläft, wenn du da bist, aber du solltest ihn mal nachts hören! Der hat eine Lunge, so was hat man noch nicht erlebt. Frag deine Mama«, sagte Shireen und lächelte ihren Sohn und Mama an. Mama schien momentan eher ihre Mutter zu sein als die meine.

»Nicht, Shireen. Lass ihn doch. So muss das sein. Er ist stark, und er ist ein kleines Kind. So sind Kinder nun mal. Man kann sie nicht ruhighalten.« Mama verteidigte ihren Enkel bereits jetzt. Sie zog ihn zudem noch näher an sich heran, wenn das überhaupt möglich war.

»Ich habe Rafiq gefragt, ob er sich darum kümmern kann, dass meine Mutter am Samstag vom Flughafen abgeholt wird«, erklärte mir Shireen. »Sie kommt um zwölf Uhr an. Ich hätte gerne Dhanyal gebeten, das zu erledigen, aber ich glaube, er ist um diese Zeit noch in der Praxis. Wäre das okay?«, fügte sie hinzu. Praxis musste wohl das neue Codewort für Aysha sein, nahm ich an.

Warum fragst du das mich, hätte ich ihr am liebsten geantwortet. *Es hat nichts mit mir zu tun, was Rafiq tut oder nicht tut. Das geht mich nichts an.*

Doch ehe ich etwas erwidern konnte, meinte sie: »Die *Doopmaal*-Feier findet auch am Samstag statt, abends. Wir werden also viele Gäste haben. Meine Mama und Rafiq werden dir sicher behilflich sein, aber du solltest lieber noch die Ruhe und den Frieden genießen, während es geht. Es kommen aufregende Zeiten auf uns zu!«

Shireen zwinkerte mir fröhlich lächelnd zu. Natürlich würde die Namenszeremonie von Dhanyals Sohn ein großes Ereignis werden, aber ich hatte den Eindruck, dass Shireen außerdem ein Geheimnis hütete, das sie nicht verraten wollte. Sie war nie gut darin gewesen, etwas zu verbergen.

Ich war nicht neugierig. Mir reichte es allmählich mit aufregenden oder erschütternden Ereignissen. Von denen hatte ich in letzter Zeit wirklich genug erlebt.

Es war nicht so sehr *Zeit der Sehnsucht*, sondern vielmehr *Zeit der Schrecken und Überraschungen.* Und von denen lagen noch nicht alle auf dem Tisch.

Siebenundfünfzig

Ich tat es. Ich schrieb Dirk. Es dauerte eine halbe Ewigkeit, die Mail zu verfassen, und ich war nicht sicher, ob sie mir gelungen war, aber ich schickte sie letztlich dann doch endlich ab.

Lieber Dirk,
es ist wirklich schwer, Dir zu schreiben. Die Worte scheinen nie so herauszukommen, wie ich das möchte. Ich sehe Dein Gesicht vor mir – wie Du mich am Samstag vor dem Kino angeschaut hast –, und ich glaube, ich kann nichts sagen oder schreiben, was das richten wird. Ich habe Angst, dass es sich nicht mehr richten lässt. Vermutlich begreife ich jetzt eher, wie es dir mit der Sache mit Eva ergangen ist.

Ich habe keine Sandra-Therapeutin, aber ich habe eine Lily. Sie meint, ich solle die volle Wahrheit sagen, ohne Schnörkel, und dann schauen, was passiert. Also. Das tue ich hiermit.

Ich hasse es, was Du getan hast. So ähnlich wie wenn jemand stirbt, konnte ich zuerst nicht glauben, dass so was geschehen ist.

Und dann starb noch jemand. Nicht irgendjemand. Sondern Ouma. Ouma starb, ohne dass ich ihr jemals gesagt habe, dass es mir leidtut.

Ich bin nach Hause zurückgezogen, und obwohl ich glaubte, dass es schwierig werden würde, war es in Wirklichkeit ziemlich leicht. Alle hier kennen mich. Sie wissen, wessen Tochter ich bin, wessen Schwester, wessen Enkelin. Es ist fast so, als wäre ich nie weggegangen. Ich muss einfach das machen, was alle anderen auch machen. Aber das kann ich nicht. Nicht wirklich. Selbst wenn ich es wollte. Ich kann nicht einfach stillhalten und darauf warten, dass sich die Dinge wieder von selbst einrenken.

Ich habe keine gute Erklärung wegen Rafiq. Vor zehn Jahren war er für mich genauso wichtig wie meine Mutter und mein Bruder und meine Ouma. Er kennt sie, und er kennt mich, wenn ich bei ihnen bin. Oder jedenfalls kannte er mein altes Ich. Ich habe nicht mit ihm geschlafen, aber ich ließ mir von ihm helfen, und das lief etwas aus dem Ruder.

Am Samstag habe ich versucht, ihn zurückzuweisen. Ich weiß, dass es für dich nicht so aussah, aber wir befanden uns gerade in einem Gespräch, bei dem ich ihm klarmachen wollte, dass es mit uns nichts mehr werden würde. Denn ich möchte mit Dir zusammen sein.

Ich hätte das schon früher sagen sollen – zu Dir und zu ihm. Ich habe es nicht getan, weil ich wütend wegen Eva war und nicht begreifen wollte, wie so etwas passieren konnte. Ich war feige. Ich hätte mich nicht auf Rafiq verlassen sollen, mir mit meiner Mutter und Dhanyal zu helfen. Ich möchte, dass wir es noch einmal miteinander versuchen, Du und ich. Vielleicht gehen wir sogar gemeinsam zu Sandra, der Therapeutin.

In Liebe für immer,
Kari

Achtundfünfzig

Für Lily war es leicht, mir zu raten, die Wahrheit zu sagen und dann zu warten, was passieren würde. Aber das half mir in diesem Fall so gar nicht mit der Frage, wie ich den Teil *P. S.: Übrigens bin ich schwanger* unterbringen sollte. Wenn ich Dirk gewesen wäre, hätte ich mich vermutlich nur an diese letzte Zeile erinnert. Was wäre, wenn er inzwischen seine Meinung geändert und gar nicht mehr mit mir zusammen sein wollte? Und dann würde er nur bleiben, weil er sich wegen des Babys verpflichtet fühlen würde? Was wäre, wenn ihm meine Schwangerschaft das Gefühl vermittelte, gefangen zu sein? Oder wenn er – Grundgütiger! – wie Lily glaubte, das Baby könnte nicht von ihm, sondern von Rafiq sein?

Diese *Was-wäre-wenn*-Fragen trieben mich fast in den Wahnsinn. Ich musste doch wohl nicht alles in einer einzigen Mail sagen, oder? Vielleicht sollte ich zuerst einmal abwarten, wie er reagierte, und ihm dann von der Schwangerschaft erzählen. Dann wüsste ich zumindest, dass es nicht das Baby war, das ihn zu mir zurückbrachte. Ich wollte, dass es perfekt wurde. Aber vielleicht war das in diesem Fall gar nicht möglich.

Nachdem ich den Nachmittag zuvor und dann den ganzen Vormittag damit verbracht hatte, diese verdammte Mail zu verfassen, musste ich endlich zu einem Abschluss kommen. Ich ließ also die Sache mit der Schwangerschaft aus und schickte sie ab, ehe ich noch einmal meine Meinung änderte und ein weiteres Wort entdeckte, das mir nicht so ganz zusagte. Es gab keine perfekte Antwort, dachte ich irgendwann. *Stilbly is ook 'n antwoord*, hatte Dirk geschrieben. Nicht perfekt, aber doch deutlich besser als Schweigen.

13:30 Kari: Hab ihm geschrieben. Vom Baby hab ich ihm allerdings noch nichts erzählt.

13:40 Lily: Du willst es also behalten? Selbst wenn er nicht zu dir zurückkommt?

13:45 Kari: Ja. Es ist Dirks und mein Kind. Das würde ich immer behalten wollen.

Schon erstaunlich, wie leicht sich etwas formulieren ließ, wenn man es wirklich so meinte und nicht allzu lange über die richtigen Worte nachdachte.

13:47 Lily: Gratuliere, Kari du Toit! Du wirst Mutter. Freue mich sehr für dich. Lily xx P. S.: Warte nicht zu lange, bis du es dem Vater des Kindes sagst.

Neunundfünfzig

Ein Schritt nach dem anderen. Zurück zum Plan. Halte dich an den Plan.

Als ich am nächsten Morgen aufwachte, wiederholte ich innerlich immer wieder diese Mantras. Von Dirk gab es noch keine Antwort.

Der Plan war nicht schwierig. Ich wusste, dass die leichten Dinge wirklich leicht waren: die Mädchen zur Schule fahren und dann Shireen und Mama im Krankenhaus besuchen, um ihnen ein paar Dinge zu bringen.

Nachdem ich diese Punkte erledigt hatte, war zwar nicht viel erreicht, aber ich fühlte mich trotzdem besser, sie innerlich abhaken zu können. Ich ging gerne ins Krankenhaus, denn Shireen ließ mich jedes Mal den Jungen halten. Ich war mir sicher, dass er inzwischen meine Stimme erkannte. Das musste er, denn Mama behauptete, ich würde ihn in Grund und Boden quatschen. Heute hielt ich ihn allerdings nicht, denn der Arzt meinte, er leide etwas unter Gelbsucht, was bedeutete, dass er unter einer Wärmelampe liegen musste, bis es besser war. Deshalb würden sie auch erst am Samstag nach Hause dürfen, erklärte mir Shireen.

Ich hatte mich noch immer nicht an den Gedanken gewöhnt, ein eigenes Baby zu bekommen. Aber zumindest wusste ich jetzt, warum mir so oft übel war. Lily errechnete, dass ich zwischen sechs und acht Wochen schwanger war. Ab etwa der zwölften Woche sollte es mir besser gehen. Ich war mir sicher, dass es mir besser gehen würde, sobald ich es Dirk erzählt hatte. Ständig prüfte ich meine Mails. Vielleicht hätte ich ihm doch die Sache mit der Schwangerschaft schreiben sollen. Zumindest hätte es dann offen auf dem Tisch gelegen.

Nicht alle Punkte meines Plans waren einfach: *Dhanyal mitteilen, dass ich gehe, wenn das Baby zu Hause und Shireens Mutter da ist*. Der letzte Punkt lautete: *Sicherstellen, dass Rafiq versteht, dass es nichts mehr mit uns werden kann. Nie mehr.*

Verdammt. Ich musste an Afrikaans im Gymnasium denken. Ein verdrehtes *Trappe van vergelyking*: einfacher, schwieriger, am schwierigsten.

Swoosh. Es war der richtige Tag für meine violetten Nike Frees. *Just Do It.* Hake die schwierigen Punkte ab.

10:05 Kari: Hi, glaubst du, wir könnten heute irgendwann mal reden? Wird nicht lange dauern.

10:09 Dhanyal: Heute keine Zeit. Es ist Donnerstag, also abends Gebete. Vielleicht morgen. Da bin ich mittags zum Essen zu Hause.

Die Antwort kam schneller als sonst. Die Tatsache, dass er einen Sohn hatte, mochte ihn glücklich gemacht haben, aber nicht freundlicher. Jedenfalls zu keinem guten WhatsApp-Verfasser. Allerdings war ich froh, an die Donnerstagabend-Gebete erinnert zu werden, denn in dieser Woche hatte ich irgendwie etwas den Überblick verloren.

10:12 Kari: Ok. Morgen ist auch gut.

Besser persönlich streiten als in Textnachrichten – ich glaubte Lilys Stimme zu hören.

Als Nächstes kam Rafiq an die Reihe. Mein Fuß unter dem Küchentisch hüpfte in seinem Turnschuh auf und ab. Ich war mir nicht ganz sicher, warum. Aber Frees waren schließlich eine Art von Laufschuh. War ich bereit, zum Start beziehungsweise loszurennen?

10:12 Kari: Hi, in letzter Zeit ist viel passiert. Wir haben noch nicht darüber geredet, aber ich finde, es ist an der Zeit. Bitte lass mich wissen, wann du könntest. X

Verdammter Mist. Ich hatte dieses *X* nicht schreiben wollen, aber das Auf und Ab meines Fußes und meine Matschbirne hatten mich automatisch diesen Buchstaben schreiben lassen. *Total unnötig, die Dinge noch komplizierter zu machen,* tadelte ich mich innerlich. Mal wieder eine Riesenfreude, Kari zu sein.

Rafiq war sogar schneller als Dhanyal.

10:13 Rafiq: Salām, schön, von dir zu hören. Ja, wir müssen reden. Wir müssen planen, was wir den anderen sagen. Ich rede gerade mit Gigi, sie ist heute Morgen plötzlich hier aufgetaucht. Komme später bei euch vorbei. xxx

Dreifaches *X*. Dreifacher Mist.

Ich begann sofort *So habe ich das nicht gemeint* zu tippen, als ich innehielt. Ich musste ihm in die Augen schauen, wenn ich es sagte, um sicherzustellen, dass er es auch verstand. Eine WhatsApp-Nachricht würde mir in diesem Fall garantiert nicht weiterhelfen.

Es war zwar noch keineswegs Mittagszeit, aber ich begann trotzdem, die Sachen für den Abend vorzubereiten. Inzwischen war ich in dieser Hinsicht Expertin geworden: die Stühle und Sofas an die Wände schieben; die Decken auf den Teppichen auslegen; die Laken und Gebetsteppiche ausbreiten. Florence half mir, das Geschirr für den Tee und das Essen aufzubauen sowie die Kuchenplatten zu organisieren. Als ich zur Schule losfuhr, war bereits alles erledigt. Jetzt musste ich nur noch das Gebäck und Kuchen holen, die Shireen von Mina in Bo-Kaap bestellt hatte, und das konnte ich mit den Mädchen im Auto tun.

Der Nachmittag mit meinen Nichten war ebenso leicht. Auch bei ihnen kam ich mir inzwischen wie eine Expertin vor. Brotzeit, Hausaufgaben, Spielen, Reden, Lachen, Vorbereiten des Abendessens. Sie waren mir gegenüber jetzt entspannter und zeigten sich teilweise aufmüpfiger, als sie sich das vor Dhanyal erlaubt hätten. Meine Reaktionen wären angemessener ausgefallen, wenn ich nicht alle zehn Minuten einen Blick auf mein Handy geworfen hätte, um nachzusehen, ob Dirk endlich geantwortet hatte. Oder wenn ich nicht alle zehn Minuten aus dem Fenster auf die Straße geschaut hätte, um zu kontrollieren, wann Rafiq endlich kam. Doch weder der eine noch der andere meldete sich.

Gerade als ich den Mädchen das Abendessen servieren wollte, kamen Rafiq und Mama zur Haustür herein. Oder vielmehr kam Rafiq herein, während Mama an seinem Arm hing. Sie sah müde aus. Die Nächte im Krankenhaus taten ihrer körperlichen Verfassung offenbar nicht gut.

Sie freuten sich beide, mich zu sehen.

»*Salām*, Karima«, sagte Mama und lächelte mich an. Sie setzte sich zu den Mädchen an den Tisch. Ich brachte ihr einen Teller. Es gab mehr als genug zu essen. »Ich hatte ganz vergessen, dass heute Donnerstag ist. Aber dann meldete Mina auf einmal Shireen, dass du nachmittags schon das Gebäck bei ihr abgeholt hast.« Sie betrachtete das Wohnzimmer, das für später vorbereitet war. Zufrieden musterte sie die Klapptische, auf denen das Geschirr stand und auf die Besucher wartete. »Wie ich sehe, hätte ich mir gar keine Gedanken machen und hierherhetzen müssen. Du hast das offenbar alles alleine ausgezeichnet hinbekommen. Shireen wird sehr beeindruckt sein, wenn ich ihr das erzähle.«

Meine Mutter lobte selten jemanden außer Dhanyal. Ich will nicht lügen: Ich genoss es. Es kam mir so vor, als hätte sie mir eine goldglänzende Auszeichnung verliehen und mir mitten auf die Stirn geklebt. So dass alle sie sehen konnten. (Lily meinte dazu später in typischer Dr.-de-Angelo-Manier: *Zeig mir einen Erwachsenen, der nicht immer noch von seiner Mutter gelobt werden will. Das ist völlig normal.*)

Auch Rafiq lächelte mich an. »*Salām.*« Er küsste mich auf die Wange. Vor. Meiner. Mutter. Und. Den. Mädchen. »Uuuuhhhh«, tuteten die Mädchen, als ob sie die Sirene eines Polizeiwagens angeworfen hätten. Alle lächelten. Außer mir. Wir begrüßten uns normalerweise nicht auf diese Art – nur damals, als wir noch ein Paar gewesen waren. Daran dachte Mama jetzt garantiert. »Es tut mir leid, dass ich nicht früher kommen konnte. Ich musste erst mal die Dinge mit Gigi klären«, fügte er hinzu, ohne das Kichern der Mädchen zu beachten.

Er beugte sich über den Tisch, um auch Amarah einen Kuss zu geben. »Deine Mutter ist zu Hause. Sie wartet darauf, dass du sie begrüßt.«

»Ich gehe später zu ihr. Jetzt will ich erst mal Tante Karima mit dem Essen helfen«, erwiderte Amarah und warf trotzig den Kopf zurück.

Ich mochte den Mumm, den Rafiqs und Gigis Tochter immer wieder zeigte. Er war deutlicher als der, den Dhanyals und Shireens Töchter an den Tag zu legen wagten. Dennoch tat mir schon jetzt ihre Mutter leid, wenn erst einmal die Pubertät einsetzen würde. In der Woche zuvor hatte ich ihr erlaubt, mir beim Servieren des Tees zu helfen, obwohl sie um diese Zeit eigentlich schon im Bett hätte sein sollen. Sie hatte die lockere Umgangsart ihres Vaters geerbt. Das und die unbewusste Leichtigkeit, die Kinder oft hatten, halfen, eine entspanntere Atmosphäre zu schaffen. Zugegebenermaßen genoss ich es außerdem, jemanden neben mir zu haben, der annahm, dass ich wusste, was ich tat. Selbst wenn dieser Jemand erst neun Jahre alt sein mochte.

Es gab keine Zeit, um in Ruhe mit Rafiq zu reden.

Schon bald kamen die Männer. Die Gebete wurden gesprochen, und der Tee wurde gereicht. Dann waren alle verschwunden. Rafiq und Amarah gingen zu Gigi nach Hause, Mama fuhr wieder ins Krankenhaus. Nur ich blieb zurück, während Dhanyals Töchter in ihren Betten schliefen. Er hingegen sammelte noch immer Nächte bei Aysha. Wie sah sein anderes Leben wohl aus, wie lief es da so? Niemand fragte ihn das.

Kurz bevor ich die Augen schloss, piepste mein Handy. Eine Nachricht.

23:00 Rafiq: Salām, tut mir leid, dass wir nicht reden konnten. Ich muss deine Mama morgen Vormittag wieder zu euch fahren, sie will zum Mittagessen zu Hause sein und das Zimmer des Babys für Samstag vorbereiten. Können wir dann sprechen? xxx

Rafiq. Nicht Dirk.

23:02 Kari: Ja.

Ich drückte auf Senden.

Reden, nicht schreiben. Halt dich an den Plan.

Sechzig

Freitag, der 14. März. Ein Monat war vergangen. Ich erinnerte mich daran. Ein paar Sekunden lang, nachdem ich die Augen geöffnet hatte, schien alles wie immer zu sein. Nach einem Moment des Nichtwissens trafen mich die Erinnerungen wie ein Blitz.

Ein Monat war vergangen. Vier Freitage seit Valentinstag. Vier Wochen genau. Normalerweise achtete ich auf so etwas kaum und war auch nicht gut mit Daten, aber diesmal kroch die Zeit so langsam dahin, dass es unmöglich war, nicht zu bemerken, wie ein Tag in den nächsten überging. Jeder Tag war ein weiterer Tag, seitdem alles passierte. Di meinte, sie habe es genauso erlebt, als ihre Mutter starb. Eine Woche, nachdem es passierte. Dann ein Monat. Ein Jahr. Dazwischen hätte es Geburtstage und Weihnachten gegeben, erzählte sie, die alle nur dazu dienten, ihr zu zeigen, wie viel Zeit seitdem verstrichen war.

Ein Monat. *Und in welches Chaos habe ich mich befördert.* Ich dachte an Rafiqs Nachrichten und sah nach, ob sich Dirk inzwischen gemeldet hatte. Nichts. Nur eine Mail von Owen, die ich später beantworten konnte.

Jetzt muss ich erst mal dem Plan folgen, ermahnte ich mich innerlich, während ich ein paar Kekse aß, die ich neben dem Bett aufbewahrte. Ich musste etwas essen, ehe ich aufstehen konnte.

Es gehörte zwar nicht zu meinem Plan, aber ich hatte in letzter Zeit so wenig gearbeitet, dass sich mein schlechtes

Gewissen meldete. Ich las also Owens Mail, während ich meine vormittäglichen Provitas aß, meine vormittägliche Ruhepause auf dem Bett machte und auf Rafiq und Mama wartete. Owen wollte wissen, ob ich etwas mehr Arbeit übernehmen und vielleicht an ein paar Vormittagen die Woche wieder ins Büro kommen könne. Es musste ziemlich viel los sein, da ich wusste, dass er mich sonst garantiert nicht gefragt hätte.

Mein schlechtes Gewissen meldete sich erneut, als ich las, wie das Treffen mit Lilys Vater aus seiner Sicht gelaufen war. Offenbar war es »schlimmer als *RICA* für ein neues Handy«. Ihr Vater sei so sehr darauf fixiert gewesen, dass Lilys zukünftiger Mann ihr »den Standard bieten kann, den sie gewöhnt ist«, dass Owen ihm fast schon seine Kontoauszüge der letzten drei Monate zukommen lassen wollte.

Ich konnte mir vorstellen, dass Lily tausend Tode gestorben war. Eine gute Freundin hätte sich daran erinnert, sowohl Lily als auch Owen zu fragen, wie es mit dem Vater gelaufen war. Diese gute Freundin hätte sich auch bei Shelley nach der künstlichen Befruchtung und bei Di nach dem geplanten Urlaub erkundigt. Stattdessen war ich nur mit meinem eigenen Leben beschäftigt gewesen. Mehr noch, ich befürchtete, dass meine Freunde nicht verstehen würden, wie die Dinge hier liefen, dass ich zwar immer wieder dem LSDoK-Chat folgte, aber von mir nichts erzählte. Lily meinte, dass ich ihnen allen zu wenig zutraue. Jeder wolle wissen, wie es mir gehe, meinte sie, doch keine wolle mich stören oder sich einmischen. Sie warteten nur darauf, von mir zu hören.

Keiner versteht alles aus dem Leben des anderen, wir haben alle unsere Themen, sagte Lily. *Es helfe zu verstehen, aber man müsse nicht unbedingt verstehen, um den anderen zu mögen und sich um ihn Gedanken zu machen.* Manchmal konnte Lily wirklich nerven. Doch oft – meistens – hatte sie recht. Ich schrieb Owen zurück, weil ich beschloss, erst einmal mein schlechtes Gewissen mit einem Freund aus dem Weg zu räumen, um dann allmählich wieder allen gerecht zu werden. Währenddessen lauschte ich allerdings immer mit einem Ohr, ob Rafiq und Mama kamen.

Hi Owen,
tut mir leid, dass ich so abgetaucht bin. Viel Familie und Gebete nach dem Tod meiner Oma. Jetzt bekam meine Schwägerin am Sonntag auch noch ihr Kind – alles in allem eine seltsame Mischung gerade. Die alten Leute hier meinen, so sei das Leben: Wenn jemand stirbt, kommt ein neues Baby zur Welt oder umgekehrt. Keine Ahnung. Jedenfalls ist meine Mutter inzwischen wieder beweglicher, und man braucht mich hier weniger. Du kannst mir also gerne mehr Arbeit schicken. Mach Dir um Lilys Vater keine Gedanken. Was er denkt, zählt sowieso nicht. Was Lily will, kriegt sie auch. Und sie will Dich, mein Freund! Treffen wir uns nächste Woche in Eden?
Bis bald!
Kari

Gerade als ich die Mail abgeschickt hatte, hörte ich Mama und Rafiq in der Küche. Florence musste sie ins Haus gelassen haben. Hastig stand ich auf. Es war an der Zeit, dem Plan zu folgen. Es war an der Zeit, endlich mit Rafiq und Dhanyal zu sprechen.

Einundsechzig

»*Salām*", begrüßte mich Mama, als ich zu ihnen in die Küche trat, und zog den glänzenden grünen Schal herunter, den sie um ihr Gesicht geschlagen hatte. Sie entrollte auch das grüne Kopftuch darunter, so dass nur noch der kleine weiße Stoff mit der Lochstickerei übrig blieb, der ihre Haare verbarg. Normalerweise sah man bloß ein winziges Dreieck aus Lochstickerei unter dem Kopftuch, welches ihren Haaransatz verbergen sollte. Ich war überrascht, dass sie sich so zeigte, vor allem da auch Rafiq anwesend war. Als würde sie sich mitten in der Küche entkleiden, obwohl sie sonst alles anließ.

»*Ya Allah*, ist das heute heiß, und dabei ist es noch nicht mal elf. Ist alles fürs Mittagessen bereit?«, fragte sie mich und beäugte die Töpfe auf dem Herd.

»Ja, ich habe Curry mit Hackfleisch mit Reis und außerdem ein paar Lammkoteletts gemacht, falls jemand bei dem Wetter kein Curry möchte.« Shireens Kochunterricht hatte sich wirklich gelohnt.

»Gut, gut«, meinte Mama und hob die Deckel der Töpfe an, um hineinzuschauen. Sie rührte im Curry, prüfte, ob es sich nicht unten verdickte. Dann probierte sie es auch gleich noch. Ich hielt den Atem an, während ich auf ihr Urteil wartete.

»Nur ein bisschen Salz«, sagte sie und fügte etwas hinzu. Sie lächelte und drückte mich ein wenig am Arm. Mama fügte grundsätzlich immer Salz hinzu, was bedeutete, dass ich es wirklich fast perfekt getroffen hatte. Ich war verdammt stolz auf mich.

»Ich wollte nur rasch vor dem Mittagessen noch das Babybettchen fertig machen. Shireen und das Kind kommen morgen Vormittag nach Hause, und da sollte alles bereit sein. Erinnerst du dich an Tante Fati? Shireens Mutter? Sie wird dann auch hier eintreffen, weshalb ich ein Bett für sie beziehen möchte.« Mama redete eigentlich mit mir, aber seltsamerweise schaute sie Rafiq an, während sie ihre Absichten verkündete.

Was war los?

Ich kannte Mama und Rafiq genau. Sie führten etwas im Schilde. Das mit dem Babybettchen hatte noch normal geklungen. Das Kinderzimmer, das zwischen dem der Mädchen und Shireens Schlafzimmer gequetscht worden war, konnte eigentlich als fertig gelten. Es war in einem hellen Blau gestrichen mit einem umlaufenden gelbgrünen Band und weißen Jalousien am Fenster (um nicht zu viel Licht hereinzulassen, wenn das Baby schlief). Das weiße Bettchen passte perfekt zu dem »Wickeltisch«, wie Shireen das nannte, auch wenn es in meinen Augen eher nach einer ganz normalen Kommode aussah, die nur etwas höher als gewöhnlich war. Babycremes und Puder standen auf der Kommode, daneben wartete bereits ein hochmoderner Windeleimer. Nur gab es bisher weder Matratze noch Bettzeug. Man hatte mir erklärt, dass es kein Glück brachte, wenn man das Bett vorbereitete, ehe das Kind auf der Welt war. Erst kurz bevor das Baby nach Hause kam, durfte man das Bett machen.

Doch die Sache mit Tante Fatis Bett klang irgendwie anders. Shireens Mutter hatte in Dubai als Krankenschwester gearbeitet, seitdem Shireen zu Hause ausgezogen war und geheiratet hatte, weshalb sie nur einmal im Jahr nach Südafrika zurückkehrte. Jetzt, mit zweiundsechzig, wollte Tante Fati wieder bei ihrer Tochter, ihrem einzigen Kind sein. Ich hatte bisher gar nicht darüber nachgedacht, *wo* sie eigentlich schlafen würde, wenn sie hier war. Dieses Haus hatte kein Gästezimmer. Welches Bett wollte Mama also für sie beziehen?

»Ich helfe dir«, sagte ich zu Mama, die bereits in den Flur hinaustrat und nach Florence rief.

»Musst du nicht. Florence weiß, wo alles ist. Du hast das Mittagessen gekocht und kannst jetzt gerne einen Tee mit Rafiq trinken, bis es Zeit für die Moschee ist.«

Die Alarmglocken schrillten noch lauter in meinem Kopf, als Mama und Florence die Treppe hinauf verschwanden.

Halt dich an den Plan, dachte ich ein wenig panisch.

Rafiq saß bereits am Küchentisch und erwartete mich offenbar.

»Dann trinken wir also einen Tee?«, meinte ich und setzte Wasser auf. Für Tee war es eigentlich viel zu heiß, und ich hätte auch lieber etwas Stärkeres getrunken (wenn mir nicht bereits der Gedanke daran den Magen umgedreht hätte). Aber ganz gleich, wie heiß es draußen sein mochte – Tee war in diesem Haus stets das Getränk Nummer eins. Starker Tee war also das Beste, was ich momentan kriegen konnte.

»Ja, *shukran*, das wäre nett.« Er grinste, wobei seine leicht hervorstehenden Zähne ein bisschen mehr als sonst hervorzustehen schienen. Seit wann irritierten sie mich? Er blätterte durch die Cape Times, die auf dem Tisch lag, während ich den Tee machte.

Jetzt oder nie, dachte ich, als ich die Tassen auf den Tisch stellte und mich Rafiq gegenübersetzte.

»Ich wollte ein paar Dinge mit dir besprechen, Rafiq. Wir kommen ja nie zum Reden, weil ständig die Kinder oder andere Leute um uns sind«, sagte ich. »Ich glaube, wir müssen ehrlich miteinander sein, oder vielmehr muss ich ehrlich mit dir sein und dich nicht denken lassen, dass da was ist, wenn das in Wahrheit so gar nicht stimmt. Also, wenn die Dinge anders sind, als sie vielleicht scheinen.« Ich plapperte panisch vor mich hin und drückte mich dabei auf eine Weise aus, wie ich es eigentlich gar nicht wollte.

Sag die volle Wahrheit, ohne Schnörkel.

Rafiqs Mund öffnete sich, als wollte er etwas einwerfen, doch ich redete einfach weiter. Wer wusste, wie lange es dauerte, ein Babybettchen fertigzustellen? Außerdem hatte ich beim letzten Mal erlebt, was passieren konnte, wenn ich zu lange brauchte, um das zu Rafiq zu sagen, was ich sagen wollte.

»Das Ganze hat bei uns so schlecht geendet und ist auch so schnell gegangen. Gerade noch schien alles gut, und dann habt ihr … Ihr habt …« Ich kam ins Stottern. »Ihr habt mich alle in der Zeitung gesehen.« Ich zeigte auf die Cape Times. »Von da an explodierte mein Leben, ich gab dir den Ring zurück und lief weg. Bisher haben wir nie richtig darüber geredet. Auch mit den anderen habe ich nicht darüber geredet. Ich ließ es einfach so stehen, und das hätte ich nicht tun sollen.«

»*Ai*, Karima«, seufzte Rafiq und versuchte, nach meinen Händen zu fassen, die ich allerdings zum Glück sicher um meine Tasse gelegt hatte. Der Tee war so heiß, dass er mir fast die Haut verbrannte, aber ich hielt die Tasse trotzdem weiterhin fest. »All das spielt jetzt keine Rolle mehr. Es ist vor so vielen Jahren passiert. Wahrscheinlich hätten wir schon früher Frieden schließen sollen, dann wären wir auch früher wieder zusammengekommen.«

Meine Ohren begannen heiß zu werden. Rafiq war noch nicht fertig.

»Das war wirklich schwer. *Ya Allah*, war das schwer damals. Aber ich habe dir längst verziehen. Wir waren jung und glaubten, alles zu wissen. Es wäre in Ordnung gewesen, wenn du nicht schwanger geworden wärst. Doch wir waren sicher nicht die Einzigen, denen so etwas Dummes passiert ist. Viele Leute machen ungehörige Dinge, wenn sie jung sind, und wenn sie älter werden, setzt die Vernunft ein.« Er lächelte mich an und berührte sanft mein Handgelenk, weil er immer noch nicht meine Hand halten konnte. Seine braunen Augen sahen mich offen an. Er meinte jedes Wort, das er sagte. »Allah gibt uns eine zweite Chance. Wir können alles geradebiegen.«

Es war Rafiq, wie er leibte und lebte – der gute Junge, der immer darum bemüht war, das Richtige zu tun.

»Es tut mir wahnsinnig leid, wie das damals lief«, unterbrach ich ihn. »Und ich bin froh, dass du mir vergeben hast. Aber die Dinge sind jetzt anders. In den letzten zehn Jahren hat sich viel getan. Menschen ändern sich. Ich bin nicht mehr dieselbe, die ich damals war. Ich weiß nicht, ob es allein an der Schwangerschaft lag, dass ich mich verändert habe. Ich glaube, ich hatte mich schon vorher verändert, und die Schwangerschaft hat es nur noch beschleunigt.«

Es fiel mir schwer, mich zu erklären, denn ich war es nicht gewohnt, mit Rafiq wichtige Dinge zu besprechen.

»*Ag*, es war diese Lily und der ganze Unsinn, den sie dir in den Kopf gesetzt hat«, grummelte er. »Ich bin mir sicher, dass du das alles nicht gemacht hättest, wenn sie dich nicht so beeinflusst hätte.«

»Aber es *ist* passiert, und ich *habe* es getan.« Ich sprach hastig weiter. »Lily hat mich nicht beeinflusst oder überredet. *Ich* hatte die Abtreibung.« Es war das erste Mal, dass ich dieses Wort vor Rafiq aussprach. Er zuckte so heftig zusammen, als ob ich ihm heißen Tee ins Gesicht gespuckt hätte. »Und selbst wenn wir noch genauso wie früher wären und immer noch dasselbe füreinander empfinden würden, sind inzwischen andere Menschen in unser Leben getreten. Du hast Gigi und Amarah. Ich habe Dirk und …« Ich hielt inne. Ich wollte zuerst Dirk von unserem Kind erzählen und nicht Rafiq. »Und ich führe ein anderes Leben. Du und ich, wir passen nicht mehr zusammen. Karima und Rafiq waren vor zehn Jahren ein Paar, aber heute nicht mehr.« Die Worte klangen irgendwie wirr, selbst in meinen Ohren. Ich hoffte, dass er verstand, was ich meinte.

Es ist vorbei.

Rafiq lehnte sich zurück, ehe er sich langsam und bedächtig so weit vorlehnte, dass ich seinen Atem in meinem Gesicht spüren konnte.

»Ich glaube nicht, dass du so anders bist. Du bist sofort gekommen, als Dhanyal dich wegen Ouma angerufen hat. Du hast alles stehen und liegen lassen, um nach Hause zu fahren. Du hast dein ganzes anderes Leben zurückgelassen, weil du hierherkommen und das tun wolltest, was du tun musstest. Du hättest wegbleiben können. Jetzt sind alle glücklich, dass du hier bist. Du passt hierher, auch wenn du das vielleicht nicht glaubst. Dhanyal ist möglicherweise etwas eifersüchtig, aber das wird sich legen. Ich glaube, du passt hierher besser als sonst irgendwo auf der Welt.« Ich ließ die heiße Tasse los, und Rafiq nahm sofort meine Hand. »Du kannst doch nicht ernsthaft behaupten, dass du nicht gerne hier bei deiner Mama bist, wie in früheren Zeiten.«

»Natürlich bin ich gerne wieder bei Mama.« Ich zog meine Hand weg. »Aber du hast keine Ahnung, wie mein Leben aussieht, wenn ich nicht hier bin. Ich bin verheiratet. Mein Mann und ich führen unser eigenes Leben.«

»Ja, das sehe ich.« Er schaute sich spöttisch um – genauso, wie das Dhanyal getan hatte. »Ich sehe deinen Mann.« Er sprach *Mann* aus, als wäre es ein Schimpfwort. »Ach, da ist er ja. Er hat sich nur die ganze Zeit hinter dem Wasserkocher versteckt, gleich neben Gigi. Wir sind ihnen so wichtig, dass sie uns keine Minute lang allein lassen. Sie sind die ganze Zeit über hier«, meinte Rafiq mit einem Lachen, das alles andere als belustigt klang. »Komm schon, Karima, du weißt, dass Gigi und ich mehr oder weniger für immer getrennt sind.« Seine Stimme bekam etwas Flehendes. Es war furchtbar. »Und dein *Mann* …« Wieder dieses Schimpfwort. »… Das ist doch keine richtige Ehe. Niemand hier wird finden, dass du verheiratet bist. Hier zählt dieses ganze legale Zeug nicht. Ein Imam könnte uns vom Fleck weg verheiraten, und alle würden uns als verheiratet betrachten. Gigi und dein Typ könnten uns nicht aufhalten. Wir könnten einfach ein gemeinsames Leben führen. Wir könnten alles wieder ins Lot bringen und das richten, was wir damals falsch gemacht haben. Das richten, was du getan hast.«

Hatte Rafiq den Verstand verloren? Glaubte er ernsthaft, dass ich ihn nach alldem noch heiraten und wir glücklich bis an unser Lebensende in Eden Road leben würden?

Seine Stimme wurde weicher. »Wir schaffen das. Ich liebe dich immer noch. Deine Mama und sogar Shireen halten es für eine gute Idee, wenn wir beide wieder zusammen wären. Wir könnten alles wiedergutmachen.«

Offenbar war er nicht nur verzweifelt und irgendwie einsam, sondern auch komplett wahnsinnig. *Halte dich an den Plan.* Aber das hier war heftig. Wenn ich das Ganze zu einem Ende bringen wollte, musste ich mich klar und deutlich ausdrücken und den Plan einen Moment lang vergessen.

»Es tut mir leid, Rafiq. Ich werde dich immer lieben. Du warst ein so wichtiger Teil meines Lebens und …« Er lächelte. *Nein nein nein nein – so habe ich das nicht gemeint!* Hastig redete ich weiter: »Aber die Dinge sind jetzt anders. Ich bin verheiratet und wir sind … Ich meine, ich bin … Ich bin schwanger.«

Er blinzelte.

Starrte mich fassungslos an.

Und ging.

Leise fiel die Haustür hinter ihm ins Schloss.

Zweiundsechzig

Nach der Moschee war er wieder zurück. Stumm. So stumm, dass Mama fragte: »Rafiq, alles in Ordnung? Hast du heute keinen Hunger?«

Sie sah mich an. Sie wusste, dass etwas geschehen war, aber sie hakte nicht nach, und ich erzählte ihr nichts. Alte Gewohnheiten lassen sich schwer abschütteln.

Zum Glück war Dhanyal in Redelaune, sonst wäre das Mittagessen sehr still ausgefallen. Er hatte alle seine Freunde zu der *Doopmaal* eingeladen und war aufgeregt. Immer wieder fragte er nach, was wir aufzutischen gedachten, wie viel Essen bestellt worden war und welchen Kuchen es geben würde. Durch ihn und Mama verging das Essen relativ entspannt, während Rafiq und ich nur körperlich anwesend waren. Ich war erschöpft. Wann würde das mit ihm und mir wirklich abgeschlossen sein? Warum hatten wir einander immer wieder etwas zu sagen?

Als Dhanyal gegangen war, blieb Rafiq in der Küche. Er sollte Mama ins Krankenhaus zurückfahren, weshalb er wartete, während sie in ihrem Zimmer alles Nötige zusammensuchte.

Er saß da und beobachtete mich. Ich räumte den Tisch ab. »Ich habe heute in der Moschee viele *Duas* gebetet.«

Ich erstarrte.

»Ich habe Allah um Rat gebeten, was ich tun soll. Ich liebe dich, Karima, und wenn wir wieder zusammenkommen, werde ich dein Kind als mein eigenes aufziehen. Es wird wie das Baby sein, das wir nie hatten. Es wird für uns beide das Richtige sein – eine echte Möglichkeit der Vergebung. Auf diese Weise kann das Kind auch eine gute Erziehung genießen. Deine Mama würde es niemals überleben, wenn du ein *Kāfir*-Kind kriegen würdest.«

Ich hatte den Begriff *Kāfir* lange nicht mehr gehört. *Ungläubiger.* Niemand hatte mich je danach gefragt, das Gespräch war nie darauf gekommen. Aber es war das schlimmste Wort, mit dem ein Muslim jemanden bezeichnen konnte. Rafiq hatte recht: Mein Baby – Dirks und mein Kind – würde das für Mama sein. Meine Mutter würde das so empfinden. Ich hatte viel darüber nachgedacht, und ich hatte geglaubt, dass wir deshalb auch kein Kind haben sollten. Daran musste mich niemand erinnern.

Doch jetzt *gab es* ein Kind. Mein und Dirks Baby, und es war mir egal, was die anderen von ihm hielten. Es reichte. Es reichte seit langem.

Sag die Wahrheit, ohne Schnörkel.

»Ich kann das nicht, Rafiq – nicht einmal für Mama. Ich werde dich nicht heiraten. Ich liebe meinen Mann. Und was auch passiert, er wird immer der Vater dieses Kindes sein. Ich kann nicht so tun, als wäre das anders, nur um etwas ins Lot zu bringen. Damit es für alle richtig und korrekt aussieht. Vielleicht könnte ich doch so tun. Aber weißt du was? Ich will es nicht.«

Es half mir, das auszusprechen.

Ich war mir nicht sicher, wie Rafiq reagieren würde. Im Grunde erwartete ich, dass er wütend sein würde. Oder zu beten begann. Oder dieses bescheuerte Dreimal-Spucken-Ding machte, was meine Mutter gerne tat, um den Teufel abzuwehren. (Früher brachen wir in schallendes Gelächter aus, wenn sie das tat, und hörten erst auf, als sie uns mit dem

Geschirrtuch eins überzog.) Jedenfalls war ich nicht darauf gefasst, dass er seine Schultern hängen lassen und langsam und tief ausatmen würde.

Vor Erleichterung.

Er sagte nichts. Aber er sah auf einmal wie jemand aus, der die Du-kommst-aus-dem-Gefängnis-frei-Karte beim Monopoly gezogen hatte, obwohl er die Gehe-ins-Gefängnis-Version erwartet hatte. Er wurde überhaupt nicht wütend. Er war vielmehr genau der alte Rafiq. Er und ich hatten immer darunter gelitten, das machen zu müssen, was das angeblich Richtige war, aber ihm hatte diese Last stets noch mehr auf den Schultern gedrückt.

Immer schon war es meine Rolle gewesen, »Es reicht« zu sagen.

»Danke, dass du mir helfen wolltest und dass du immer versuchst, das Richtige zu tun«, fuhr ich fort, als Rafiq nur schweigend dasaß und vor sich hinstarrte. »Ich weiß, dass du es gut meinst, aber es gibt in diesem Fall nichts, was du ins Lot bringen könntest. Mir wird es gut gehen, selbst mit Mama. Uns wird es gut gehen.« Dessen war ich mir zwar nicht so sicher, aber es schadete wohl nichts, es erst einmal zu behaupten.

»Wer hätte gedacht, dass sich die Dinge so entwickeln?«, sagte er und lächelte mich ein wenig schief an. »Wenn du doch noch deine Meinung änderst und sei es nur ein kleines bisschen, dann komm zu mir zurück, okay? Ich werde immer für dich da sein.«

Bei diesen letzten Worten betrat Mama die Küche. Sie lächelte uns beide an.

»Das ist schön. Euch beide wieder lächeln zu sehen.« Mama konnte eine wahre Künstlerin darin sein, nur das zu sehen und zu hören, was sie wollte. »Komm, Rafiq, fahren wir.

Shireen wird schon auf uns warten. Ich habe ein Extrabett für Tante Fari in das Zimmer der Mädchen gestellt. Bis ihr beide konkrete Pläne macht, können wir das so lassen.«

Oh Gott. Sie glaubt, dass ich zu Rafiq ziehen würde. Ich beherrschte mein Entsetzen, als sie mich lange und fest an sich drückte. Ich genoss die Umarmung. Wenn sie einmal die Wahrheit erfuhr, würde sie mich kaum mehr umarmen wollen.

»Ich freue mich so für dich«, flüsterte sie in meine Haare. »Alles wird gut.«

Ich wusste, dass es das nicht werden würde. Und das musste ich ihr bald sagen.

Nachdem die beiden gefahren waren, saß ich eine ganze Weile allein in der Küche. Als Rafiq aufgeatmet hatte, war es mir wesentlich leichter ums Herz geworden. Ich hatte mich an meinen Plan gehalten. Gut gemacht, Kleine. Jetzt wusste Rafiq Bescheid. Aber Mama hatte andere Vorstellungen von einem Happyend für mich – das war so klar wie ihr grünes Kopftuch.

Grundgütiger, war alles, was ich denken konnte.

Dreiundsechzig

Freitag, der 14. März, genau vier Wochen danach. Mama erklärte, alles würde gut werden, doch in Wahrheit war nichts gut – zumindest nicht in der Weise, wie sie sich das vorstellte. Ich betrog sie.

Ich saß zu lange in der Küche, wodurch ich die Mädchen zu spät von der Schule abholte. Also verspäteten wir uns auch mit dem Blumenkauf, auf dem sie bestanden, weil sie ihrer Mutter für die letzte Nacht im Krankenhaus eine Freude machen wollten. Folglich waren wir zu spät im Krankenhaus. In meinem Kopf wirbelten die Gedanken durcheinander. *Wie erzähle ich es Mama?* Ich war so sehr auf Dirk und Rafiq und Dhanyal konzentriert gewesen, dass ich den wahren Kilimandscharo übersehen hatte, der vor mir lag: Mama die Wahrheit zu sagen. Ich wusste, dass ich zwar den Gipfel erreichen konnte, doch das hieß nicht, dass ich jemals dort mein Fähnchen hissen würde.

Mit ihr hatte ich eigentlich die Dinge in Ordnung bringen wollen. Das war einer der Gründe für mich gewesen, hierher zurückzukehren. Aber ihr die Wahrheit zu sagen, hatte in meiner Vorstellung irgendwie nie dazugehört.

Der Verkehr in der Stadt war schrecklich, und die kurze Strecke zwischen Schule und Krankenhaus völlig dicht. Es war viel schlimmer als die übliche Drei-Uhr-Nachmittags-in-Kapstadt-Verstopfung. Nachdem ich zwanzig Minuten lang über Mama nachgedacht und dabei auf dieselben Autoaufkleber vor mir gestarrt hatte (Golfer-Dad, Shopper-

Mom, zweimal Pferde-Tochter und ein Dackel), gab ich auf. Ich beschloss, die Ausfahrt nach Walmer Estate zu nehmen und es erst um neunzehn Uhr noch einmal zu versuchen. Ich schlug das den Mädchen vor. Wir konnten die Blumen abliefern und zum Abendessen Burger holen. Die beiden waren begeistert. Ich war stolz auf meine brillante Idee, als ich die Autokolonne verließ, die sich so gar nicht weiterbewegte, und einen Blick auf den Verkehr warf, der sich den Hügel hinauf bis zum Krankenhaus schlängelte. Da sah ich es. Direkt vor dem Eingang zum Krankenhaus, inmitten blinkender roter und blauer Streiflichter. Ein Auto oder was auch immer es einmal gewesen sein mochte, lag unglaublich platt gedrückt unter den schweren Reifen eines Müllautos. Überall liefen hektisch Sanitäter herum.

Ich fuhr weiter in Richtung Walmer Estate, um mich so schnell wie möglich von dem Unfall zu entfernen. Vielleicht lag es an den vier Wochen seit Oumas Tod und dem Wissen, dass ich Mama endlich die Wahrheit sagen musste. Jedenfalls brummte mir der Kopf. Die Vorstellung, was alles hätte passieren können, brachte mich ziemlich aus der Fassung. Das hätten wir sein können, auf dem Weg zu Shireen ins Krankenhaus, wären wir rechtzeitig da gewesen. Oder Rafiq und Mama, wenn sie sich verspätet hätten. Ich wurde diese Bilder den ganzen Nachmittag über nicht los, während ich um die Mädchen herum, deren Nasen am Fernseher klebten, das Haus aufräumte. Wenn ich an die armen Leute dachte, die in diesen Unfall verwickelt waren, wurde mir schwer ums Herz.

Es hätte Mama sein können.

Dhanyal kam nach Hause, als wir uns gerade für die Fahrt ins Krankenhaus fertig machten.

»Mädchen, ihr müsst hierbleiben. Mummy und Mama und das Baby kommen morgen schon früh nach Hause, und dann treffen sicher bald auch die ersten Gäste für die *Doopmaal* ein. Sie müssen sich also heute Abend noch ausruhen, da solltet ihr sie auf keinen Fall stören«, erklärte er uns und schaute die Post durch, die auf dem Küchentisch lag. Die Enttäuschung der Mädchen nahm er gar nicht wahr.

»Aber wir haben schon Blumen besorgt ...«, sagte Sara mit einer Stimme, die zeigte, wie wenig sie davon ausging, dass sie ihren Vater umstimmen könnte.

»Ihr in der letzten Nacht Blumen zu bringen, macht keinen Sinn. Dann muss sie nur morgen früh mehr tragen«, unterbrach sie Dhanyal. Er steckte die Briefumschläge in die Tasche, die er brauchte. »Ich bin heute Abend auch nicht hier und will nicht, dass Karima mit euch nach Einbruch der Dunkelheit draußen herumfährt.«

Hatte er den Unfall gesehen? Dachte er wie ich an *Was wäre, wenn*?

»Warum stellen wir die Blumen nicht in Mummys Zimmer, und dann sind sie das Erste, was sie sieht, wenn sie nach Hause kommt? Das wird eine schöne Überraschung.« Ich nahm Sara in den Arm. Es war keine Sache, für die es sich zu kämpfen lohnte – das wussten wir alle. Ich wusste sowieso nicht, ob ich gegen Dhanyal antreten wollte, solange ich noch an diesen schrecklichen Unfall denken musste. »Ich bestelle uns die Burger, und dann machen wir uns einen gemütlichen Filmabend zu Hause – nur wir Mädels! Jungs sind nicht erlaubt!« Ich bemühte mich um meine beste Gute-Laune-Stimme.

Ich war es so leid, dass Dhanyal immer der Boss sein durfte. Ich wollte endlich auch einmal diejenige sein, die entschied, wie etwas lief.

Vierundsechzig

Um sechs Uhr morgens wachte ich schluchzend auf, verschwitzt und zitternd von einem schrecklichen Albtraum. Ein paar Details blieben haften, und eine Weile lasteten diese noch schwer auf meiner Seele. *Es war nur ein Traum*, sagte ich mir immer wieder. Warum fühlten sich Albträume nur so wirklich an, selbst wenn man wach im Bett lag, sich an sie erinnerte und wusste, dass sie es nicht waren? Im Halbschlaf hatte mein Gehirn jegliche Fähigkeit zur Vernunft verloren und ließ nur immer wieder entsetzliche Bilder aufsteigen.

Dhanyal war in meinem Traum mit Rafiq zurück nach Hause gekommen. Beide hatten weiße Verbände um ihre Köpfe gewickelt, durch die Blut sickerte.

Dhanyal schlang die Arme um mich und weinte. Sein Gewicht hing wie ein schwarzer schwerer Mantel um meine Schultern. Ich spürte seine Tränen auf meiner Wange. Er weinte, weinte und weinte. Er weinte all die Tränen, die er in meiner Anwesenheit weder als Junge noch als junger Mann oder Bruder jemals geweint hatte.

»Wir hatten einen Unfall, Karima. Mama ist tot.« Er schwankte, während er sprach, und hielt sich dann an der Bahre fest, auf der Mama lag. Die Totenbahre tanzte über ein Meer aus roten Filzkappen und dunklen Köpfen hinweg.

Dirk. Er stand am Rand dieser Menge. Überall waren Frauen, so viele Frauen in schwarzen *Abayas* und Burkas, ihre Gesichter vor mir verborgen. Sie halfen Dirk, zu mir zu gelangen.

Erst jetzt sah ich in meinem Albtraum, dass ich auch weinte. Ich hatte nicht geweint, als Dhanyal mir die Nachricht überbracht hatte, nicht so, wie ich jetzt im Bett weinte, während ich wach dalag. Als mein Gehirn schließlich verstand, dass es ein Traum gewesen war, brachte mich der noch präsente Schmerz erneut zum Weinen.

Der Tod von Mama hatte Dirk hierhergebracht.

Das konnte doch nicht der einzige Weg sein. Das konnte nicht sein.

Es war mein fünfter Samstag hier.

Zuhause

Fünfundsechzig

Ich hatte mich gerade wieder im Griff und die Mädchen aufgeweckt, als Dhanyal mit Mama, Shireen und dem Baby zurückkam. Eigentlich hatte ich sie erst später erwartet, aber offenbar war er direkt nach seinem morgendlichen Moscheebesuch zum Krankenhaus gefahren. Shireens *Salāms* wurden von laufenden Füßen erwidert, als ihre Töchter und Amarah – alle drei im Schlafanzug – begeistert auf sie zustürzten.

In diesem Moment klingelte es auch noch an der Haustür. Tante Fati, Shireens Mutter, deren Flug früher als gedacht gelandet war und die am Flughafen einfach ein Taxi genommen hatte, überraschte uns alle. Allerdings dürfte selten ein unerwartetes Eintreffen mit größerer Begeisterung aufgenommen worden sein. Oder mit größerer Erleichterung.

Tante Fati nahm sogleich alles in die Hand. Ihre Tochter, ihre Enkelinnen und ihr neugeborener Enkel wurden in die Arme geschlossen und lange gedrückt, ehe auch nur ihre vielen Taschen ins Haus gebracht worden waren. Selbst Mama wirkte froh, Tante Fati zu sehen. Schließlich war sie jemand, der Shireen allein durch ihre Anwesenheit glücklich machen konnte. Die Familie ging in das Zimmer des Babys, und nur noch Mama und ich blieben in der Küche zurück.

»Warum schaust du so drein?«, fragte Mama und zog fragend die Augenbrauen hoch. »Bereitet Gigi Rafiq Probleme?«

Ich sah sie an und musste erneut an meinen Albtraum denken. Tränen liefen mir über die Wangen. Es war an der Zeit.

Der Unfall hätte sie treffen können. Sie hätte sterben können, ohne jemals die Wahrheit über mich zu erfahren.

»Rafiq und ich sind nicht zusammen. Das sind wir auch nicht mehr gewesen, Mama. Ich habe es dich glauben lassen, weil ich wollte, dass du mit mir zufrieden bist. Selbst Rafiq ließ ich es glauben, und dafür schäme ich mich. Aber ich kann es nicht, und inzwischen habe ich ihm das gesagt. Ich will bei meinem Mann bleiben. Ich bin schwanger von ihm. Ich kehre zu ihm zurück, wenn er mich haben will.«

Jetzt war alles gesagt. All die Tränen meines Albtraums wurden Realität.

Meine Mutter starrte mich einen Moment lang regungslos an. Sie schien genau zu wissen, was sie mir antworten wollte, als ob sie sich bereits auf dieses ganz und gar unmärchenhafte Ende vorbereitet hätte.

»Ich werde niemals akzeptieren, was du getan hast. Nicht einmal an dem Tag, an dem ich sterbe, Karima Essop. *Hoor jy vir my*? Du hattest die Chance, es zumindest ein wenig besser zu machen, aber du hast sie nicht genutzt. Wir alle haben dir eine zweite Chance gegeben. Verstehst du mich? Ich akzeptiere es nicht – nichts davon.«

Auf diese schnelle Antwort war ich nicht vorbereitet gewesen – mich mit dem Messer ihrer Zunge so scharf und sicher in Stücke zu schneiden, wie sie das gerne mit Zwiebeln tat. Ich hatte nicht erwartet, dass ihr Urteil auf meine Wahrheit so blitzartig und automatisch ausfallen würde. Doch sosehr mir die Worte auch die Tränen in die Augen schießen ließen, so war ich doch froh, es ausgesprochen zu haben. Ich hatte meine Wahrheit gesagt. Meine Mutter hatte mit der ihren geantwortet. Wahrheit bedeutet, sich selbst treu zu sein, und das waren wir beide gewesen. Das wusste ich.

Allerdings war es kein Gedanke, der mich langfristig beruhigte. Das Gefühl, von der eigenen Mutter abgelehnt zu werden, begann nun die Erleichterung, endlich mit allem herausgerückt zu sein, zu überwiegen.

Sie hatte nichts zu meinem Kind gesagt. Kein einziges Wort.

So verließ sie uns – mich schluchzend in der Küche, das Baby in mir nichtsahnend. Ohne Gnade, ohne Vergebung. Meine größte Angst, mein Albtraum war Wirklichkeit geworden.

Sechsundsechzig

Mama und ich gingen uns danach aus dem Weg, wobei wir vor den anderen so taten, als ob alles wie immer wäre. Ich hatte die Dinge nicht mit Ouma in Ordnung gebracht und schon gar nicht mit Mama. Die Wahrheit allein reicht oft nicht aus, etwas zu richten.

»Glaubst du, ihr kommt zurecht, nachdem jetzt deine Mutter da ist?« Ich wartete mit dieser Frage, bis Shireen und ich allein im Zimmer waren und das Baby neben ihr auf dem Bett lag. Sie hatte versucht, es in dem Zimmer zu lassen, das Mama ihr liebevoll hergerichtet hatte. Aber letztlich hatte sich das Kind entschieden, es sich hier bei seiner Mutter bequem zu machen.

»Ja, Mummy kann gut mit den Mädchen, und sie wird es auch mit dem Baby super hinbekommen – wenn es das ist, was du meinst«, erwiderte Shireen. Sie hatte ihren Schal so lose um den Kopf geschlungen, wie man das mit einem Handtuch um nasse Haare tat. Beinahe sah es so aus wie bei Mama, wenn auch nicht so ordentlich. Shireen hatte in den letzten Wochen mehr Zeit mit Mama verbracht als wir anderen, weshalb es eigentlich wenig überraschend war. »Selbst Mama wird gut zurechtkommen. Fehlt dir dein Zuhause?«, fragte sie und lächelte über das schlafende Kind. »Was ist eigentlich mit Rafiq?«, fügte sie dann betont unschuldig hinzu.

»*Ag*, Shireen. Es ist einfach an der Zeit, weißt du? Ich muss mich um ein paar Dinge kümmern.« Ich war mir sicher, dass Mama ihr bereits von Rafiq erzählt hatte. »Er und ich sind kein Paar. Ich habe immer noch einen Mann.« Ich bemühte mich um einen leichten Tonfall, obwohl mir Tränen in den Augen standen.

»Das tut mir leid. Ich war mir auch nicht sicher, ob da was im Busch ist, aber Rafiq war so Feuer und Flamme, und dann war es auch Mama, und ich dachte, vielleicht geht da doch etwas. Da war wohl bei mir der Wunsch Vater des Gedankens. Ich habe gehofft, dich hier halten zu können.« Sie schüttelte den Kopf und lächelte entschuldigend. »Ich kann mir vorstellen, dass du nach Hause möchtest. Aber erst nach der *Doopmaal*, oder? Also wenn du willst …« Sie zögerte und schien zu überlegen. »… vielleicht könnte ja dein Mann kommen? Und ein paar von deinen Freunden? Um dabei zu sein, wenn der Imam dem Kind seinen Namen gibt?«

»Shireen, bist du verrückt? Hat dir Mama nicht alles erzählt? Ich glaube kaum, dass sie mich und meine Leute hier haben will.« Ich konnte nicht anders. Bisher hatte ich nie gewagt, ihr auch nur eine Frage zu stellen, was meine Mutter betraf.

»Deine Mama sagt viel, wenn der Tag lang ist«, meinte Shireen. Sie war noch nie eine gute Lügnerin gewesen. Gewöhnlich antwortete sie einfach mit einer Gegenfrage auf die, welche ihr gestellt worden war, wenn sie nicht die Wahrheit sagen wollte. »Aber sie liebt dich von ganzem Herzen, Karima, und sie will immer nur das Beste für dich. Du wirst das sehen, wenn du eines Tages selbst ein Kind hast: Es ist sehr schwer, sein Kind das machen zu lassen, was es will, wenn man befürchtet, dass es dabei vielleicht zu Schaden kommt. Wenn man denkt, dass etwas falsch ist, kann man nicht einfach ruhig dabeistehen und zuschauen, wie es in sein Unglück rennt. Man kann so etwas nicht akzeptieren. Man versucht alles zu tun, damit das Leben für das Kind im Hier und Jetzt und auch sein Dasein im Jenseits das bestmögliche überhaupt wird.« Sie berührte das Gesicht ihres Sohnes, der so friedlich neben ihr schlief. »Mama glaubt, dass sie ihrer Pflicht als Mutter nachkommt. Aber so ist das Leben. Wir müssen alle das tun, was wir für richtig erachten.«

Ich verstand, dass sie noch nichts von meiner Schwangerschaft wusste, und das brachte die Tränen in meinen Augen nun doch zum Überfließen. Stumm weinte ich vor mich hin, während ich mich an Shireens Schulter vergrub. Ich war erleichtert, dass zumindest meine Schwägerin in der Lage zu sein schien, Mamas Wahrheit zu kennen, meine zu hören und mich dennoch nicht zu verdammen. Vielleicht würde sie dann auch mein Kind nicht ablehnen.

»Sie kann nicht akzeptieren, was du getan hast. Es steht gegen alles, woran sie glaubt. Lass sie einfach so sein, wie sie ist. Sie kann nicht anders. Aber das heißt nicht, dass sie dich wegschicken will.« Sie wischte die Tränen von meinen Wangen und musterte dann wieder ihren Sohn. »Mama und ich haben lange über seinen Namen geredet. Sie war diejenige, die ihn zuerst vorschlug. Ich glaube, er wird dir gefallen. Du musst zumindest so lange bleiben, bis du ihn gehört hast.« Ihre Stimme wurde leiser. »Karima, du solltest aufhören, dir zu wünschen, dass Mama das alles akzeptiert. Das hat doch schon Ouma versucht, dir klarzumachen, und jetzt mache ich es. Du gehörst hierher. Bleib für die *Doopmaal* und lade deinen Mann und deine Freunde dazu ein.«

»Ich weiß nicht.« Vor meinem inneren Auge sah ich Mamas entschlossenes, strenges, finsteres Gesicht, als sie mit mir gesprochen hatte. »Ich habe Mama und Dhanyal noch nicht gesagt, dass ich nach Hause zurückwill. Wie werden sie reagieren, wenn Dirk und die anderen einfach hier aufschlagen? Ich weiß nicht einmal, wie sie jetzt mir gegenüber sein werden.« Hielt Shireen das ernsthaft für eine gute Idee?

»Mach dir keine Sorgen wegen Mama und Dhanyal. Ich

sage ihnen, dass du gerne gehen kannst, nachdem Mummy jetzt hier ist. Und ich erzähle ihnen von Dirk und deinen Freunden. Er ist auch mein Sohn, ich kann genauso entscheiden, wer eingeladen wird, nicht nur Dhanyal. Es wird eine gute Gelegenheit sein, um sich kennenzulernen, du wirst sehen. Dhanyal wird es nicht wagen, eine Szene zu machen, und Mama will eigentlich nicht, dass du wieder abfährst. Sie will, dass du zumindest für die *Doopmaal* bleibst. Sonst hätte sie dir sicher gesagt, dass du gehen sollst. Alle werden froh sein – selbst wenn es nur für einen Tag ist.«

Shireen. Wenige, die diese Frau in ihrem Bett sahen – das Baby neben ihr, die Haare von einem unordentlich geschlungenen Schal verdeckt –, würden vermuten, welche Stärke und Entschlossenheit in ihr steckten. Ich kannte sie, und selbst ich hatte den Fehler gemacht anzunehmen, unter einer *Abaya* müsse eine schwache Frau stecken.

»Sie sollen sich heute begegnen, Karima. Warte nicht auf das nächste Begräbnis, dass sich die Dinge ändern. Eines Tages – jederzeit – könnten wir alle tot sein, und dann ist es egal, wer letztlich recht hatte.«

»Ich werde darüber nachdenken. Aber vielleicht ist es zu viel für einen Tag.«

Wir hörten zu reden auf, weil in diesem Moment Tante Fati mit einer Tasse Tee für Shireen ins Zimmer kam. Ich ließ die beiden allein, damit sie miteinander plaudern konnten. Dieses Mutter-Tochter-Gespann funktionierte völlig anders als Mama und ich. Shireen erzählte ihrer Mutter alles. Sie hatten sich immer verstanden.

Warte nicht auf das nächste Begräbnis.

Shireens Worten hallten in meinem Kopf wider, während ich mich im Badezimmer versteckte und versuchte, eine Entscheidung zu fällen.

Dirk.

10:30 Kari: Hi, ich weiß nicht, ob du dieses Wochenende in Kapstadt bist, aber mein Neffe hat heute seine Namenszeremonie. Shireen fragte, ob ich dich nicht dazu einladen wolle. Bin mir nicht sicher, wie toll das wird, wenn du meine Mom und Dhanyal kennenlernst, und ich weiß auch, dass wir reden müssen. Aber ich würde mich echt freuen, wenn du kämst. Es wäre heute um halb zwei, falls du das schaffst.

Ich brachte es nicht über mich, auf Senden zu drücken. Ich schaffte es einfach nicht.

Rückstelltaste. Löschen. Ich sah zu, wie die Wörter Buchstabe um Buchstabe verschwanden. Warum sollte er auch kommen? Er hatte bisher nicht auf meine Mail geantwortet. Offenbar war es jetzt an mir zu warten.

Vielleicht LSDoK.

10:32 Kari: Hi Ihr, heute bekommt mein Neffe in einer Art Taufe seinen Namen. Meine Schwägerin hat gemeint, ich solle meine Freunde einladen. Meine Mom ist momentan nicht gerade begeistert von mir, es könnte also beschissen werden, aber es würde mir echt helfen, ein paar liebe Gesichter um mich zu haben. Zumindest das Essen wird gut. Wollt ihr kommen? Sorry, dass das so kurzfristig ist. Die Zeremonie findet um halb zwei statt.

Wieder Rückstelltaste und Löschen. Erneut sah ich zu, wie die Wörter verschwanden. Außer Lily hatte keiner meiner Freunde mich jemals in dieser Welt erlebt. Dann noch Mama und Dhanyal – also entweder funktionierte es, oder es kam zu einer Explosion. Ich setzte ja eher auf die Explosion.

Zweiter Versuch.

10:33 Kari: Hi Ihr, heute bekommt mein Neffe seinen neuen Namen. Ihr fehlt mir. X

Senden. Das musste reichen.

Siebenundsechzig

Ich sah ihn zuerst. Von meinem Platz in der Küche aus entdeckte ich ihn – groß und blond und auffallend. Er stand hinter Onkel Fuad unter der offenen Haustür.

Was tat er hier? Ich hatte ihm diese Nachricht zwar schicken wollen, aber mich letztlich nicht getraut.

Ich stürzte nicht auf ihn zu wie in einem romantischen Film. Ich hätte es gerne getan, und vielleicht hätte ich es auch tun sollen, denn mein Herz fühlte sich bereits so an, als ob ich es täte. Aber lange Kleider, wie ich sie gerade trug, waren nicht zum Rennen gedacht. Ich beobachtete also stattdessen, wie er ins Haus und in meine Richtung kam. Momentan war ich für ihn nur ein weiteres Gesicht in einem Meer aus ihm unbekannten Gesichtern. Die Frauen sahen sich alle irgendwie ähnlich, und nur die Ränder unserer langen, weiten Mantelkleider waren teilweise unterschiedlich eingesäumt.

Ich nahm nicht an, dass er mich entdecken würde. Doch dann blickte er auf und sah mich.

Als wir einander anschauten, wurden mir schlagartig die Knie weich, und Tränen begannen bei mir zu sprudeln, von denen ich gar nicht gewusst hatte, dass sie in mir steckten. Dieser Teil war also vermutlich doch wie in einem romantischen Film. Die Frauen um mich herum halfen mir, wie sie es hier immer taten, und drängten mich dazu, mich doch an den Küchentisch zu setzen.

»Karima, was ist los mit dir? Oh je, *kyk die kind!* Bringt ihr etwas Wasser«, sagte jemand, und man gab mir ein Glas zu trinken. Ein Schalter schien umgelegt worden zu sein, und auf einmal verstand ich: Vielleicht würde es niemals in Ordnung sein, aber Dirk war hier, und Mama lebte.

»Karima, da will dich jemand sprechen«, flüsterte mir Tante Shams-die-Mama-immer-Gebäck-für-das-Opferfest-brachte ins Ohr. »Er ist nicht aus unserer Kultur, aber vielleicht solltest du schnell kommen und dir anhören, was er zu sagen hat.«

»Geht schon in Ordnung, Tante Shams«, erwiderte ich Shams, während ich sah, wie jemand Dirk durch die Menge zu mir in die Küche führte. »Das ist mein Mann. Er ist nur wegen mir hier.«

In der Küche war es sehr voll, aber niemand hielt entsetzt den Atem an oder kreischte auf, nachdem man mich gehört hatte. Die Leute traten nicht fassungslos beiseite, um Dirk zu mir durchzulassen. Es gab auch keine eindrucksvolle Rede, gefolgt von tosendem Applaus, als er schließlich vor mir stand. Er drückte nur meinen Arm und setzte sich dann auf einen Stuhl neben mir. Es war ein wenig peinlich. Er kannte nicht die Regel, dass alle Männer im Zimmer nebenan warteten, bis ihnen die Frauen das Essen herausbrachten.

»He, Karima! Wo hast du denn dieses Goldstück die ganze Zeit über versteckt? Das war aber nicht sehr nett von dir, ihn so für dich zu behalten, Mädchen!«, scherzte Tante Shams. »Wobei – *ek sou ook* Freudentränen *gehuil het as my man so gelyk het!*«

Die Frauen brachen in Gelächter aus. Dirk lachte mit, während wir mitten unter all den Frauen zusammen am Küchentisch saßen. Nach dem Witz, der es ihnen gestattete, uns kurz zu mustern, gaben sie sich Mühe, so zu tun, als würden sie uns nicht beobachten, und wandten sich wieder den verschiedenen Speisen zu. Immer wieder sah ich jedoch, wie uns eine aus dem Augenwinkel begutachtete.

Dirk hatte abgenommen, und seine Augen waren klein von offensichtlich wenig oder schlechtem Schlaf, während seine Haare auf einer Seite des Kopfes abstanden. Jemand stellte eine Tasse Tee vor ihn hin, und er lächelte dankbar und müde.

»Ich war auf dem Flug zurück aus London, weshalb ich deine Mail erst heute Vormittag gelesen habe, als wir landeten. Ich habe Lily angerufen, sie gefragt, wo das Haus steht, und bin dann direkt vom Flughafen hierhergekommen. Ich habe im Grunde kaum überlegt«, sagte er und zuckte mit den Achseln. »Ich wollte es nicht länger hinausschieben, weshalb ich einfach trotzdem kam, obwohl sie mir von dieser Namenszeremonie erzählte. Irgendwie fand ich es das Beste, alle kennenzulernen und mal zu sehen, was passiert. Allerdings hatte ich nicht angenommen, dass es so voll sein würde.« Er schnitt eine Grimasse. »Tut mir leid, wenn das Timing schlecht ist.«

Mir wurde vor Sorge ganz übel, als ich daran dachte, was ich alles in dieser Mail geschrieben hatte. Was würde er hinsichtlich Rafiq sagen? Ein wenig nervös schwieg ich erst einmal. Ich fragte mich, wie seltsam ich für ihn aussehen musste und wie seltsam wir für die anderen wirken mussten, wenn sie uns aus den Augenwinkeln beobachteten. Ich in meiner schwarzen *Abaya*, hinübergelehnt zu diesem blonden Fremden, der leise mit mir redete.

Es war mir unangenehm, aber weniger, als ich das befürchtet hatte. Außerdem hätte ich sowieso nichts dagegen tun können.

Tante Shams hatte uns offenbar etwas genauer unter die Lupe genommen, denn es schien ihr leidzutun, dass wir miteinander mitten unter den anderen reden mussten. »Karima, du bist keine Hilfe mehr. Setz dich rein. Das ist eine Ausnahme, verstanden? Weil du die Tante des Babys bist. Das nächste Mal musst du wieder arbeiten.«

Es folgte weiteres Gelächter von den anderen Frauen, während wir uns daran machten, die Küche zu verlassen.

Doch ehe es uns gelang, kam …

Mama.

Sie rauschte in die Küche. Von ihrem Humpeln war nichts mehr zu sehen – und ebenso wenig merkte man ihr die vorherige Auseinandersetzung mit mir an. Sie zeigte auch keinerlei Überraschung, Dirk hier anzutreffen. Ihre schwarze *Abaya* floss um sie herum, ihr leuchtend gelber Schal war perfekt um ihr Gesicht gelegt. Sie hatte einen weiteren, hauchzarten Schal in passendem Gelb darüber drapiert und eng am Hals befestigt. Sie trug auch Make-up. Ich konnte mich nicht daran erinnern, wann ich sie das letzte Mal damit gesehen hatte, außer mit ein paar groben Strichen Kajal um die Augen. An diesem Tag benutzte sie nicht nur Kajal, sondern ebenso einen bronzefarbenen Lidschatten, Rouge auf den Wangen und einen bräunlich roséfarbenen Lippenstift. Der Lippenstift war vielleicht einer von jenen, die ich für Shireen besorgt hatte, aber sie trug ihn dunkler und kühner als ihre Schwiegertochter. Sie sah fantastisch aus, auch wenn ein Teil von mir dachte: Wie Angelina Jolie als dunkle Fee in *Maleficent*. Mit ihr würde es niemand wagen, sich anzulegen. Weder ich noch Dirk, so viel war eindeutig.

Der Lärmpegel in der Küche fiel kaum merklich.

»Mama, das ist Dirk«, platzte ich heraus.

Dirk wollte Mama offenbar zur Begrüßung die Hand reichen, ließ sie aber sofort sinken unter meinem scharfen Blick: *Nein!*

»Es freut mich sehr, Sie kennenzulernen«, sagte er, um die Stille nicht allzu lang werden zu lassen. Sein Afrikaans-Akzent fiel mir stärker auf als je zuvor. »Herzliche Glückwünsche zu Ihrem Enkelsohn, Mrs Essop. Ich habe ihn noch nicht zu Gesicht bekommen, aber ich hoffe, er sieht ein wenig wie Kari aus.«

Vielleicht nicht der beste Einstieg, mich Kari zu nennen. Doch woher sollte er das wissen?

»Ja«, antwortete Mama langsam. »Es ist ein schönes Kind, das tatsächlich ein bisschen wie Karima aussieht.« Ihr war nicht entgangen, dass er mich Kari genannt hatte. Sie sagte nicht, dass sie sich auch freue, ihn kennenzulernen. Aber sie schrie auch nicht oder warf uns aus dem Haus. Stattdessen blickte sie durch die Runde der Frauen in der Küche und entdeckte unter ihnen Tante Shams.

»Shams, bitte denkt daran, dass sie auch Mittagessen kriegen, wenn ihr nachher das Essen hinaustragt.«

Für einen anderen bedeutete das sicher nichts weiter, aber ich kannte meine Mutter, und ich kannte diese Welt. Essen anbieten, seine Gäste versorgen, wer auch immer sie sein mochten, war hier selbstverständlich und normal. Aber mir kam es so vor, als ich meine Mutter so reden hörte, die mich und meine Wahrheit mit Worten nicht akzeptieren konnte, dass uns ein roter Teppich ausgerollt wurde. Sie tat ihr Bestes. Sie bemühte sich.

Mit einem weiteren Rauschen ihrer *Abaya* verließ sie die Küche. Dirk und ich blieben wie ein Brautpaar zurück, das darauf wartete, weitere Gäste zu begrüßen.

Lange brauchten wir nicht zu warten.

Jetzt kamen Dhanyal und Rafiq. Mama musste sie geschickt haben.

»Das ist Dirk.« Mehr sagte ich diesmal nicht.

Dhanyal schüttelte seinem Schwager, dem er noch nie zuvor begegnet war, die Hand. Er nahm Dirks Gratulationen zum neuen Kind entgegen und ließ sich nicht im Geringsten seine Gefühle anmerken. Nichts von all dem, was er mir an den Kopf geworfen hatte. Er benahm sich vorbildlich. Shireen hatte recht gehabt. Dhanyal wusste, dass man uns beobachtete, selbst wenn alle so taten, als seien sie anderweitig beschäftigt. Dhanyal war es wichtig, was die Frauen in der Küche sahen, was sie ihren Männern von Dr. Essop und Karimas blondem Ehemann erzählten. Er gab sich höflich und hätte sicher auch von Toleranz geredet, wenn man ihn darauf angesprochen hätte, selbst wenn er es nicht so empfand. Niemals hätte er vor anderen seine Familie in einem schlechten Licht gezeigt. Erst jetzt begriff ich, dass er zwar innerhalb der Familie alles Mögliche über mich sagen mochte, aber nach außen hin gehörte ich weiterhin dazu. Und das wusste Shireen.

Rafiq begrüßte Dirk auf die Weise, wie das die Männer hier meist taten – mit einem Flickflack-Handschlag, der diejenigen verwirrte, die ihn nicht kannten. Dirk zeigte sich darin erwartungsgemäß ungeschickt.

Noch immer war ich innerlich fassungslos, wie zivilisiert alles ablief, da begann Dirk auf einmal zu winken, als ob er jemanden zu uns herüberholen wollte. Wen um alles in der Welt konnte er hier kennen?

Lily, Shelley, Di und Owen. Alle waren festlich gekleidet, aber sie hätten genauso gut nackt und neonfarben angemalt kommen können, sie passten so gar nicht hierher, diese meine Freunde, überhaupt nicht. Wieder stiegen mir Tränen hoch. In ihren Mienen war deutlich zu erkennen, dass sie völlig überfordert waren. Das zeigte mir vor allem die Erleichterung in Shelleys Gesicht, als sie Dirk entdeckte. Aber sie waren gekommen. Wegen mir. Ich war noch nie erleichterter gewesen, meine Freunde zu sehen.

»Lily meinte, sie wird auch dabei sein, als ihr klar wurde, dass ich mich nicht abbringen lasse«, erklärte Dirk. »Sie war sich nicht sicher, ob sie ohne Einladung kommen dürfe. Aber dann fiel ihr ein, dass sie einfach so tun könnte, als bräuchtest du ihre medizinische Hilfe.« Er lächelte. »Von den anderen wusste ich nichts.«

Es war nicht üblich, ohne Einladung bei einer *Doopmaal* aufzutauchen, es sei denn, man gehörte zum engen Familienkreis. An diesem Tag war es allerdings egal, weil Dhanyal so viele Leute eingeladen hatte, dass ein paar unbekannte Gesichter nicht weiter auffielen. Doch als ich sah, wie LSDo einfach hereinkamen, ganz gleich, ob sie das durften oder nicht, wurde mir bewusst, dass sie sich so verhielten, als gehörten sie zum engen Familienkreis.

Ich umarmte sie und drückte alle lange. Zuerst Lily, dann Shelley, dann Di. Schließlich war Owen an der Reihe. Er wirkte etwas verängstigt, von dieser *Abaya*-Frau umarmt zu werden, von denen die anderen offenbar glaubten, dass ich das sei.

Ein paar Frauen drückten uns Teller mit Biryani in die Hände, und wir setzten uns alle im Wohnzimmer eng nebeneinander auf die Couch, wo wir zu essen versuchten. Dirk und ich saßen in der Mitte. Shelley redete viel über Essen, und ich fragte mich kurz, ob ihre künstliche Befruchtung angeschlagen hatte. Solange sie in diesem Haus war, würde sie jedenfalls niemals Hunger leiden. Wir anderen sprachen nicht viel. Es war ein seltsames Gefühl, meine beiden Welten aufeinandertreffen zu sehen. Meine Freunde und meinen Mann hier im Haus meiner Familie zu erleben, führte auf einmal Kari und Karima zusammen. Würden sie es wohl so schwierig finden, mich als Karima zu akzeptieren, wie es meine Familie schwierig fand, Kari anzunehmen?

Das war ihnen völlig egal, stellte ich fest.

Achtundsechzig

Je länger der Nachmittag dauerte und je enger es auf der Couch wurde, desto selbstverständlicher wanderten meine Freunde durchs halbe Haus. Di ging in die Küche und begann dort den Frauen zu helfen. Sie fühlte sich mit diesen anderen Küchenfeen offenbar richtig wohl. Lily setzte sich natürlich irgendwann neben Dhanyal, den sie aus irgendeinem Grund schon immer gerne geärgert hatte. Doch nichts und niemand – weder ich, Dirk oder Lily – konnte Dhanyal bei der *Doopmaal* seines Kindes aus der Fassung bringen oder ihm die Laune verderben. Ich hörte, wie er ihr von seinem Sohn erzählte, der anscheinend bereits mit sieben Tagen eine Legende war.

Shelley unterhielt sich prächtig mit Tante Jay, die dafür bekannt war, die auffallendsten, glitzerndsten *Abayas* mit echten Schmucksteinborten aus Dubai zu tragen. Sie vereinbarten, dass Shelley später Jays neues Haus in University Estate anschauen würde. Ich wusste nicht einmal von diesem neuen Haus. Owen war Owen und redete mit einigen Männern aus der Moschee über Immobilienverkauf. Sie schienen von ihm begeistert zu sein, meinte Dirk, der hörte, wie einer Owen ein Kompliment wegen seiner italienischen Schuhe machte. Dann konnte ja nichts mehr schiefgehen. Mir war klar, dass ich bald mindestens einen der Männer in unserem Maklerbüro in Eden wiedersehen würde.

Ob ich für eine solche Begegnung schon so weit war, wusste ich allerdings nicht.

Mama begrüßte meine Freunde ebenfalls, tauchte dann aber in der Menge unter. Mir und Dirk ging sie merklich aus dem Weg.

Dirk wich nicht von meiner Seite. Er hielt dabei auch meine Hand, wie er das schon immer getan hatte.

»Shireen meint, dass sie zurechtkommen werden, nachdem jetzt ihre Mutter hier ist und helfen kann. Ich könne nach der *Doopmaal* nach Hause, sie würden das schaffen.« Ich sagte das ganz selbstverständlich, angetrieben von einem unerwarteten Glücksgefühl. Wann hatten Dirk und ich das letzte Mal unverkrampft und angstfrei miteinander geredet? Ich versuchte, mir meine Überraschung nicht allzu sehr anmerken zu lassen, als mir klar wurde, wie bereit ich war, nach Hause zu gehen.

Dirk machte sich nicht einmal die Mühe, irgendetwas zu verbergen. Ein strahlendes Lächeln erhellte sein Gesicht, und er rückte näher, während seine Finger die meinen noch fester hielten. »Wow, das ist großartig. Ich würde mich so freuen, wenn du wieder nach Hause kämst.«

Ich war schon seit Ewigkeiten bei keinem *Doopmaal* mehr gewesen. Aber ich erinnerte mich noch mehr oder weniger an den Ablauf, weshalb ich auch meinen Freunden erklären konnte, was passieren würde. Ich genoss es in vollen Zügen, denn es war herrlich, mit ihnen – vor allem mit Dirk – über etwas Unkompliziertes zu reden. Außerdem: Unter Blinden ist der Einäugige schließlich König.

Ich kramte also in meiner Erinnerung und setzte die Stücke zusammen, an die ich mich von einer *Doopmaal* entsann, welche ich einmal mit meiner Mutter besucht hatte. So wie das auf Wikipedia steht, war es nicht (ich habe nachgeschaut). Man erfährt das nur, wenn man selbst dabei ist oder es einem jemand erzählt.

Also: Ich wusste, dass man dem Baby den Namen geben musste, ehe es sieben Tage alt war. Das Kind wurde schön angekleidet und auf ein großes weißes Kissen gelegt, das sich auf einer Art Tablett befand. Baby und Kissen wurden teilweise mit einer *Medowra* bedeckt. (*Was ist das*, wollte Dirk wissen, der an diesem Tag schon mehrmals ihm unvertraute Wörter aus meinem Mund gehört hatte. *Ein besonderes Tuch, das mit Gold- und Silberfäden verziert ist*, erwiderte ich und sah, wie er es in seinem neuen inneren Wörterbuch ablegte.) Um das Baby lagen frische Rosenknospen, und auf seiner Stirn war ein schwarzes Zeichen mit Kajal gemalt worden. Warum, wusste ich nicht mehr genau, aber wenn ich mich recht erinnerte, hatte Mama irgendetwas von bösen Kräften gesagt, die damit abgehalten werden sollten.

Dann sprach der Imam Gebete und gab dem Kind seinen Namen, indem er ihm ein paar Härchen abschnitt und in ein Glas mit Wasser legte. (*Ich weiß nicht, warum man das so macht*, erklärte ich meinem Mann. Meiner Meinung nach schor man früher dem Baby den Kopf, da man glaubte, dass die Haare eines Neugeborenen schmutzig seien. Aber Genaues wusste ich nicht, und Dirk hatte natürlich eh keine Ahnung. Ich hätte ihm auch absoluten Humbug erzählen können, er wäre trotzdem fasziniert gewesen.)

Woran ich mich am besten erinnern konnte: Der Imam legte dem Kind ein kleines Stück Papier mit dem Datum in den Mund. Mir gefiel die Idee, dass der Imam so versuchte, ihm eine gute Zukunft zu garantieren. (Dirk schüttelte lachend den Kopf. *Wie immer ganz die Romantikerin*, sagte er.) Sobald der Name gegeben worden war, wurde Essen und Tee serviert, und die Party konnte beginnen.

So war das in dieser Welt: Die Menschen kamen und teilten die Last der Trauer und die Freuden, ob man sie nun darum gebeten hatte oder nicht. Es waren immer Leute da. Das war das Wesentliche, und es verlieh dem Einzelnen eine Stärke, die man nicht wirklich erklären konnte, sondern selbst erlebt haben musste.

Letztlich ähnelte die *Doopmaal* von Shireens und Dhanyals Sohn derjenigen, die ich mit Mama erlebt hatte. Doch sie war auch anders. Es lag eine leise Traurigkeit über allem. Vermutlich konnte man nicht einfach vergessen, dass erst ein Monat vergangen war, seitdem im selben Haus eine Beerdigung stattgefunden hatte. Ganz gleich, ob den Alten zufolge immer dem Tod eine Geburt und umgekehrt folgte – diesmal war das Ganze so schnell gegangen.

Insgesamt jedoch lief alles mehr oder weniger so, wie ich es Dirk und LSDo erklärt hatte.

Das Baby lag auf einem weißen Kissen auf einem Tablett. Es gab die golden bestickte *Medowra* und die roten Rosenknospen. Auch das schwarze Zeichen war auf der Stirn – zwischen seinen Augen, wie bei dem anderen Baby damals –, und der Imam schnitt ein paar Härchen ab. Alle waren gekommen, sogar Dhanyals neue Frau Aysha. An sie hatte ich gar nicht gedacht, doch auf einmal war sie da und hielt sich im Hintergrund, bis Tante Fati sie heranwinkte, damit sie sich etwas näher ans Geschehen setzen konnte. Sie gehörte nun schließlich auch zu unserer Familie.

Muslime wählten immer einen Namen mit Bedeutung, wobei diese Bedeutung stets wichtig war. Das erklärte ich Dirk. Sie entschieden sich nie für einen Namen, nur weil dieser gut klang.

Sie nannten den Jungen Karim.

Karim, sagte der Imam, *ist die männliche Variante von Karima. Man kann ihn als ›edel‹ oder ›wertvoll‹ übersetzen, aber auch als ›großzügig‹. So wie seine Tante Karima.*

Obwohl Dirk meine Hand drückte, sich alle lächelnd zu mir umdrehten und ich ihr Lächeln erwiderte, war das ein Schock, der mich so erschütterte, dass ich auch noch angestrengt lächelte, als alle schon wieder wegschauten. Das war der letzte Name, den ich erwartet hatte. Ich konnte mir nicht im Geringsten erklären, warum Mama ihn ausgesucht und Dhanyal zugestimmt hatte – vor allem nach unserer Auseinandersetzung. Shireen musste die beiden dazu gezwungen haben. Wieso sonst sollten sie einen weiteren ›Edlen‹ in ihrer Familie haben wollen.

Ich hatte einen Neffen – und sie nannten ihn Karim.

Neunundsechzig

Gegen siebzehn Uhr begannen die meisten aufzubrechen. LSDO – Lily meinte, sie würden Owen gerne hochstufen, wenn das auch in meinem Sinne sei – gingen mit Tüten voller Essen und Kuchen in kleinen Kartons. Niemand verließ jemals ein muslimisches Heim ohne ein mit Alufolie umwickeltes und guten Wünschen versehenes *Kospakkie.*

Ich packte meine Sachen in Oumas Zimmer.

Alles war nicht in Ordnung. Ich hatte es nicht mehr mit Ouma ins Lot gebracht. Ich hatte es auch nicht mit Mama hingekriegt. Aber Mama zumindest lebte noch, und Dirk war hier. Niemand war gestorben, und Dirk war nicht deshalb gekommen – mein Leben ähnelte also nicht nur irgendeiner dämlichen Seifenoper. (Ich versuchte, nicht an *Downton Abbeys* Matthew zu denken, der ums Leben kam, gerade als alles perfekt war. Das wäre Karma auf Steroiden und Stöckelabsätzen, während sie sich ins Fäustchen lacht.)

Es gab jetzt noch eine Sache zu klären.

In diesem Fall brauchte ich keine Lily, die mich daran erinnerte.

Dié wat nie wil hoor nie moet voel.

Ich musste Dirk immer noch von dem Kind erzählen, das wir erwarteten.

Siebzig

Als wir bereit waren, kam Shireen zur Haustür, um uns Lebewohl zu sagen. Mama nickte ihre *Salāms*, zuckte zusammen, als ich ihr einen Kuss auf die Wange gab, und blinzelte nicht mal, als sich Dirk mit einem *Auf Wiedersehen, Mrs Essop* von ihr verabschiedete. Dhanyal winkte ziemlich desinteressiert von der Couch herüber, ohne aufzublicken. Stattdessen starrte er Karim an, der auf seinem Schoß schlief – genau an derselben Stelle, wo ihn der Imam zurückgelassen hatte.

»Lass dich nicht irritieren. Es gibt noch mehr Leute in diesem Haus als die beiden. Komm doch in einer Woche mal vorbei, um mich und die Kinder zu besuchen. Okay?«, fragte Shireen und warf einen Blick auf Dhanyal und das Baby. »Gefällt dir sein Name? Mama meinte, Karim sei der richtige Name, denn er würde in dieser Familie immer wertvoll sein – genau wie du. Ganz gleich, was passiert ist und was sie gesagt haben mag, das wird sich nie ändern. Jetzt wird Karim die beiden an dich erinnern, selbst wenn du nicht da bist.«

Ich wusste nicht, was ich antworten sollte. Im Grunde war ich mir gar nicht sicher, ob ich für Mama noch wertvoll war. Ich nahm Shireen in den Arm, mitten auf der Straße, und drückte sie so lange und fest, wie ich das vor vier Wochen auch getan hatte.

An diesem Morgen hatte ich eigentlich nicht vorgehabt, am Ende des Tages nach Hause zurückzugehen. Aber nun fiel es mir unerwartet leicht. Was die Sache betraf, die ich eigentlich geplant hatte – nun, sie lief so wenig nach Plan, als hätte es nie einen gegeben.

Dabei hatte mir gar nicht vorgeschwebt, den Schwangerschaftstest als Geschenk einzuwickeln und ihn dann Dirk mit einem Lächeln und einem Glas Champagner zu übergeben. Dieses Schiff war schon lange abgefahren. Doch ich hatte nicht angenommen, dass es so passieren würde, wie es das dann tat. Und ich hätte nie angenommen, dass Gigi – genau, jenes vergnügungssüchtige Mädchen, das Rafiqs Frau geworden war – einen wichtigen Part dabei spielen würde.

Sie war mitten während der *Doopmaal* aufgetaucht, in einer schwarzen *Abaya* mit passendem Kopftuch, wobei die orangefarbene Borte etwas zu grell für das Schwarz war. Ich kannte sie noch in knallengen Jeans und einem neonfarbenen Tanktop, der Uniform der achtziger Jahre für diejenigen, die nicht so auf *Abayas* standen. Sie konzentrierte sich ganz auf ihre kleine Familie, und ich fragte mich, ob sie Rafiq nun doch wieder mehr behalten wollte, nachdem sie ihn fast verloren hatte. Angesichts der Art und Weise, wie sie die ganze Zeit über um ihn und Amarah herumscharwenzelte, hatte ich fast den Eindruck. Rafiq hatte so oft über sie gesprochen, dass ich beinahe meinte, sie zu kennen, doch in Wirklichkeit war es das erste Mal, dass ich sie in den Wochen, die ich hier verbracht hatte, sah. Es schockierte mich, wie sehr sie sich verändert hatte. *Die Menschen ändern sich*, sagte ich mir. Wer hätte jemals von mir gedacht, dass ich statt *Abayas* Bikinis tragen würde?

Ich erkannte Gigi erst, als sie direkt neben Dirk stand. Er hielt gerade die Fahrertür des Mini für mich auf; sein eigener Wagen war ein paar Häuser weiter hinten geparkt. Während ich noch Shireen zuwinkte, die wieder ins Haus zurückkehrte, dachte ich bereits an den restlichen Tag – an den Teil des

Tages, wenn wir zu Hause eintrafen und ich es Dirk sagte. Ich hatte also gar nicht die Frau beachtet, die auf uns zusteuerte. Erst als sie direkt vor uns stand, sah ich ihr Gesicht. Doch selbst dann brauchte ich noch einen Moment, um sie innerlich einzuordnen. Kaum hörte ich ihre Stimme, wurde mir klar, wer es war.

»*Salām*, Karima«, sagte sie und beugte sich zu mir herunter, um mir ein Küsschen auf die Wange zu geben. Ich hatte mich inzwischen hinter das Steuer gesetzt. »Es ist eine halbe Ewigkeit, seitdem wir uns richtig gesehen haben, und jetzt fährst du schon wieder. Wir konnten gar nicht miteinander reden.« Sie richtete sich auf und drehte sich zu Dirk um. »Und Sie müssen Dirk sein. Freut mich, Sie kennenzulernen. Mein Männe, Rafiq, hat mir viel von Ihnen erzählt.« Ich hasste es, wenn man ›Männe‹ sagte. Meiner Meinung nach war das immer ein bestimmter Typus.

»Wie ich sehe, seid ihr am Aufbrechen. Ich will euch auch nicht lange aufhalten, sondern wollte mich nur verabschieden. Wir haben sicher bald mal die Gelegenheit, ausführlicher miteinander zu reden, nachdem wir ja jetzt beide wieder zurückgekommen sind. Also, *Salām* und … ach ja, auch gleich noch *Salāt*.« Sie zwinkerte uns zu, als ob wir uns doch vertraut wären. »Ich weiß, dass es ja noch ein Geheimnis ist, aber Rafiq hat mir die gute Nachricht schon mitgeteilt.«

Die Worte klangen freundlich, und sie hatte auch ein Lächeln aufgesetzt, aber in ihren Augen spiegelte sich etwas anderes wider. Rafiq musste ihr deutlich mehr als nur die gute Nachricht mitgeteilt haben. Wusste sie, dass er mich geheiratet hätte, wenn ich einverstanden gewesen wäre? Und dass er so getan hätte, als ob Amarah einen Bruder oder eine Schwester bekam? Rafiq war zugleich einer der ehrlichsten Menschen, die ich kannte. Er hatte Gigi sicher alles genau erzählt.

Dirk war bis zu diesem Moment gut mit allem zurechtgekommen. Bis zu diesem Augenblick war Gigi für ihn wahrscheinlich nur eine weitere verschleierte Frau gewesen, die mich mit einem weiteren *Salām* und einem Küsschen verabschiedete. Es war inzwischen so oft passiert, dass es für ihn schon fast normal geworden sein musste, auch wenn er mich erst seit fünf Stunden in dieser Umgebung erlebte. Er hatte genickt, als Gigi mit ihm gesprochen hatte, doch ich sah, wie er verständnislos die Stirn runzelte, als sie *Salāt* sagte. Gigi verabschiedete sich von uns und ließ mich mit Dirk und seiner Verwirrung allein zurück.

»Du erzählst mir sicher zu Hause, worum es da gerade ging, oder?«, meinte er lächelnd. Er war bereit, die Wagentür zuzuschlagen.

In diesem Moment ließ mich mein Plan im Stich. Anstatt ihn die Wagentür schließen zu lassen, nach Hause zu fahren und auf den richtigen Augenblick zu warten, wenn wir uns in der uns vertrauten Umgebung befanden, musste ich einen auf Melodram machen. Mit heftig pochendem Herzen wartete ich darauf, dass er die Straße hinunter zu seinem eigenen Wagen lief. Als er diesen fast erreicht hatte, stieg ich wieder aus dem Mini und rannte hinter ihm her. (Die *Abaya* störte mich dabei nicht im Geringsten, ich hatte schließlich die violetten Nikes an.) Er hatte es sich gerade in seinem Auto bequem gemacht, als er mich daherrennen sah. Also lehnte er sich hinüber und öffnete die Beifahrertür, damit ich mich neben ihn setzen konnte.

Meine Worte sprudelten nur so aus mir heraus, ohne dass ich ihnen Einhalt gebieten konnte. Frei – auf einmal war ich frei. Mitten auf der Eden Road in Walmer Estate, nur wenige Meter von meiner Familie entfernt.

»Ich bin schwanger. Ich wollte es dir sagen, aber ich wollte nicht, dass du nur deswegen zu mir zurückkommst, weil ich schwanger bin, und ich will auch nicht, dass du glaubst, du müsstest zu mir zurückkommen, weil ich schwanger bin. Es ist noch sehr, sehr früh, vielleicht in der achten Woche. Lily meint aber, es sieht stark aus. Es ist dein Baby.«

Den letzten Satz fügte ich nur deshalb hinzu, weil ich es nicht ertragen hätte, wenn er mich danach gefragt hätte.

In Dirks Gesicht zeigte sich keine eindeutige Emotion. Aber er sah wie ein Mann aus, der sich mitten in einem Gewitter mit einem Blitzableiter in der Hand wiederfand.

»Es tut mir leid. Ich hab mich so wahnsinnig dämlich benommen.« Ehe ich noch mehr dahinplappern konnte, sprang ich aus seinem Auto und rannte zu meinem zurück.

Ich weiß, bescheuert, aber leider lief es genauso.

Planlos stieg ich wieder in den Mini ein. Völlig planlos. Dirk stürmte nicht hinter mir her. Er musste einfach sitzen geblieben sein, während ich wegrannte, und dann abgewartet haben, bis ich meinen Wagen anließ. Als ich an ihm vorbeiraste, hörte ich, wie eine Nachricht eintraf. Das Handydisplay leuchtete neben mir auf dem Beifahrersitz auf.

17:30 Dirk: Komm, fahr mir nach.

Ich wurde langsamer, denn ich wusste, dass ich diesmal nicht vor ihm fliehen wollte. Stattdessen folgte ich Dirk aus Walmer Estate zur N2, dann auf die M3, vorbei an der Universität und gleich dahinter die kurvenreiche Straße den Berg hinauf. Wir brauchten zehn Minuten, um zu dem Metallgitter zu gelangen, das zum Rhodes Memorial hochführte.

Ich hatte ihm schon oft erzählt, wie viel Zeit ich früher da oben verbracht hatte. Der Ausblick befand sich am Rand von Kapstadt, am nördlichen Hang des Tafelbergs. Direkt neben der Universität gelegen, hatte ich dort mehr Zeit schwänzend verbracht als in den Seminaren und Vorlesungen. Ich nannte es mein »Unileben«, weil ich dort in dem merkwürdigen kleinen Restaurant viele Stunden verbracht und über mein Leben in Walmer Estate nachgedacht hatte, das um die Ecke lag. Ich malte mir damals aus, wie ich ich werden könnte. Das Denkmal befand sich auf der Seite des Devil's Peak, das hätte die Leute misstrauisch werden lassen sollen, wie Lily grinsend meinte. Aus irgendeinem Grund fühlte ich mich dort ruhig und sicher. Hier breitete sich die Stadt vor mir aus, die großen Stufen, die zu dem Denkmal hochführten, in meinem Rücken. Die Cape Flats, die Helderberg Mountains, die Gipfel der Hottentots Holland Mountains verschwommen in der Ferne. Hier war einer der wenigen Orte, von wo aus man gleichzeitig den Atlantischen und den Indischen Ozean sehen konnte. Schon irgendwie absurd, dass es dieser Lieblingsplatz des Kolonialisten Rhodes war, der mir mit meinen Sklavenvorfahren eine gewisse Ruhe am Rand dieser ineinander verwickelten, gemischten Stadt, die ich so liebte, vermitteln konnte.

Davon hatte ich Dirk erzählt. *Es muss nicht immer alles Sinn ergeben*, hatte er damals geantwortet.

Ich hatte es ganz vergessen. Aber er erinnerte sich offenbar daran.

Es sah noch immer so aus wie früher, obwohl ich schon seit einer halben Ewigkeit nicht mehr dort gewesen war. Der gusseiserne Reiter am Fuß der Treppe hielt noch immer Wache, als ich auf dem Parkplatz langsam neben Dirk anhielt. Er setzte sich zu mir auf den Beifahrersitz des Mini, wobei er seine langen Beine ziemlich anwinkeln musste, um hineinzupassen. Wir beobachteten schweigend eine Hochzeitsgruppe, die lachend aus ihren Autos stiegen, bereit, mit Hilfe des Fotografen ihren besonderen Moment festzuhalten und sich neben den hundert Jahre alten Bronzelöwen in Pose zu bringen. Beide wandten wir fast gleichzeitig den Blick ab und schauten stattdessen auf die Stadt hinunter. In der Ferne glitzerten blau die zwei Ozeane. Dirk durchbrach die Stille. Allerdings sprach er so leise, dass ich mich anstrengen musste, ihn zu hören.

»Willst du dieses Kind?«, fragte er, ohne den Blick von der Stadt abzuwenden. Ich konnte ihn kaum verstehen.

»Ja«, erwiderte ich. Wenn er es gewollt hätte, wäre ich auch bereit gewesen, meine Antwort laut herauszuschreien.

»Und willst du noch mit mir zusammen sein?«, wollte er mit noch leiserer Stimme wissen. Als ob er sich vor meiner Erwiderung fürchten würde.

»Ja«, sagte ich.

»Dann versuchen wir es.«

Und das taten wir.

Einundsiebzig

Lily schlug sich mit der flachen Hand auf die Stirn, als sie hörte, dass ich aus Dirks Wagen gesprungen war, nachdem ich den Teil mit dem *Ich bin schwanger* gesagt hatte. Noch immer wusste ich nicht so recht, warum ich das getan hatte. Flüchten, kämpfen oder erstarren? Es war schwierig, wenn man bisher immer die Flucht statt den Kampf gewählt hatte. Zumindest war ich nicht total erstarrt gewesen. Ich hatte sogar etwas gesagt, was besser als zuvor war. Kleine Schritte. Babyschritte sozusagen.

»Erst einmal: Ich kann nicht glauben, dass es ein Traum war, der dich endlich dazu gebracht hat, deiner Mutter gegenüber ehrlich zu sein. Zweitens: Was zum Teufel meinst du mit ›Und jetzt versuchen wir es‹?« So war Lily. »Und was ist mit Eva und Rafiq? Bist du darüber hinweg? Und was ist mit dem Kopftuch und so? Trägst du das wieder, oder behältst du deinen Bikini? Was ist mit deiner Mutter? Und Dhanyal? Zieht Dirk nach London? Und du? Und das Baby? Wie wirst du es aufziehen? Wird das alles funktionieren?«

Ich befürchtete, meine Freundin würde jeden Moment platzen, so viele Fragen sprudelten gleichzeitig aus ihr heraus. Beinahe erwartete ich, dass eine amerikanische Stimme aus dem Off sagen würde: *Und das ist noch nicht alles, Leute…* Ich lachte. Da war so viel, was es zu klären gab, und das beinhaltete noch nicht den Diamantring, der sich seit neuestem an ihrer linken Hand befand. Ich erzählte Lily die volle Wahrheit ohne Schnörkel, so wie sie das immer von mir verlangte.

»Ich meine damit, dass wir noch nicht wissen, wie das alles funktionieren wird. Vielleicht funktioniert es auch nicht. Aber wir wollen, dass es funktioniert – mehr als alles andere in der Welt. Deshalb wollen wir jeden Tag miteinander reden, herausfinden, was wir tun können, und unser Bestes versuchen. Wir werden es versuchen. Wir versuchen es jetzt schon. Und wir hoffen, dass es klappt. Das ist es auch, was ich mehr oder weniger mit Mama, Dhanyal und dem Baby machen will. Und es war doch besser, so einen Traum als Anlass zu nehmen als gar nichts.«

Seit einer Woche war ich wieder mit Dirk zu Hause, doch ich war bisher jeden Tag zu Besuch in Walmer Estate gewesen – manchmal, um etwas Dringendes für Shireen zu erledigen, und manchmal auch einfach ohne Grund. Es kam mir jetzt leichter vor: Die Fahrt zwischen den beiden Eden schien nicht mehr so lang zu sein. Ich freute mich, wenn ich Shireen, die Mädchen und Karim sah. Und manchmal fand ich es sogar schön, Dhanyal zu begegnen. Es war besser, wenn ich nicht dauernd mit ihm zu tun hatte.

Mir wurde klar, dass es nicht die ganze Zeit über gut laufen würde. Zumindest wussten sie jetzt, dass ich Kari war, was schon mal einen Anfang bedeutete. Außerdem wusste ich nun, dass es immer Teile von Karima in mir geben würde, so wie immer Ouma und Mama Teil meines Lebens sein würden. Selbst wenn ich sie nicht sah, verband uns mehr als nur die gleiche Augenfarbe. Es würde nie unkompliziert werden, das hatte ich begriffen. Aber wir hatten neu begonnen.

Dirk nahm sich Urlaub, damit wir mehr Zeit miteinander hatten, wie er meinte. Er kam jetzt häufig mit zu meinen Besuchen. Manchmal machte er sich nützlich – zum Beispiel holte er die Mädchen von der Schule ab –, aber meistens war er einfach nur da. Während ich versuchte, noch mal von vorne anzufangen. Vermutlich war es für die anderen seltsam, ihn, einen Fremden, ständig um sich zu haben.

Mama wich uns weiterhin aus. Ihre Worte am Tag der *Doopmaal* taten mir noch immer weh. Aber ich bemühte mich, daran zu denken, dass sie am Leben war und dass ich sie jederzeit sehen konnte. Ich grüßte sie immer mit einem *Salām* und einem Kuss auf die Wange, während Dirk ein wenig hilflos *Hallo* und *Bye* sagte. Sie nahm alles an – zumindest zuckte sie nicht mehr zusammen –, aber sie wollte auch nie mehr. Ebenso wenig verlangte sie, dass wir gingen.

Dhanyal war höflich. Er redete zwar kaum ein Wort, aber er war höflich. Rafiq war mehr … Nun, wenn ich ehrlich war: Rafiq war weniger. Er war weniger präsent, weniger ein Teil der Familie. Er schien geschrumpft zu sein. Lag es nur an mir, dass ich ihn so erlebte, oder war er tatsächlich irgendwie kleiner geworden?

Eva gehörte der Vergangenheit an. Ich hatte sie zwar noch nicht ganz vergessen, aber vielleicht würde ich das eines Tages schaffen. Das Gleiche galt für Rafiq. Jeden Abend fuhren Dirk und ich zusammen nach Hause, nach Eden. Und wir bemühten uns.

Ich brauchte fünf Wochen, um wieder nach Hause zurückzukehren. Es war nicht wie in einem Film. Unser Leben endete nicht in Vollkommenheit am Rhodes Memorial, selbst wenn Lily und ich jetzt tatsächlich Sundowner in Eden tranken, wobei es für mich immer einen alkoholfreien Cocktail gab. Das Leben ging weiter.

»Okay, verstehe, was du meinst. Du machst einfach dein Ding weiter wie bisher und hoffst inständig, dass dir nicht wieder plötzlich alles ins Gesicht fliegt – genauso wie das alle anderen Kopftuch-und-Bikini-Mädchen auf der Welt hoffen.«

Wir lachten laut auf. Unser Gelächter vermischte sich

mit dem Geräusch des Meeres in der Ferne. Lily. Sie musste immer das letzte Wort haben, und dabei lag sie immer richtig, ganz gleich, worum es ging. Allerdings: Das letzte Wort war es sicher nicht – ganz im Gegenteil. Es war erst der Anfang.

Dank

Dieses Buch wäre ohne Claire Strombeck, Mike Nicol und Edgar Loxton weder begonnen noch beendet worden. Claire und Mike vermittelten mir genau die richtige Dosis Begeisterung, Energie und Ratschläge beim Schreiben von *Being Kari*. Ich kann euch beiden wahrhaftig nicht genug danken. Mein größter Dank geht jedoch an meinen Mann Edgar, der mich stets unterstützt und ermutigt: Er glaubt an mich und an das, was ich tue und was ich mir erträume. Das Verfassen dieses Buchs stellt keine Ausnahme dar. Vielmehr ist es Zeugnis für eine Partnerschaft, die ich mich glücklich schätzen kann, sie mit ihm zu teilen. Mögen wir so fortfahren! Für ihn und meine Kinder, meine wahren Hüter meines Herzens. Ich hoffe, ich habe euch stolz gemacht.

Obwohl meine geliebte Mutter in den Monaten vor der Veröffentlichung dieses Buchs starb und es nicht mehr lesen konnte, weiß ich, dass ich ohne sie nie einen Roman voller willensstarker und witziger Frauen hätte schreiben können. Ich bin sehr froh, viele solcher Frauen in meinem Leben zu haben, die mich täglich inspirieren. Doch meine Mutter war ein Original und die Erste, die sich von nichts abschrecken ließ.

Schließlich möchte ich noch Caren van Houwelingen und ihrem Team bei Kwela danken, die das Risiko eingegangen sind, *Being Kari* zu verlegen. Es war eine wahre Freude, mit euch zusammenzuarbeiten, und es ist die Erfüllung eines Traums geworden, von dem ich bis dahin gar nicht sicher wusste, ob ich den tatsächlich hatte. Möge *Being Kari* das erste von vielen weiteren Büchern sein.

Quarnita Loxton / April 2017

Glossar

Abaya – traditionelles islamisches Kleidungsstück, eine Art Überkleid für Frauen (Arabisch)
Adhān – islamischer Gebetsruf (Arabisch)
Ag – ach, oh (Afrikaans)
Ai – oh je, oh nein, oh Mann (Afrikaans)
Alhamdulillah – Gott sei Dank, Lob sei Gott (Arabisch)
Bo blink, onder stink – Außen hui, innen pfui (Afrikaans)
Braai – Grill, Grillparty (Afrikaans)
Dié wat nie wil hoor nie moet voel – Wer nicht hören will, muss fühlen (Afrikaans)
Dīn – Kernbegriff des Islam, der mit ›Glaube‹ oder ›Religion‹ wiedergegeben werden kann (Arabisch)
Doopmaal – muslimische Namensgebungszeremonie
Dronkverdriet – Traurigkeit, ausgelöst durch Betrunkenheit (südafrikanischer Slang)
Dschanāza – eigentlich Salāt al-Dschanāza; islamisches Totengebet, Totenfeier (Arabisch)
Dschanna – Paradies im Islam (Arabisch)
Dua – Bittgebet im Islam (Arabisch)
Ek sou ook … gehuil het as my man so gelyk het – Ich hätte auch … geheult, wenn mein Mann so aussehen würde (Afrikaans)
Fadschr – Morgendämmerung; erste Gebetszeit zwischen Morgendämmerung und Sonnenaufgang (Arabisch)
Hāfiz – Person, die den ganzen Koran auswendig gelernt hat und zu bestimmten Gelegenheiten daraus nach bestimmten Intonationsregeln rezitiert (Arabisch)

Halāl – erlaubt, gestattet; bezeichnet alle Dinge und Handlungen, die nach islamischem Recht erlaubt sind (Arabisch)

Harām – Tabu, nicht erlaubt, unzulässig (Arabisch)

Hardegat – stur, bockig, dickköpfig, eigensinnig (südafrikanischer Slang)

Hertzoggie – Törtchen, mit Marmelade gefüllt und einer Oberschicht aus Kokosnuss (Afrikaans)

Hier kom 'n ding – Jetzt geht's los, hier kommt's (Afrikaans)

Hoor jy vir my – Hörst du mich? (Afrikaans)

Iddah – Wartezeit der Frau nach der Scheidung, Eheauflösungszeit nach islamischem Recht (Arabisch)

Īmān – Glaube an Gott in der islamischen Religion (Arabisch)

Inschallah – So Gott will (Arabisch)

Is jou koek reg – Ist dein Kuchen okay? (Afrikaans)

Jamia – Versammlung, Zusammenkunft (Arabisch)

Joller – Person, die gerne Spaß hat (südafrikanischer Slang)

Kaalkop – ohne Kopfbedeckung, kahlköpfig (Afrikaans)

Kāfir – Ungläubiger, Gottesleugner; arabisch-islamischer Begriff (Arabisch)

Katel – hölzernes Gestell, das in Afrika öfter für Hängematten in einem Schlafwaggon verwendet wird; hier: niedriges Holzgestell für eine Totenbahre

Klaar – klar, abgeschlossen, beendet (Afrikaans)

Koeksister – zu einem Zopf geflochtenes, frittiertes Gebäck; ursprünglich burisch, in Südafrika sehr beliebt (Afrikaans)

Kospakkie – Fresspaket, Esspaket (Afrikaans)

Kufiya – von Männern getragenes Kopftuch in der arabischen Welt (Arabisch)

Kyk die kind – Schau dir/Schaut euch das Kind an! (Afrikaans)

Lekker – gut, angenehm, schön, nett, köstlich, lecker (Afrikaans)

Loskind – hier: uneheliches Kind; meist Bezeichnung für

junge Frau, die sich besonders aufreizend kleidet (südafrikanischer Slang)

Maaf – Entschuldigung, Verzeihung (Indonesisch, Malaiisch, Urdu)

Madrasa (auch Medresse oder Medrese) – Bezeichnung für eine Schule, in der islamische Wissenschaften unterrichtet werden (arabisch)

Maghrib – Gebetszeit nach Sonnenuntergang für die Pflichtgebete im Islam (Arabisch)

Masjid – Moschee (Arabisch)

Meisie – junge Frau, Mädchen; Ehefrau, Freundin; vor allem eine weiße Afrikaans-Sprecherin (Afrikaans)

Melktert – Milch-Tarte mit einer cremigen Füllung aus Eiern, Milch und Zucker (Afrikaans)

Meneer – mein Herr (Afrikaans)

Muti – traditionelle Pflanzenmedizin im südlichen Afrika, meist von Pflanzenheilern oder Geisterheilern angewandt (Zulu)

Nat sjokoladekoek – feuchter Schokoladenkuchen (Afrikaans)

Nikah – islamisches Heiratszertifikat, wie es in Indien bzw. bei muslimischen Indern üblich ist

Ouma – Oma, Großmutter (Afrikaans)

RICA – Regulation of Interception of Communications and Provision of Communication-related Information Act; südafrikanisches Gesetz zur Regulierung der Überwachung von jeglicher Form elektronischer Kommunikation

Sabr – Geduld, Ausdauer, Durchhaltevermögen, Beharrlichkeit; einer von den zwei Teilen des islamischen Glaubens (Arabisch)

Salām – Friede; übliches Grußwort im Sinne von ›Friede sei mir dir‹ (Arabisch)

Salāt – rituelles Gebet im Islam und oberste muslimische Pflicht (Arabisch)

Schahāda – islamisches Glaubensbekenntnis (Arabisch)
Schickse – ursprünglich Bezeichnung für ihre nichtjüdische Frau (Jiddisch)
Selamat – alles Gute, Glückwunsch (Arabisch)
Shukran – Danke (Arabisch)
Sjoe – Puh! (südafrikanischer Slang)
Snoek – makrelenartiger fester Fisch aus der Familie der Schlangenmakrelen (Afrikaans)
Stoep – Veranda (Afrikaans)
Stilbly is ook'n antwoord – Schweigen ist auch eine Antwort (Afrikaans)
Talāq – Verstoßung; nach islamischem Recht die allein vom Mann auszusprechende Scheidungserklärung gegenüber seiner Frau mit sofortiger Wirkung. Es gibt eine widerrufliche oder unwiderrufliche Verstoßung; bei der widerruflichen muss sie dreimal ausgesprochen werden, ehe sie unwiderruflich wird (Arabisch)
Taqwā – Gottesfurcht; Begriff aus dem Koran (Arabisch)
Tasbih – im Islam gebräuchliche Gebetskette
Verkrampte – reaktionär, bigott (Afrikaans)
Ya Allah – Oh Gott (Arabisch)
Zina – Geschlechtsverkehr zwischen Personen, die nicht miteinander verheiratet sind (Arabisch)